聆听沉默之音

战后德国小说与罪责话语研究

安尼 著

华东师范大学出版社

华东师范大学出版社六点分社　策划

目　　录

导　　言

　　第二次世界大战令人类文明受到了前所未有的摧残。战争和屠杀过后，关于纳粹历史的个人反思，也一度被掩埋在厚重的废墟之下。与各种领域的重建相比，道德重建最为曲折缓慢，它突出表现在人们对待罪责问题时的言不由衷。然而，二战结束六十多年以来，尤其在德国文学领域，一代又一代人一次又一次怀着求真之心，不断颠覆既成的认识、更迭熟悉的视角，为罪责问题的讨论和反思提供具有时代特征的鲜活案例。

　　社会的改变引发人们反观自身的同时，也迫使人们去重估历史。人们在过去一度执着的，如今要怀疑；一度信奉的，如今要唾弃；一度歌颂的，如今要贬低。对于纳粹罪责的认知，总是在不断反复中艰难前行。这其中，起到重要推动作用的，是来自文学领域的长篇叙事作品以及政治、哲学、历史等人文学科的论著。半个多世纪以来，文学领域的罪责反思与公共政治领域的罪责话语可谓相反相成，纳粹的具体身份经历了从少数精英向多数民众的辐散，纳粹的形象经历了从魔鬼到凡人的更换，纳粹的归属经历了从"他们"到"我们"的转

变;尽忠职守从美德变成庸俗、不负责任的托词,甚至成为罪
恶的助推器;羞耻与自尊变相成为丢却良知、助纣为虐的筹
码。纳粹历史遗留下的道德罪责问题,成为战后德语小说历
久弥新的创作主题。毋庸置疑,虚构的文学作品,是对宏观历
史叙事的有力补充,与晚近的社会、心理、历史、政治哲学等研
究成果相得益彰。

一、罪责反思的必要性

时至今日人们仍然动辄即问:德国这样一个思想发达的
国家,为什么会两次发动世界大战并制造种族大屠杀这样的
恐怖事件? 对于这个看似简单实则庞杂的历史疑问,任何一
个单纯的研究视角都无法给出令人满意的答案。1945 年以
后,每谈及战争话题,德国人仍然找不出比"震惊(Betroffen-
heit)"更加确切的表达。而这个词本身的解释又是不确定
的:它包含了"受到打击或者被影响之后的错愕、沮丧、惊
恐"。① 当人们走出震惊,必然要追溯造成这一切的原因,展
开罪责问题的探索之旅。这是令人痛苦又欲罢不能的旅程,
而罪责问题就好比西西弗斯面前的巨石。痛苦的原因不言自
明,而欲罢不能的原因,正如某本专门以罪责为题的书之副标
题所言,没有对过去的反思,便无法面对未来。

反思罪责必先从罪责概念本身谈起。从广义上看,罪责
是"人类社会生活和个人生活中一个令人不安的基本事

---

① 参见布衣(Ian Buruma):《罪孽的报应》,戴晴译,社会科学文献出版社 2006,
第 22 页。

实"。① 这个跨越哲学、宗教、法律等专业领域的概念，也是一个超时空、跨民族的文化现象，其含义随着时代变迁而具有不同的内涵和外延。人类在不同阶段、不同地域对罪责概念或迥异或相近的理解，也为我们理解相似的文化现象从而反观自身提供契机。本书所探讨的主要是发生在二十世纪德国这个特殊背景下的罪责问题。归纳起来，它首先指战争的发起者德国纳粹法西斯对二战中受害国、对以犹太人为代表的种族屠杀受害者所负担的刑事和政治罪责；其次指经历战争的一代德国人作为个体应当肩负的道德责任——如果他们对后代隐瞒战争罪责，便是一种有罪的沉默；最后，罪责问题还跨越时空延伸到与战争无关的德国人，他们需要承担的历史责任是政治的、道德的，也是形而上的。

　　纳粹的出现虽然有具体的历史传承原因，但均可归结到启蒙的不彻底。② 这种不彻底具体表现在两个方面：在拥有话语权的精英阶层、知识分子当中表现为理想主义和理性权力的过分扩张，从而导致现代化误入非理性歧途；而在普通市民、小市民阶层当中，理性的光辉遭遇了隔离和阻滞，并呈现畸形甚至倒退，这是导致希特勒上台、极权主义种族主义泛滥乃至战后德国社会政治文化不稳定的重要因素。德国灿烂的思想文化孕育的精神果实，在传递和普及过程中渐渐脱离现实，遭遇极端和激进思想的干扰；于是，理想主义在操作的过

---

① Gerd Haeffner：„Schuld". Antropologische Überlegungen zu einem ebenso problematischen wie unverzichtbaren Begriff, in：*ders.*（*Hrsg.*）, *Schuld und Schuldbewältigung. Keine Zukunft ohne Auseinandersetzung mit der Vergangenheit*, Patmos, Düsseldorf 1993. S.12.

② 这里的"启蒙"，是普遍含义下的脱离蒙昧无知，有别于 18 世纪欧洲针对中世纪的启蒙运动，也不同于 20 世纪法兰克福学派所批判的蜕变为工具理性的启蒙。

程中渐渐促成了知识分子与小市民阶层的泾渭分明。重思维、形而上的传统文学创作(内心流亡作品、宗教修身文学)在迫切的政治民主构建中被架空,形成远水不解近渴之势。二战结束伊始,在联邦德国展开的罪责问题大讨论并未对德国的市民社会造成实质性影响,就是一个明证。而由政府包揽的自上而下的认罪姿态,反而助长了逃避个人罪责、一切从零开始的自欺心态。对于这些问题,文学领域也许不是第一时间作出反应的,但却是表现得最为深刻的。以普通人的故事补充宏观历史叙事,对于反思罪责往往更具说服力。因此也可以说,战后德语小说,是"外界认识德国历史的一条虚构之路"。①

以战后德语小说为蓝本研究德国人如何反思罪责问题,不但具有学术价值,同时也可能具有深远的社会意义和某种启蒙效果。结合历史社会语境阐释罪责问题的含义,选取经典文本展开主题研究,既可了解战后德国文学与文化的互动关系,又可弥补文化差异带来的误解。从我国德语文学研究现状来看,对战后文学作品尽管始终保持关注,但罕有以罪责问题为核心展开的主题研究。② 这也就更显出本书的意义所在。目前我国的德语小说研究或以文本中的叙事方式为主,辅以罪责问题作为延伸;或以某位作家的生平作品为标题,把罪责问题作为作品研究的一个侧面;文学研究领域真正以罪责问题为对象进行主题研究的范例十分有限。另一方面,从

---

① Siegfried Lenz: Geschichte erzählen — Geschichten erzählen. In: *Über das Gedächtnis*, *Reden und Aufsätze*, Hamburg 1992, S. 32.

② 在针对格拉斯小说的专项研究中,冯亚琳曾就"但泽三部曲"中《铁皮鼓》的"罪责主题"以及《蟹行》和《剥洋葱》中的"罪与赎"撰文进行简评或综述。参见冯亚琳:《君特·格拉斯小说研究》,上海外语教育出版社 2011,第 36—40 页,以及第 138 页以下。

研究的客观性上看,作为中国人,一个看似"隔岸观火"实则也曾罹患过战乱之苦、理想主义泛滥之灾的"局外人",不需要面临施害者与受害者的身份尴尬,可以避免先定身份造成的情绪混乱,同时又可以在诸多不言而喻之中找到反观自身的镜子。

二、文本选择的策略

二战结束至今,德国知识分子对战争罪责的探讨和反思从未停止。德国在四十年里经历了战后重建、战犯审判、学生运动、历史学家之争、两德统一。政治领域以及文化领域的每一次轰动事件背后都有一个共同的根本原因,即历史与现实、个人身份与民族身份在罪责话语下发生了冲突。首先,罪责问题将战争一代与战后一代以前所未有的方式纠结在一起,在父辈与子辈的传统代沟之外,又呈现出被告方与控诉方这一新的关系。其次,反思罪责并未因战犯或受害者的死去而退出历史舞台;而生者中无论是当年的施害者还是受害者,都深陷纳粹阴影,无法释怀,于是不断通过回忆或虚构还原历史,为反思和记忆文化源源不断地提供素材。

经历了经济重建的德国社会,首先是自上而下地进入到对罪责问题的不反思中。在经历了短暂的沉寂、回归内心、保持沉默之后,战后德国小说家以恢复民族乃至人性良知为己任,对罪责话语进行重构,借助优秀的长篇小说彰显和剖析罪责问题。小说这一庞杂琐碎而不失宏大深邃的叙事体裁,恰恰对应了罪责问题的复杂性。从文学史角度看,德语现实主义小说有悠久的传统,战后小说不仅包含了传统的德语成长发展小说因子,而且还记录了德国社会心理的成长发展,具备启蒙社会的效应。小说所反映的社会问题以及不谋而和的开放式结局，又体现了罪责反思的艰深和启蒙大众在当代的困境。另外，德语文学中的战后小说和当代小说之间并没有明确的界限，大屠杀小说或战后小说这些称呼，仍适用于当下同主题的作品。战后已经不是一个时间概念，而是对作品主题的确认。反思历史，尤其是反思纳粹罪责，是一个长盛不衰的话题。罪责问题构成讨论诸多现实社会问题的重要内容，也成为战后德语文学尤其是小说创作的关键词。基于对内容与载体之间的亲和度，本书以三部富有影响力的战后德语小说为例，研究战后德国如何对罪责问题进行反思以及对反思进行再反思。

本书选取的三个文本《铁皮鼓》《德语课》和《朗读者》分别诞生于战后三个不同的历史时期，不仅对当时社会围绕罪责问题展开的思想冲撞和情感负荷进行了直观的表达，更引发后世读者自觉深入反思，从而在历史与现实、文本与读者之间铺设桥梁。格拉斯、伦茨、施林克这三位作家并非严格意义上的三代人，其创作都围绕罪责问题展开，并至少突出了罪责话语中的某一个具体议题，既相对独立又彼此衔接——他们都以各自的角度历史性地表现了无力哀悼和克服过去的艰难。三个文本所反映的罪责问题各有侧重，在某些内在层面又相互融和：三人均从微缩的个人体验出发继而达到一个超越地域、民族、时空的高度；三部小说的叙事均发端于主人公的青春期，都采用由下而上的视角展开回忆；均以第一人称书写，从不同角度揭示人们在"克服过去"中的心理障碍及原因；三位作者均在批判的视角中注入哀悼之情；小说主人公大多是市民阶层或小人物，人物塑造既饱含个性化色彩，同时又浓缩体现了德国大众的社会性格。当然，并非每部小说都能就罪责问题提出最终的解决方案,但它们却不约而同地通过考察德国特殊历史时期的罪责问题,揭示人性的亏损和社会启蒙的盲点。由此看来,这三部小说的结局与其说是悲观的,毋宁说是寓言式的。

在这一个个寓言中,整个德国战后社会好比一个未成年人,就连成年人也成了盲目成长、亟待启蒙的未成年人。未成年视角在三部小说文本中成为独特的风景,传统德语成长发展小说被旧瓶装新酒。反成长发展模式出现了,是社会而不再是个人成为成长发展的首要问题:身体成长出现停滞甚至倒退,隐喻着社会发展的畸形态势;随处可见的成人社会对历史的沉默,被视作另一种未成年状态,未成年人在罪责问题上享受的特权被整个社会所分享。未成年社会与成年社会成了社会现实与启蒙理想的代名词。在未成年与成年人之间不再有明显的生理或心理界线,未成年特征符合了大多数成年人回避责任的心理。战后小说一方面刻画并批判了这种集体现象,另一方面也塑造了一些问题个体。这些个体因其各自的特殊情况而成为罪责问题的典型或特例,往往是最有争议的个体为罪责问题的反思提供了破界(有罪与无罪、施害与受害、生理与心理、主动与被动)的契机。

罪责问题是一个开放的话题。它的开放性首先体现在,没有一个非黑即白的结论。战后德语文学,尤其是小说作品,在拨开层层叙事技巧、光怪陆离的美学外衣之后,那个隐藏的并不深的内核便显现出来:罪责问题几乎纵贯二战至今所有具有影响力的小说作品。在以罪责为主题的文学作品里,几种范畴的罪责往往交错在一起,凶犯不再附着于一种身份,原有的身份界定被打破,于是便出现了"有罪的受害者"和"无辜的凶犯"。集体的罪责也不再作为个人罪责的对立面出现,而是成为一种有助于沟通的心理基础、文化现象。如果说这些小说都是由地道的前西德作家所写,是一致的"凶犯视角",在目前的德语文学研究界似乎更容易被接受。虽然本书对所谓的"凶犯视角"持保留态度,但在具体操作上,为保持文化心理的一致性,选择的文本无一不是出自所谓"凶犯"或"凶犯的下一代"之手,而将前东德、瑞士、奥地利的德语作家作品排除在外。1945—1990年之间的德国,因其特殊的政治背景在东西两方形成完全不同的社会制度和文化心理。尤其在反思罪责问题方面,前东德与前西德之间存在极大的鸿沟。鉴于罪责问题在前东德有完全不同的具体含义,因此前东德小说不在本书的讨论之列。虽然纳粹战争在本土之外的德语文学圈同样得到不同程度的反思,但是处于不同的民族意识(Nationalbewusstsein)之中,我们无法在奥地利和瑞士地区的小说作品中发掘出与本土德语文学在情感层面上的传承性;而情感纠缠在罪责话语中的缺失与重现,乃是本书重点探讨的问题。因此,瑞奥文学也不在本书研究之列。

三、方法论与文献综述

本书遵循文学阐释学的宗旨,以小说文本为核心,辅以社会学、心理学、政治学等人文科学领域的重要理论成果,对文本中的罪责话语进行分析论述;在紧扣文本现象的前提下,融合社会史、文化史、思想史等重要史料,力求令论述充分而客观。在分析作品的过程中,本书将以社会学和心理学这两个分别重实证、客体性的宏观方法和重个性、主体性的微观方法作为主要支柱,引入20世纪社会学和心理学领域的重要代表人物及其思想,同时兼顾历史学、文化学、人类学等领域的经典以及最新理论研究成果,丰富阐释空间。

1945 年以来,德国社会对罪责问题曾展开多次讨论,无论是 1945—1949 年间在知识分子和政界等上层社会展开的罪责问题大讨论,还是四十年后的历史学家之争,无论是各种历时漫长最后结果不尽如人意的战犯审判,还是后来接二连三爆光的战前污点身份,都体现出罪责话语的复杂和持久;对纳粹历史的认识和判断也渐渐呈现多元化,甚至出现观点的倒退或反复。二战前后,历来扮演聆听忏悔角色的教堂和宗教经历了长期的黯淡。真正撼动社会上下的,是社会心理学研究成果。心理学界对“第二罪责”问题的研究,正如对集体罪责和个人罪责的探讨,早在二战结束伊始就已现端倪。社会心理学与文学这两种学科在罪责问题上互为支持,观点不谋而合。从亚历山大·米彻利希提出的“无父社会”、玛格丽特·米彻利希的“榜样时代的结束”继而到“未成年社会”一说,不仅为罪责问题的反思提供了新的视角和思路,在德语小说里也得到了有力的文本回应。

战后德国反思罪责问题经历了不同程度的高潮,这种高潮体现了罪责问题研究的跨学科性。无论是政治学上对克服过去所做的阶段性总结,还是历史研究中的代际划分,乃至心理学上对德国社会的集体诊断,都对文学创作产生了至关重要的影响。从整体上看,来自哲学、历史、政治、心理等学科的德国知识分子对罪责的反思成果,加深了我们对文学作品的理解和接受程度,甚至影响到文学作品内容本身。在文本分析和论述过程中,本书将采用跨学科的思考模式,借鉴与罪责话语相关的理论和著述;在引荐理论方面,我们应不仅仅引介前人的成果,也应特别注重这些成果得出的方式方法、时代背景以及研究者本人后来的修正和反思。

　　二战结束前后,针对纳粹罪责问题与德国人的关系,德语文学界最有影响的声音首先发自流亡作家。通过托马斯·曼事件,德国人在战后对待罪责问题的基本态度已经十分清晰。1945 年 5 月 18 日,曼在《谈德国的罪责》一文中将德国称作"人类丑陋"的象征和"邪恶的代表",认为"希特勒主义把德国变成了一个幽深的刑讯室。如今刑讯室的厚墙已被打破……德国让整个人类感到了恐怖。"①1947 年,曼指出"对之前十二年悲剧负责的不应该只是德国的领导阶层;纳粹在德国人的思想特征和传统中有一定的根基。在纳粹专政的最初几年里,德国的确群情振奋,并相信纳粹。现如今的窘迫是希特勒政府及其施政措施所造成的不可避免的结果,为此德意志民族付出了他们的财产、智慧、勇气和行动力。德意志民族不能由外来力量教化转型。每一场行之有效的转型教育必须由内而发。"②曼的观点遭到了德国人的集体抵制,人们纷纷指责他冷酷无情、背离祖国,只有作曲家哈特曼等少数人没有将罪责反推到流亡的曼头上,而是对其观点表示了赞同,指出德国人是在实行罪责防御,不爱听真相。这种疏远和分裂并不是曼造成的,而是德国人自己造成的。③ 如果说流亡作家对德国本土的判断有隔岸观火之嫌,那么五十年代,沃尔夫冈·克彭(Wolfgang Koeppen)的三部曲《草中之鸽》(*Tauben im Grass*)、《温室》(*Das Treibhaus*)、《死于罗马》(*Tod in Rom*)所遭到的冷遇,则恰恰是因为小说对战后没有被及时反思的

---

① 　参见李昌珂:《德国文学史》(第 5 卷),译林出版社 2008,第 15 页。

② 　Thomas Mann: Die vermiedene Deutschland Reise 1947. In: *Die fragile Republik. Thomas Mann und Nachkriegsdeutschland. Herausgegeben von Stephan Stachorski*, Frankfurt am Main 1999, S. 66.

③ 　参见同上。

纳粹罪责进行了冷静的揭示和批驳。可是，本土作家的反思作品不是寥寥无几，便是经年遭到同样冷遇。可见，对于当时的德国社会而言，任何关于个人层面的罪责反思都是"不合时宜"的。

　　与文学领域曲高和寡的反思呼吁相比，在政治、哲学等社会科学领域，同样存在着反思和复辟相抗衡的局面。1945 年冬，纳粹时期被迫流亡到瑞士的德国哲学家卡尔·雅斯贝尔斯（Karl Jaspers）回到德国后，在海德堡大学发表了一系列哲学讲座，主要分析德国当代历史和战后社会现实。讲稿后来被编辑成书，名为《罪责问题》（*Die Schuldfrage*），这是罪责问题在战后第一次作为专有名词被提出并得到系统阐释。罪责问题从此成了战后至今悬在德国上空的一把利剑。雅斯贝尔斯将其划分为四重范畴：刑事犯罪、政治犯罪、道德罪责以及形而上的罪责。雅斯贝尔斯论述的重点在于后两重罪责，把德国的希望寄托在团结和沟通之上。这部著作在战后多年被人漠视，直到二十世纪末期才在一批政治学者的努力下得到应有的重视。雅斯贝尔斯的罪责概念，是本书论述罪责问题的主要依据。

　　政治哲学家汉娜·阿伦特（Hannah Arendt）基于自己多年对德国问题、极权问题成因的思考，在二战结束之初撰写并发表了极具影响力的作品，提出极权政治与人的孤独和孤立密不可分。她的许多观点在战争期间即已形成，并散见于后来的其他作品当中。直到六十年代，根据艾希曼审判发表的一系列报道汇总为《艾希曼在耶路撒冷——关于恶之平庸性的报告》（*Eichmann in Jerusalem. Ein Bericht von der Banalität des Bösen*）出版，阿伦特的观点如同两块巨石激起千层浪。这两块巨石均与罪责问题有关：一是提出平庸之恶的概念并提倡对纳粹战犯去恶魔化，将施害者还原为普通的人的形象；二是揭露犹太长老会等组织在大屠杀中协同犯罪，剥去了犹太人作为大屠杀受害者所享受的道德保护伞。对比阿伦特的其他论著，这本庭审报告产生了超越学科的最广泛影响，为她本人的学术走向和个人生活都带来巨大震动。从此，阿伦特对罪责问题的思考更加集中于普通人的"平庸之恶"。她的思路与雅斯贝尔斯最为相近，无论施害者、受害者还是旁观者，都毫无例外地对历史罪责负有责任。阿伦特关于罪责问题的认识和结论，并没有一个完整的理论体系，但她的思考是迄今为止最全面、最深刻，也是最有前瞻性的。本书的文本分析部分，尤其是对小说人物"跟风"犯罪的解读，将结合阿伦特的罪责思考而展开。

关于纳粹成因的心理学研究可以追溯到埃里希·弗洛姆（Erich Fromm）。二战结束前，弗洛姆就恐惧与自由、极权主义与人格发展之间的关系曾发表著述。他在《逃避自由》、《自为的人》等书中，试图在标志着从中世纪文化转到现代文化过渡时期的数百年里，寻找当代世界政治与社会的病源；进而提出，现代社会政治问题的根源之一，在于人的被孤立和不安全感，以及权威主义人格的养成。弗洛姆的心理学阐释对于理解普通民众的纳粹情结，具有重要意义。

二战的结束也许在军事、经济、政治格局上是一个新时代的开始，但是在社会文化尤其是社会心理层面，并没有带来显著的改变；许多纳粹时代遗留下来的心理病症，成为德国后纳粹时代的具体症状。对此，德国心理学者在继承传统心理分析结论的同时，将心理学与社会学有机结合，对战后德国社会进行了卓有成效的临床诊断。这其中反响最强烈、影响最深远的专著，当属米彻利希夫妇于 1967 年共同撰写的《无力哀

悼》(*Die Unfähigkeit zu trauern*)。该书从弗洛伊德的心理
分析成果出发,结合战后大量社会案例,详细分析了罪责问题
压制社会精神健康的心理根源,以及心理问题对社会现实造
成的反作用,从而对德国的战前、战时直到战后社会做出诊
断。这部具有划时代意义的社会心理学著作,并非致力于"系
统性研究",而是基于一些自发的观察,其中"不仅有个体的行
为,而且还可以看出广泛的随处可见的群体反应"。① 作者将
矛头直指德国战犯一代在经历战败、经济重建过程中所体现
出的心理抵御机制——对周围世界的冷漠、对历史罪责的无
动于衷、对家人的情感麻木、对政治问题的反应迟钝——,意
在揭示历史事件与当前社会缺乏生机、民主政治前景暗淡这两
者间的因果关系。② 米彻利希夫妇认为,德国人对历史的回忆
是有选择的回忆,"牵涉到自身罪责的事件被否认,其意义被颠
倒,责任被推给他人,无论如何与我们的身份不沾边"。③

《无力哀悼》成为研究罪责问题经典理论文本的另一个原
因,是这本书一半的篇幅关注未成年人的成长与政治行为之
间的关系、父子冲突以及政治自治等问题,而这些无疑是最迫
近德国现实的话题。因此,这本社会心理学专著不仅成为该
学科领域的研究典范,更是对六八学生运动和德国民主建设
造成直接影响,是战后德语文学阐释中引用最为频繁的文献
之一。这一时期反思罪责问题的文学作品主要是戏剧和舞台

---

① Alexander und Margarette Mitscherlich: *Die Unfähigkeit zu trauern*,
 Grundlagen kollektiven verhaltens. 18. Aufl., Piper Verlag, München/
 Zürich 1986, S. 16.
② 参见同上,第18—22页。
③ 同上,第26页。

剧。① 六七十年代的小说作品以自传体的回忆录为主,内容
多是战后第二代人的疗伤经历。六八运动之后是德国文学的
过渡期,催生了七八十年代的新感觉派、新写实主义。这一时
期文学作品具有相当浓厚的哀伤情绪,感性发泄有余,理性反
思不足。

　　与此同时,随着哲学、心理学对罪责问题的讨论和研究的
不断深入,德国政治科学领域也越发关注罪责问题与民主政治
的关系并同样呈现跨学科的研究趋势。罪责问题随之被一些
跨学科的概念所具象化,如"克服过去"、"哀悼工作"、"沉默"
等。"克服过去"(Vergangenheitsbewältigung)这个源自心理学
术语压抑、排斥(Verdrängung)的新词,受到德国政治学者的极
大重视,渐渐演变成为政治研究的一个热门概念。政治学者阿
尔民·莫勒(Armin Mohler)于六十年代在以"克服过去"为题
发表的一系列讲义以及后来的研究专著中,详细罗列了"克服
过去"的种种表征,克服过去甚至成为二战以后德国社会各个
领域与罪责问题相关的现象的统称。莫勒的专著分析了现象
背后的原因,但是欠缺针对现象进行的发生学研究。

　　继雅斯贝尔斯之后,罪责问题并没有明确的概念界定,虽
然集体罪责、个人罪责、历史负担等等频繁出现在公众话语中,
直到拉尔夫·乔达诺(Ralf Giordano)在 1987 年出版的《第二罪
责或关于身为德国人这个负担》(*Die Zweite Schuld oder von
der Last Deutsch zu sein*)中提出"第二罪责"说。乔达诺借用了
雅思贝尔斯对罪责问题的概念划分,并在此基础上明确提出战
后德国罪责问题的新内容,把父辈对后辈隐瞒罪责的做法作为

---

① 　彼得·魏斯(Peter Weiss)、拉尔夫·霍赫胡特(Ralf Hochhuth)、海纳·基普
　　哈特(Heinar Kipphardt)等剧作家纷纷围绕大屠杀和犹太人问题展开创作。

第二罪责。他一方面批判人们对屠犹事件趋之若鹜、忽视纳粹对非犹太人的屠杀,另一方面肯定集体的罪责。这个集体的罪责与最初罪责问题讨论中的集体罪责含义有所不同。在米彻利希夫妇的研究基础上,乔达诺论述了战后困扰德国社会的第二罪责——沉默,强调要明确第二罪责的具体含义,必须追溯到 1945 年以前的第一罪责,并提出二战以后对罪责问题最为简明的定义:第一罪责,指希特勒领导下的德国人的罪;第二罪责是这些人在 1945 年以后对第一罪责的压抑和否认。① 老一辈因害怕剖析自己而拒绝反省,客观上造成下一代成长的障碍。与战犯共同生活在"巨大的和睦"中,以及人性方向的丧失,构成《第二罪责》的两个基本论点。

德国人始终在不断变化的现实经验中反观历史对现实所造成的影响,并且自觉地尝试破除施害/受害这一二元身份,综合人类学、社会学、心理学等多种学科视角阐释纳粹尤其是后纳粹时代的德国社会。政治学者格西娜・施万(Gesine Schwan)在 1997 年发表的专著《政治与罪责》(*Politik und Schuld*)中,继续以战后德国人的集体沉默对民主社会的危害为核心问题,在阐释方法上融合了文化人类学视角。她首先从古希腊悲剧文化到以《圣经》为蓝本的基督教文化,从超验的宗教概念到历史的具体罪责,从遗忘到记忆,对罪责问题的产生、发展、变异做了文化学梳理。不同于四十年代的那批史学家、政论家们,施万虽然把论据远推至人类文明的开端,但她最终的立足点并不是从历史上为纳粹德国存在的原因寻找证据,也不是为了评说德国人究竟是受害者身份多一些、还

---

① Ralph Giordano: *Die zweite Schuld oder von der Last Deutscher zu sein*, Hamburg 1987,S. 11.

是施害者身份多一些；她所论述的是纳粹历史在当下的延续和对民主的腐蚀，以及人们在面对罪责问题时所表现出的沉默对社会心理造成的恶性影响。在拉尔夫·乔达诺提出的"第二罪责"基础之上，施万对沉默之罪的含义进行补充，认为父辈的沉默不单是参加战争的一代人在第二代人面前对历史的沉默，不单是一种代际沟通的中断，它也是那一代人对自身罪行的默不作声；沉默之罪不仅是对行为、规范更是对内在原因的沉默，是对诚实自省的拒绝。她尤其指出，沉默的危害性是可以遗传的。① 施万的解决方案与雅思贝尔斯的呼吁殊途同归，即通过沟通和团结重建民主精神。

罪责，罪感，从一种无形的文化资产转变成基于具体史实的集体经验、集体创伤、集体记忆。这种创伤体验从个人病史蔓延成为整个社会的集体经历。德国文学研究者、文化学者阿莱达·阿斯曼（Aleida Assmann）与乌特·弗莱福特（Ute Frevert）在 1999 年联合撰写了《历史遗忘与历史迷狂——1945 年以后如何面对德国历史》（*Geschichtsvergessenheit, Geschichtsversessenheit. Vom Umgang mit deutschen Vergangenheiten nach 1945.*）。副标题已经表达出，该书以二战为界，认为战后德国社会对待纳粹历史的态度有一个基本转变，那就是从以沉默为表征的刻意遗忘，到以各种纪念日、纪念碑的纷纷兴起为标志的对历史近乎痴狂的膜拜。作者承继了本尼迪克特在分析日本文化时所提出的耻文化与罪文化概念，认为这个现象的转变，从深层次上体现了一种并未发生改变的根深蒂固的心理文化，并断言战后德国仍长时间处于一

---

① Gesine Schwan: *Politik und Schuld. Die zerstörische Macht des Schweigens Fischer Taschenbuch Verlag*, Frankfurt am Main 1997, S. 101ff.

种耻文化占主导的状态下。作者指出,米彻利希夫妇的《无力哀悼》很少提及凶犯视角下的心灵创伤,有的只是对受害者承受的精神损失的观察分析。这句话的潜台词是,六十年代精神领域的主流震荡是代表战后第二代人的控诉声音。关于耻文化与罪文化在德国的表现,将集中运用到本书对《朗读者》跨代罪责成因的分析中。

　　为什么会出现跨代罪责?如何克服作为第一罪责副产品的沉默之罪?哲学与政治学的回答固然给人以希望,但是在具体操作上,却存在一定的局限。这是因为,学科讨论与社会启蒙之间的距离,传统的精英与小市民这两个有天壤之别的群体,并没有随战争结束而产生弥合或过渡。1945—1949 年之间的罪责问题大讨论对普通民众阶层几乎没有带来丝毫影响,就是一例明证。同样,若要辨听沉默所包含的各种声音,必须也只能调动各种学科与视用,在控诉与辩护交错之下,透过文本现象去理解本质。

四、结构概述

　　本书正文分为三部分,分别为概念和思想史(第一章)、文本分析(二~四章)以及结论(第五章)组成。

　　第一章属于思想史部分。罪责这个概念有广义和狭义之分,必须廓清战后罪责问题的具体指涉,才能避免对小说文本中的罪责话语进行脱离现实的解读。出于德语文化的特殊背景,"罪责问题"这个合成词至今并没有一个统一的定义,在中文里也没有约定俗成的翻译,甚至有与法律、宗教等概念简单混淆之嫌。因此,第一节首先对罪责与罪责问题的概念进行简要说明,确定研究对象的范围。第二节将对罪责问题在战后引发的第一次跨学科争论进行梳理。那场争论中所迸发的观点，囊括了战后数十年内社会各学科领域对罪责问题的基本认识，对于理解小说文本中罪责话语的社会文化语境至关重要。与罪责问题相关的表述和主要概念，如早已在战后德国文化领域不胫而走的"克服过去"、"哀悼工作"、"沉默之罪"等，具有强烈时代色彩，但至今没有得到过系统的阐释。本章第三节将集中介绍罪责话语中几个常见概念的内涵与外延。

本书第二部分是文本分析部分，遵循的基本思路是：首先，明确罪责问题在文本中的具体所指；其次，结合文本分析主人公／社会不认罪或不反思的原因，亦即对反思困境的反思；最后，反思与行动，即在现实政治思想文化史中考察文学罪责话语的功能。

三部小说分别从不同的角度反映了罪责问题的具体内涵，反映出当时较为敏感的政治话题，因此在论述分析的过程中，本书将借用社会学、历史学以及心理学等多种学科的学术成果，对文本进行细致而深入的解读。《铁皮鼓》首先对跟风者的罪责和原因进行了深刻揭示。小说中的人物，集合了盲目服从、中庸、小善小恶、无主见、缺乏独立意识等特征；放大来看，每个人又都因逃脱不了各自的生存环境而拥有可以理解的一面，追溯到最后，善恶的界限模糊了。小市民阶层仍局限于生存本能或机械的配合环境的状态，缺乏精神领域的启蒙，没有成熟的主体意识，因此对自己的行为无法做到真正意义的负责。本章论述的重点有两个，第一是两类跟风者之罪及其成因，第二是小说所揭示的战后德国人无力哀悼现象。主人公奥斯卡的罪责意识贯穿小说始终，然而他却没有进行过积极的行动；他在回忆反思的同时不停在周围环境中寻找替罪羊，降低自己作为个体的主体性，甚至参与并助长了纳粹势力；他在理性与感性之间、人性与魔性之间、成长与倒退之间徘徊。奥斯卡自身的多重矛盾统一，是另一个论述重点。

第三章围绕《德语课》中的罪责问题展开论述。这部小说的作者西格弗里德·伦茨，无论在年龄还是具体经历上都有格拉斯有相似之处，文本叙事策略上也有类似。然而，在格拉斯的小说里，几乎没有出现两代人的沟通和对话，基本是主人公对上一辈人的批判观察。而伦茨的这部诞生在六十年代末期的长篇小说，更加侧重两代人共同的历史，集中于罪责问题与后纳粹时代的教育问题之间的关系。小说在反思历史罪责与现实关系上首创性地提出了三个思考方向：首先，它揭示了"义务"这个德国传统市民文化中的美德如何在第三帝国时期被大肆扭曲升级，以此促使人们去反思履行义务、服从、秩序等历来享有尊位的概念的真正含义，反思小市民社会的道德僵化和思想狭隘与纳粹极权灾难的关系。其次，小说对实证科学尤其是对二战以后直至六十年代对德国精神文化发展影响至深的心理学及其研究方法进行了调侃与反诘；对科学和教育在实践中沦为工具理性的牺牲品从而背离人文精神的现象，进行了尖锐的讽刺。最后，小说对家庭成员之间、尤其是父母与子女冷漠关系的再现，不但具有反思意义，更有预言的功能：它预示了之后的六八学生运动和七十年代自传小说以及"父亲文学"的出现，也为父辈的"第二罪责"提供了有力的论据。

《德语课》是继《铁皮鼓》之后联邦德国最为畅销的小说，研究者对其褒贬不一。小说中"尽忠职守"的警察父亲引发了研究者们对纳粹第三帝国与德国民族性的讨论。有论者认为过于传统的叙事手法，对人物性格的平面化处理，使这部小说不具备过高的文学价值。然而，仅从小说的接受史来看，它的社会价值和现实意义就不可低估。结合六十年代末爆发的大规模民主运动,主人公西吉由于无法深入到父辈内心深处并改变现状而感到痛苦,正是跨越战争的一代人所面临的问题。西吉在回忆中重构警察与画家的对立,父母与子女的对立,正是他对历史罪责不能释怀又束手无策的结果。因此,《德语课》是对后来六八运动前后社会心理急剧变化的预言,堪称一部反思罪责问题的过渡之作。

　　对历史问题与现实问题关系最直观甚至最有争议的表现,当属第三个文本《朗读者》:战争一代与战后一代,即父辈与子辈在罪责问题中的纠缠。本书第四章将对这种代际"纠缠"以及主人公的赎罪历程进行深入探讨。论述以罪责问题的多重性为开端,针对小说中所展现的各种困境和两难,对代际冲突以及大屠杀之后的历史认知的再反思,进行批判性解读。本章第二节借助社会心理学中有关耻文化人格与罪文化人格的研究成果,结合相关历史背景,对跨代罪责产生的原因进行阐释。其中既包括第一代人从不知罪不认罪到自我启蒙、主动赎罪的转变历程,也包括第二代人在克服过去这个问题上的自我剖析。主人公米夏埃尔所代表的战后一代,面对罪责问题所经历的叛逆、回避、挣扎和反省,证明两代人在历史罪责问题上尽管表现迥异,然而却抱有相似的心理结构。通过一场审判,汉娜作为纳粹女看守对集体的盲从、对任务内容的冷漠,将麻木的"尽忠职守"在第三帝国的极端表现推到了风口浪尖;而作为文盲的汉娜自学读写重新认识历史的过程,又是一个自我启蒙的范例。作为现代文明标志之一的法律在道德启蒙和罪责反思问题前的无力,是施林克小说所反映的一个重要问题。本章第三节论述赎罪的可能性。小说借用荷马史诗中奥德赛的故事,表现主人公对于罪责问题不断发展的认识，以及从克服羞耻、克服罪责直到主动赎罪的过程。以受害者与纳粹后代合作完成赎罪作结，从这个意义上看，《朗读者》是三部小说中相对豁然的一部，它以集体的罪责提醒我们思考战后之初哲学家雅斯贝尔斯的解决方案，并且以文学话语对此作出了积极回应。

　　最后一部分本应是结论，实际是对一些开放式观点的综述。这一部分首先从政治学者阿伦特对罪责问题的基本判断出发，明确本书在研究结论上的开放式特征；继而回顾三部小说文本在罪责反思上的逻辑关系以及各自独特的时代特征，强调罪责话语的具体所指，即战后反思小说中的共同话题：辩罪。围绕这个话题，三部小说分别揭示了罪责反思的困境和必要性。尤其是第三部《朗读者》，在文本分析部分遵循作者的创作初衷，将论述重心置于第二代之责与第一代赎罪的可能性上；同时也以辩证的视角，反思小说自身的所谓"政治不正确"，补述小说可能引发的对于纳粹一代罪责的辩护倾向。

　　结论部分的另一个重点是对德国"正常化"的分析。反思罪责的小说普遍具有将纳粹去魔化的倾向，兼容批判与同情的视角。无论是辩罪、哀悼还是"正常化"，无论是锋芒毕露的批判还是寻求理解的尝试，都是以探索和改善人类的道德盲点而非挑战法律概念为宗旨。因此本书并不刻意区分某部小说究竟是在脱罪还是认罪，而是借用跨学科理论和方法，尽可能对问题展开立体观察与思考。

第一章　罪责问题的概念演变以及相关话语

第一节　罪责与罪责问题

　　1946 年 8 月 17 日,一位刚刚在美国站稳脚跟的犹太移民,在给她当年的哲学老师兼挚友的一封信中这样写道:"您对纳粹政策是一种罪行(即犯罪)的定义,令我震惊,也令我难以接受。在我看来,纳粹罪行似乎突破了法律的界线,恰恰是这种突破促成了纳粹的残暴。对于这些罄竹难书的罪行,没有任何惩罚是适合的。将戈林送上绞架当然是必要的,但这远远不够。也就是说,与所有文明社会的罪行相比,这种罪行超越并且粉碎了任何的、所有的法律体系。这也是为什么那些在纽伦堡的纳粹分子如此自得的原因。"①

①　Your definition of Nazi policy as a crime (criminal guilt) strikes me as questionable. The Nazi crimes, it seems to me, explode the limits of the law; and that is precisely what constitutes their monstrousness. For these crimes, no punishment is severe enough. It may well be essential to hang Göring, but ist is totally inadequate. That is, this guilt, in contrast to all criminal guilt, oversteps and shatters （转下页）

在收到这封信大约两个月后,老师回信了:"你认为纳粹的所作所为不能够被理解为'罪行'——对你的观点我不能苟同,因为超越所有罪行的犯罪必然会显示'出众'的色彩——当然,是魔鬼般的出众——然而,在我看来,无论是针对纳粹整体,还是希特勒所表现出来的'恶魔本性',以及其他类似的种种,都不适合用'出众'来指称。我觉得,似乎我们应该看到这些事物中完全平凡的特性,看到他们那种无足轻重的特点,因为从本质上说,他们本无出众之处。"①

这是二战结束之初,汉娜·阿伦特与卡尔·雅斯贝尔斯关于罪责问题的一段书信讨论。此时,二战刚刚结束不久,阿伦特坚信她在《极权主义起源》中的判断,认为那种源于人性深处的根本罪恶是导致纳粹罪行的主要原因。② 然而,十五年之后,在旁观艾希曼审判之后撰写的一本惊世骇俗的调查报告中,阿伦特对罪责问题的判断已经发生了改变。③ 她不知不觉站在了曾经的认识的反面,并在副标题中用"恶之平庸性"为老师的观点提出了更为有力的支持。

(上接注①)any and all legal systems. That is the reason why the Nazis in Nuremberg are so smug. In: Hannah Arendt & Karl Jaspers: *Correspondence 1926 —1969*. Translated by Robert and Rita Kimber. Harcourt Brace Jovanovich, New York 1992.《书信集 1926—1969》,第 54 页。

① You say that what the Nazis did can not be comprehended as "crime" — I'm not altogether comfortable with your view, because a guilt that goes beyond all criminal guilt inevitably takes on a streak of "greatness" — of satanic greatness — which is, for me, as inappropriate for the Nazis as all the talk about the "demonic" element in Hitler and so forth. It seems to me that we have to see these things in their total banality, in their prosaic triviality, because that's what truly characterizes them. 出处同上,第 62 页。

② 早在二战结束前,阿伦特在一系列观察之后就已认识到普遍人的跟风之恶,但并未将其提升到后来艾希曼审判时的高度。

③ 1963 年,阿伦特《艾希曼在耶路撒冷——关于恶之平庸性的报告》一书出版。

　　这两位政治哲学家对纳粹历史罪行的不同认识，在当时只是私人范围内的讨论；孰料在恶魔与普通人之间给纳粹定位，却成为战后德国关于罪责问题产生的所有疑惑、争辩、回避和否认的焦点。如果纳粹是魔鬼，纳粹的罪责是无法理解的恶，那么追溯罪责问题对于现实的启蒙又有什么意义呢？事实证明，正是存在于普通人身上的庸常无奇的恶，为我们的反思提供了质料。为了理解罪责问题的来龙去脉，首先需要了解罪责一词究竟从何而来，在二战以及战后的语境中，又具体指向何方。

一、罪责是什么？

　　几乎所有对罪责起源的探索总是从区分善恶开始。如果没有善恶之分，便没有罪责之说。人类从一开始就要区分善恶，就有剔除恶的使命。无论是在人形宗教统治的地区，还是远古的人类聚居区，对罪责问题的基本规约都是维护人类共同生活的前提，"你应该"或"你不应该"，说明人类的行为需要被约束，受善恶是非观念的指导。应该之事首先具有道德合法性，是善的、好的，而不是恶的、坏的。正是人类对善恶认识的不断发展，决定了罪责概念的变迁。

　　二十世纪的学者研究发现，从最朴素的罪恶观开始，经由玷污、罪孽、罪责这三个阶段，才达到我们今天所说的"罪责"（有罪）。在德文中，罪责与债务用同一词 Schuld 来表示。按照尼采对道德谱系的梳理，罪责起源于欠债这个物质概念，不仅如此，从古老的债权人和债务人关系中，还发展出了负罪感和个人责任。最古老最纯朴的道德标准即是，一切东西都可以买断；而最初阶段的正义，就是在力量大致均等者中间通行的善的意志。他们相互容忍相互理解，而在涉及弱者时，他们之间则会在强迫弱者方面达到协调。① 在中文里，与罪责意思最相近的说法是"有罪"或"亏欠"。套用弗洛伊德的阐释范式，如果爱是一种缺乏，那么罪责就是一种亏欠。因为一旦有亏欠，便产生了一种不平等的人际关系，是一个不善的状态，必须通过补偿来赎回。②

宗教含义下的罪责概念包含了三层意思，它既表示客观罪行本身，又包括罪行造成的恶果，最后还包含应该或必须（debitum）之意，即人主观为行动和后果承担责任。③ 罪基督教的原罪（Ursünde）、罪孽（Sünde），虽然跟我们今天所说的罪责（有罪）相近，都包含了"罪"字，但三者之间的区别却不仅限于字面上的差别。而对于基督徒而言，"罪责"和人在上帝面前的"罪孽"是同义的。经院神学家奥古斯丁将罪解释为"一个行动或一种违背个人意志的欲望"，托马斯·阿奎那则认为"罪是对永恒律法的违背"。在神学道德下，俗世意义的罪责与罪孽是同一个概念。但如果抛开宗教的语境，罪责就不再是对上帝的罪孽这一说，而是指涉人与外部世界，人与人之间的关系。

人类学意义上的罪责概念也强调人与自身意识、具体生活以及他人发生的关系，认为罪责是"一个自由的、有承担能力的人的标志"。当个人生存的自由越是由社会环境、经济、生态压力的影响而受制于外界时，对自身行为所付的责任也

---

① 尼采：《论道德的谱系》，谢地坤等译，漓江出版社 2007，第 42、48、49 页。
② 尼采认为负罪感和个人责任起源于最古老、最原始的人际关系，起源于买主和卖主、债权人和债务人的关系。参见尼采：《论道德的谱系》，第 48 页。
③ 神学家霍嫩费尔德对罪责的三重解释：一、作为必须，debitum；二、作为一种行为，犯罪人对自己的错误负责；三、作为行为的恶劣后果。

就越少。自由与责任在人类生存中不可或缺，如果它们受到威胁，人本身也处于危险之中。[1]

罪责在心理学上并不是独立存在的，而往往跟某些词合成一个词，比如负罪感，有罪能力，罪责意识。弗洛伊德侧重对负罪感的研究，并从此进入了深层心理分析的领域，继而把罪责和良知解释为心理疾病。这与尼采所说的"内疚是一种病"大致相同。弗洛伊德认为负罪感的起源在于对权威和超我的恐惧。二者都把负罪感与羞耻心相连接，忽略了罪的客观含义。

我们日常所说的罪责，指对宗教、道德、习俗、理解、交往规范等守则的侵犯，而法律意义上的罪责指触犯了现行法律法规的行为。[2] 如果不做特别说明，一般更倾向于过失或责任。

人类在对罪责的认识由低向高大致跨越了三个阶段，这三个阶段对于今天的人仍然有启示意义。古老的罪责思维模式在判断何为恶时，居于核心地位的是个人的具体行为而非主观意识。而罪责不但指向客观行为及其后果，同时也包含了主体面向未来的责任。决定是否有罪的关键，从具体行为过渡到主体意识，是人类文明进程中一个重要的突破。一个社会越是提前进入个体主动辨析罪责的阶段，这个社会的文明也就越进步。

人类在罪责认识上的第二个突破，是把罪责主体从集体转向个人。也就是说，不存在集体罪责的情况。法国哲学家

---

[1] 参见 Angelika Walser：*Schuld und Schuldbewältigung in der Wendeliteratur. Ein Dialogversuch zwischen Theologie und Literatur*，Mainz 2000，S. 34ff。

[2] Bernhard Schlink：*Vergangenheitsschuld. Beiträge zu einem deutschen Thema*，Zürich 2007，S. 12.

保罗·利科(Paul Ricœur)根据对《以西结书》(18:2—4)以及
《耶利米书》(31:29—30)的解读,认为圣经中早已把个人负责
与集体归罪区分开来。在同代人或隔代人之间,都不存在分
担罪责之说。这里的罪责更多指刑事意义下的罪行。后来的
政治哲学家、思想家阿伦特专门论述集体责任与集体罪责存
在本质不同。

　　二战之后的德国年轻一代,没有参与过犯罪,更谈不上对
父辈的不抵抗负有责任。尽管如此,面对父辈的罪责,许多人
还是感到震惊、茫然、不知所措以及羞耻。既然是他人之罪,与
我无关,我为什么还会感到坐立不安? 这就需要我们在对罪责
的认识上实现第三个飞跃——从个人罪责到集体责任,不再停
留在他与我的定位,而是上升到我们的层面。这正是后来的哲
学家、政治家以及法学家、文学家所期待的"休戚与共"。

二、二十世纪的敏感词:罪责问题

　　二十世纪最早关于罪责问题的文献,诞生于第一次世界
大战前后。那时的罪责问题主要针对战争破坏和赔偿问题而
提出,涉及的只是政治军事层面。当时的公共舆论对于今天
来说,影响最深的莫过于"背后一刀"之说。这种说法的不胫
而走,是对罪责问题的一种典型而蛮横的简化处理——寻找
替罪羊,结果是犹太人被当作一战德国战败的罪魁。这种说
法也为后来针对犹太人的更大规模的集体犯罪提供了借口。
　　二战结束以后,罪责问题渐渐成为一个含义丰富的敏感
词汇。它首先针对的不是纳粹对犹太人的集体屠杀,而是泛
指纳粹德国曾经犯下的各种事实罪行。相对于神学对罪责的
形而上的解释,二十世纪的罪责概念有更加具体的对象和解

决办法。因为从根本上说,研究并讨论罪责问题,并不是为了论证"罪责无处不在"这个业已成为基督教定论的观点,而是首先要清算纳粹的战争罪行,还社会以公正;其次要拯救德意志民族与历史的顽疾。尽管这个目标得到了众人的认可,然而在方式方法上并没有一个共识。在清算罪行与自我拯救的两种呼声中,托马斯·曼对德国罪责问题所发出的让德国人自我检讨之音,在当时就颇具"挑衅性"。

在经过了二战结束之初到六十年代中期的法庭审判之后,当清算的想法随着时间变得越来越不可能时,人们开始反思,只是由一场场审判或一次次偿还就可以解决纳粹的历史罪责吗?实际证明,法律反思与道德反思无法同步进行;集体的表态与个人的认罪更不是同一回事。如果不能让普通人达到个人层面的反思,各种公共认罪仪式就只是在国际社会面前作秀。更何况,联邦德国从建立之初就吸纳了纳粹时期的骨干力量。这又算不算犯罪呢? 面对历史和现实的纠缠,人们产生了越来越多的疑问。这些疑问本身,就扩大了罪责问题的思考空间。

尽管在德语中,"罪责问题"(Schuldfrage)一词基本上都是以单数形态出现,可是它的含义却从来都不是单一而明确的。罪责问题涵盖了许多与时代密切相关的现象,也成为人类文明在破坏与重建过程中不得不克服的一个创伤。由于这个词本身就具有跨学科的特性,它所衍生的词条往往也是跨越学科范畴的。这种跨越突破了现代科学的边界,是对被异化、被破损的关联性进行修复。瑞士学者马克斯·皮卡尔德在二战刚刚结束之际出版的专著中,①用"失去关联"(Zusam-

---

① Max Picard: *Hitler in uns selbst*, Eugen Rentsch Verlag, Erlenbach-Zürich 1949. 此书初版时间为 1946 年。

menhangslosigkeit)来诊断纳粹时期的德国社会。与1946—47年间出版的大部分探讨罪责问题的著作相比,这本书洋洋洒洒,虽然欠缺专业论文式的严谨,却以生动的事实和博通古今的论据令其观点极具说服力。如果"失去关联"意味着社会价值的倒退、伦理道德的沦丧,那么拯救被纳粹摧毁的人类文明、重拾对人类文明信心的唯一出路,就是重新建立关联。而反思罪责问题,就是为已经发生的事情寻找原因,在因果之间建立联系,在过去与现在甚至未来之间进行沟通。

如前所述,纳粹罪责并不仅仅是指对犹太人的集体屠杀罪,也包括对本民族犯下的罪行。在因政治原因引发的集体屠杀中,个人的责任往往被抹杀,而且,根据后世对罪责证据的不断补足、对纳粹身份不断演进的认识,这种个人责任的退场,恰恰被证明是纳粹罪行的一部分。在法律面前,集体责任与个人责任被重新并置在一起,令罪责话语变得异常复杂。罪责的交叠不仅在虚构的文学作品中而且在现实政治层面也具有合法性:经历纳粹时代的人,已经无法为罪责找到一个单一的解释;就连纳粹罪行的内容,也包括了方方面面。由此可见,追溯和反思罪责,就是尽可能放弃对直线式的因果思维模式的依赖,在诸多社会政治文化现象、在偶然性与必然性、在受害者与施害者之间,建立或恢复联系。

我们今天固然可以用极权主义或法西斯来为1933—1945年间的德国定性,但是,坦白地说,任何明确的概念或头衔,都不足以让人们从此放下过去,告别罪责问题。其中,伦理道德层面的责任甚至比政治责任更加关键。对这两个层面的表述,文学比任何一门学科都更为擅长:借助形象丰满的个体与底层视角中的社会环境。

本研究选取的文本从时间上并未直承于二战结束,甚至是有意与战争保持了一段距离。这是因为,早期战后小说在纳粹历史的基本问题上带有明显的回避倾向。"返乡者的困境,废墟中的日常生活,失落的幻象和破灭的理想,成为五十年代末之前的文学主流。文学上基本没有对灾难的诱因和根本原因进行追寻,也排除了同幸存者或流亡者对话的可能性。"①德国学者研究认为,叙事文学领域对纳粹统治的起因和基础的阐释,始于老一辈作家、流亡人士和"内心流亡"作家的笔端,这些人的声音很快隐没在年轻作家的情绪发泄之中。

在五十年代的大部分年轻作家的笔下,上述问题大多没有立足之地,甚至遭到激烈的抵制。而在所谓"内心流亡"作家眼中,法西斯被当作一场只有通过精神、美学、爱才可以战胜的文化蜕变。这一呼吁充满了生存哲学理想。当时的畅销作家恩斯特·魏歇特的《简单生活》以及《死亡森林》,都表达了回避现实的倾向。作者假设德意志民族被分成了两个对立的世界,其中那个好德国的最高境界是歌德的人文主义。许多德国人都更愿意接受这种两极论的观点,因为在对抗纳粹野蛮思想的过程中,把自己归入好的阵营,是一种精神减负。而流亡归来的作家,则以战争经历为写作素材,通过战争与英雄主义的幻灭来展现纳粹和战争的灾难。他们基本带着创伤记忆寻找出路。比如流亡苏联的特奥多·普利维耶的小说《斯大林格勒》,不仅展现了下等士兵的盲目牺牲,也描写了作为发号施令者的高级军官。这部小说暗示军事化和大工业资产阶级是法西斯战争的开路先锋,并且以各种方式分析"服从

---

① 参见 Irmela von der Lühe: Verdrängung und Konfrontation — die Nach-kriegsliteratur. In: *Der Nationalsozialismus — Die zweite Geschichte. Überwindung-Deutung-Erinnerung.* Herausgegeben von P. Reichel, H. Schmid, P. Steinbach, Bonn 2009。

性"在人们无条件接受命令以及捍卫士兵荣誉过程中所起的决定作用。作者试图突出上层的罪犯和被蛊惑的民众之间的二元对立,为罪责问题提供一个解释。沃尔夫冈·博歇特在1947年出版的短篇小说集《蒲公英》和《在这个星期二》中也刻画了对苏战争,表达了个人的震惊和无助。学校的教学方针、教条式、臣服式的教育理念,成为谴责对象。此类主题在许多作家的笔下都有再现,他们结合歌德时代以来教师所推崇的文学的功能化进行批判。博歇特的成名剧本《在大门外》以讽刺的手法揭示了凶犯与受害者共同面对责任时的求生意志,留下一个无解的结局。除此之外,得到广泛流传的是以宗教象征手法追忆往昔的文学作品,其中以赫尔曼·卡萨克的《风暴背后的城市》(1947)以及伊丽莎白·朗盖瑟的小说《不灭之印》(1946)最为著名。这些决定了战后初年西德小说的基调,造成一种特殊的思想贯性,即不谈现实,回到过去。这些小说因而不是在"克服过去",而是将文学作为个人在极权国家面前发声的媒介。

　　总而言之,二战结束伊始,文学领域曾掀起一股强韧的求新之风。但是,无论是四七社还是其他有影响力的文学组织,都没有把罪责问题当作一个问题来集中讨论。人们急于吐故纳新,恢复自信。相反,从自身角度反思罪责问题的作品,却受到冷遇。① 如果结合当时社会的文化语境来看,这种现象恰恰促成了后来更多人的反思乃至反叛。较早直面战争罪责问题的,仍然是直接经历战争的军事政治以及哲学领域。二战前后围绕集体罪责展开的讨论,逐渐蔓延至社会各个人文学科。因此,尽管五十年代文学领域在表现罪责问题上相对乏力,但

---

① 比如克彭的三部曲。

是这个相对贫弱的状态,反而成为后来反思文学经典之作的素材。我们在细细品读那些经典作品之前,也就需要了解一下,在公共舆论和人文思想领域展开的那场讨论,以及从此衍生出来的各种罪责话语。唯即如此,才可以理解文学作品中那些一度被德国人讳莫如深、如今又不惮反刍的罪责话语。

第二节　"集体罪责"和战后初期的罪责争论

"集体罪责"(Kollektivschuld)是战后德国社会文化中的一个重要概念。这个词本指在一项罪行中,受到指控的不是单个罪犯、而是整个集体。[1] 二战结束初期,"集体罪责"从一个泛指词变成了一个有固定意义的词,堪称"炙手可热",其含义也变为"不仅仅是希特勒和纳粹领导层要对二战和犹太大屠杀负责,整个德国都被指控对其负有责任"。[2]"集体罪责"这个概念"几乎成为战后初期德国公共话语的基本元素"。[3]

对于罪责问题的思考,其实在战争结束以前,就已在德国社会各界初见端倪。在战争结束初期的 1945—48 年,围绕罪责问题形成激烈的争论。[4] "集体罪责"的说法事实上从一开

---

[1] Torben Fischer, Mattias N. Lorenz (Hg.): *Lexikon der „Vergangenheitsbewältigung" in Deutschland. Debatten- und Diskursgeschichte des Nationalsozialismus nach 1945*. 2. Auflage. Bielefeld 2009, S. 43.

[2] 同上。

[3] Norbert Frei: *1945 und Wir. Das Dritte Reich im Bewußtsein der Deutschen*. München 2005, S. 145.

[4] 关于战后集体罪责的争论史,详见 Jan Friedmann, Jörn Später: Britische und deutsche Kollektivschuld-Debatte. In: *Wandlungsprozesse in Westdeutschland. Belastung, Integration, Liberalisierung 1945 — 1980*. Herausgegeben von Ulrich Herbert, Göttingen 2002, S. 53—90; (转下页)

始就内涵模糊,也正因为它的模糊,才不断引发争议。围绕"集体罪责"的讨论几乎遍及人文学科各个领域,影响波及联邦德国建国之初的全民心理。不仅如此,这场历时近五年之久争论,还为之后几十年关于罪责问题的反思,打下了深刻烙印。

一、缘起:英美的"指控"

"集体罪责"的说法最早见于 1941 年英国人罗伯特·范西塔特爵士的《黑纪录:德国的前世今生》(*Black Record: Germans Past and Present*)一书。范西塔特在书中指出,纳粹出现在德国不是偶然的"越轨"所致,而是事态发展的必然"结果"。[①] 也就是说,纳粹的出现并非一时的机制"运转失灵",而是多种因素"合理"发展的结果。很多德国人主动参与或默许了这一发展过程,因此德国人日后应集体对此负责。范西塔特认为,德国人如果不承认集体责任,就无法在德国实现民主化;[②]德国人必须认识到自身的政治责任,唤起自己的

<hr>

(上接注④)Thomas Koebner: Die Schuldfrage. Vergangenheitsbewältigung und Lebenslügen in der Diskussion 1945—1949. In: *Unbehauste. Zur deutschen Literatur in der Weimarer Republik, im Exil und in der Nachkriegszeit*. München 1992, S. 320—351; Barbro Eberan: *Luther? Friedrich „der Große"? Wagner? Nietzsche? ...?...? Wer war an Hilter schuld? Die Debatte um die Schuldfrage 1945—1949*, München 1983; Aleida Assmann, Ute Frevert: *Geschichtsvergessenheit, Geschichtsversessenheit. Vom Umgang mit deutschen Vergangenheiten nach 1945*. Stuttgart 1999, S. 112—117。

① Vansittart: *Black Record: Germans Past and Present*, Hamish Hamilton 1941, S. 45. 转引自 Friedmann & Später, S. 54.

② 范西塔特的观点深深影响了英国人对德国人的看法。英国人将"德国人的非政治化性格"、臣仆精神视作纳粹兴起和最终建立政权的本质原因,因此特别重视责任与再教育之间的关系,认为德国人必须先认识到自身的责任,才可能完成向民主政治的转变。关于英国内部就"集体罪责"的讨论,可参见 Friedmann & Später, S. 56—65。

负罪感,才能得到道德层面的改造。① 此书一出,即刻引起轩然大波。德国人感到,英国人的理论刺伤了一个"英雄民族"的自尊心,伤害了"善良的德国人的正义感"。②

范西塔特的观点从理论层面拉开了"集体罪责"争论的序幕。1945 年以后,英美在西占区大规模开展对德国人的"去纳粹化"(Entnazifizierung)和"再教育"(Re-education),试图以此推进德国民主化进程。英美的做法隐含了一个不言而喻的前提,即德国人集体有罪——所以他们要通过"再教育"接受集体改造。这就等于让德国人在实践层面承认"集体罪责"。因此,战后初期,德国人一方面要接受调查,要在思想上与纳粹划清界限,另一方面要接受英美的民主思想和教育,否认自己的民族文化。③ "集体罪责"的说法随着"再教育"的展开流传开来。大多数德国人并不对这种说法表示认同。相反,在民间普遍流行着一种默契:"集体罪责"是战胜国单方对德国的指控,是胜者为王的强硬逻辑。在维护民族尊严和反思罪责之间,德国人更倾向于选择前者。这样,围绕"集体罪责"的一场争论势在必行。

二、德国教会方面形而上的回应

历史学家诺·弗莱(Norbert Frei)在争论结束半个多世

---

① 范西塔特并不是强调每个德国人都有罪,也不是要所有团体或阶层对纳粹罪行同等负责。

② Assmann & Frevert, S. 131.

③ 参见 Bundeszentrale für Politische Bildung (bpb.): *Deutschland 1945 – 1949. Informationen zur politischen Bildung (Heft 259)*, Überarbeitete Neuauflage, *2005*, S. *29 – 35*。

纪后指出，"集体罪责"的说法事实上并没有一个明确的出处，它是德国人综合战胜国对它的责难，杜撰出来的概念。也就是说，无论英国人范西塔特还是西占区的英美人，都没有明确提出和阐释过这个概念。它是德国人臆想出来的他人对自己的指控。还有更为激进的学者认为，早期关于罪责问题的讨论将罪责概念限定在自然灾害和宿命论上，全部罪责话语都被"形而上化"（metaphysiziert）了。① 这是什么意思呢？这是德国人日后对自己在争论中所表现出的态度，进行的批判性反思。所谓"形而上化"是指，战后初年，德国人不谈现实发生的形而下的战争屠杀，而是把它上升到形而上的神学，以此逃避或否定罪责问题。战后初期，天主教会和新教会针对英美的"指控"和"再教育"，均表现出消极态度，理由首先是："宗教从未与纳粹为伍"。② 教会方面试图从两个层面反对"集体罪责"的说法，为德国人辩护：其一，德国人只有少数从犯，大多数德国人进行了抵抗；其二，"集体罪责"只有在基督教神学意义上，才能被接受。③ 神学意义上的"集体罪责"意味着整个人类都有罪。因此，这后一条实际上等于说，如果所有人都承认自己有罪，那我们也承认；非此前提，我们就不接受。这无疑是变相对"集体罪责"的否定。

　　教会对罪责问题尤其是集体罪责的阐释，对国家的政治罪责和个体的道德罪责避而不谈，这从客观上为联邦德国建

① 　Walter Dirks 在 1946 年曾呼吁将集体罪责的概念"去神化"（ent-mythisiert），也就是要具体、清晰地区分罪责；Walter Hofer 在 1955 年批评德国人对历史罪责进行超验化和形而上化，Friedmann 和 Später(2002)不但继承了这种说法，更指出所有罪责话语都建立在伪科学的基础之上。参见 Friedmann & Später, S. 82—83。

② 　Friedmann & Später, S. 69.

③ 　同上。

国之初的经济复苏和社会稳定创造了必要的心理条件,却并不利于德国对罪责问题的反思。帕德博恩大主教耶格于1945年夏表示,大多数德国人曾通过忠于耶稣基督对抗纳粹,纳粹是一小撮但强有力的犯罪集团,广大民众无力抵抗。耶格在做如此表述时,显然没有认识到纳粹在德国的普及程度,同时有以弱者自居、自我辩护之嫌。与耶格大主教的辩护方式不同,弗莱堡主教格吕伯主张,要对有罪和无罪进行区分,把有罪的人与无罪的人进行有效分离。① 他这样做的目的,无疑是要淡化集体罪责,突出有罪的个体。但比之耶格,格吕伯至少承认了罪责。富尔达大主教蒂茨提出"尊严"和"荣誉"问题。他认为,指控整个德国人民参与了犹太屠杀,这玷污了德国的荣誉,"集体罪责"的提法给德国人带来羞耻感。② 这种以民族尊严和荣誉回避犯罪事实的做法,显然阻碍了有效的罪责反思。

由于"集体罪责"缺乏明确定义和系统阐述,于是有神学家试图把其中的"集体"阐释为"整个人类的集体"。神学家卡尔·柯林克哈默在1946年的讲话中,援引"原罪"说明,集体罪责在人类历史早期就已存在。③ 他虽然承认了"集体罪责"的说法成立,却把它无限扩大,结果就是它不再针对德国纳粹那具体的十二年历史。这样就等于最终否定了德国对纳粹负有"集体罪责"。除了通过原罪引出广义的集体罪责,神学家还指出了另一种"集体罪责",而且这是现代社会唯一一种可

---

① 参见 Lorenz Jaeger: *Denkschrift*, S. 590 以及 Konrad Gröber: *Hirtenwort*, S. 51ff, 均转引自 Friedmann & Später, S. 70。
② Dietz 于 1945 年 7 月 27 日写给美占军军政府的信,转引自 Friedmann & Später, S. 70。
③ Klinkhammer: *Katholiken*, S. 13. 转引自 Friedmann & Später, S. 70—71。

被称为集体罪责的罪责——集体自私主义（Kollektivegois-mus）；①现代社会的集体自私主义、以自我为中心的做法，完全违背了基督教理想。这样，对罪责问题的讨论又被转移到对现代性的批判上来。总之，对英美"集体罪责"的"指控"，教会方面首先作出抗议性回应，充当了"蒙冤的"德国人之代言人。在教会理解中，德国人是"双重牺牲品"：既是纳粹的受害者，又是被战胜国玩弄于股掌之间的战败者。②

三、知识分子的客观及历史层面回应

那么，德国方面对于罪责问题的回应，是否真的"全部"带有形而上色彩呢？当然不是。流亡知识分子中很早就有人主张，从形而下的事实层面，对个体与集体罪责进行区分，以此廓清模糊的"集体罪责"概念。在这种廓清背后，同样隐含着某种辩护：赫尔曼·布洛赫认为，在民主法律下，只存在个体犯罪，不能把纳粹的支持者与反对者混为一谈。布洛赫的朋友埃里希·卡勒还曾警告战胜国，诅咒一个民族的历史和未来，无异于纳粹行径，个体没有承担他人罪责的义务。从瑞士流亡回来的威廉·罗布科称一刀切式的集体罪责说是向野蛮的集体主义的退化。这些知识分子中，对罪责问题阐述最为系统、最有建树的莫过于卡尔·雅斯贝尔斯。他在《罪责问题》（1946）一书中，从客观上把罪责分为刑事、政治、道德和形而上四个层面。他反对笼统的集体罪责说，主张在集体罪责

---

① Johann Schuster：*"Kollektivschuld"*，Frankfurter Hefter 139，1946，S.114. 转引自 Friedmann & Später，S. 71.

② 荣格的原型论和集体无意识说也以曲折的方式进入争论，为德国人对待罪责问题的保守态度提供了理论支持。

与政治责任之间进行区分。① 雅斯贝尔斯认为，英国人提出的"集体有罪"不过指集体的政治罪责，实际上隐含和解之意。② 也就是说，让德国人负责，目的最终是为了推动他们向前，走上民主道路，而并非单纯惩罚他们的过去，令其万劫不复。他特别指出，集体罪责说涉及的个体并非作为个人的个体，而是指个人在群体中的角色，即作为德国公民的个体。然而，反观战后德国社会的发展，即便是"集体的政治罪责"的说法，也没有立刻得到认可，而是经历了一个曲折的对个体罪责的认识过程。在刚刚经历了战败的德国，即便在知识分子中，对个体的反思也姗姗来迟。

除以上知识分子的回应外，还有一部分历史学家从历史学角度作出回应。一批资深历史学家对罪责问题采取保留态度。他们试图将纳粹历史清除出德国传统。历史学家弗里德里希·梅尼克（Friedrich Meineke）在 1946 年出版的《德国浩劫》（*Die Deutsche Katastrophe*）一书中，把德国人视为受害者。该书的初衷不是反省，而是诉苦，不是回忆而是忘却历史。梅尼克仍然试图以恢复歌德时代以降的德国文化传统，重整德意志精神，因此对罪责问题避而不谈。有代表性的还有另一位历史学家盖·里特，他呼吁不要将罪责问题波及整个德国，纳粹是路德的、新教的，而非整个德国的。他把发展于英法的人权思想（Idee der Menschenrechte）视为现代极权主义的罪魁祸首，并坚持认为，外国人无法理解德国和德国

---

① Karl Jaspers: *Die Schuldfrage. Für Völkermord gibt es keine Verjährung*. München 1979，S. 45.

② 雅斯贝尔斯特别指出战胜国的责任所在，并呼吁德国乃至欧洲的团结。Jaspers，S. 66—67。

人。① 这无异于为罪责问题的反思设置了另一种障碍：既然互不理解，如何对话？对于罪责问题的探讨随之不了了之。

将纳粹历史清除出德国传统的做法，引起许多流亡知识分子反对。他们同样反对"集体罪责"的说法，这是显而易见的。然而，他们认为应当在德国自身历史中寻找原因，纳粹与德国历史不可分割。可见对于历史的态度，流亡知识分子与留在德国的保守知识分子之间存在很大分歧。流亡知识分子从普鲁士历史中寻找罪责根源，把罪责归咎于普鲁士集权国家和臣仆的服从精神。来自不同领域的知识分子，如倾向于社会主义的作家亚历山大·阿布施、新教神学家卡尔·巴特、国民经济学家威廉·罗布科都不约而同建议，重新评价腓特烈大帝和俾斯麦，认为战争的灾难来源于他们一手缔造的政权模式。② 巴特在 1945 年秋接受瑞士《世界周报》(*Weltwoche*)采访时指出，对于纳粹的罪行，俾斯麦责任难逃。罗布科在《德国问题》(*Die Deutsche Frage*)中反对将第三帝国看成偶发的不幸，认为它是"俾斯麦时代就已萌发的邪恶的灾难性结果"。③这样，争论的焦点转移到历史传承性，历史人物成为纳粹的罪魁，当下的政治责任和个人罪责却退避到后台。

四、问题的纠结：对"再教育"的心理反应

各种客观的、历史的反思，使对"集体罪责"的回应不再停

① 转引自 Friedmann & Später, S. 80。

② 不过，这个建议迟迟不被德国国内的历史学家和文学家所采纳。他们更愿意去捍卫普鲁士精神，尤其把 1944 年 7·20 事件当作本民族精神历史的高度体现。

③ Wilhelm Röpke: *Die deutsche Frage. Dritte veränderte und erweiterte Ausgabe*, Eugen Rentsch Verlag, Erlenbach-Zürich 1948, S. 130.

留在"形而上"的层面,然而,它们对于推动个体对道德罪责的反思,依然于事无补。另一方面,战胜国在德国西占区实施的"去纳粹化"和"再教育",事实上证明,对德国人负有"集体罪责"的指摘,不但无法改造德国人,反而阻碍了个人反思。人们为证明自身清白而互相揭发,造成普遍的不信任,加大了相互沟通的难度。与此同时,许多纳粹时期的高官,战后仍然留在政府高层,对历史保持缄默。所有这些——英美的指摘,德国知识分子多种辩护式回应,现实状况——使战后的罪责问题盘根错节,异常复杂。但同时也清楚表明一点:罪责问题势必从个体层面进行反思,非此,任何民主和道德建设都不过是虚幻。

　　然而如何促成个体反思呢? 英美采取的各项措施,也不但没有有效促进个体反思,反而引起普遍反感,事实上事与愿违,甚至适得其反。英国人自 1945 年 3 月就开始搜集大屠杀的图片资料,战后在大街小巷张贴图片和标语,提醒德国人这是"你们的罪"。他们本想以此让德国人直面过去的罪行,却引起德国人心理恐慌,尤其遭到知识分子质疑和反对。黑塞一语道出了这种尴尬:"对于顽固不化的人,集体认罪根本没有效用,而对于少数思想未被腐蚀者,集体认罪又显得多余。"①1946 年占领军在德国放映名为《死亡磨坊》(*Die Todesmühle*)的纪录片,其中"德国人负有集体罪责"这一潜台词昭然若揭。记者兼作家埃里克·科斯特纳随即发表文章,一面赞成占领军将历史真相呈现给世人,一面对"集体罪责"的潜台词表示微词。他提醒占领军不要忘记德国人本身也是受害者。科斯特纳真切记录了德国人观看纪录片后的感受,并对"再教育"的结果表示怀疑:"大多数人看完后保持沉

---

① 转引自 Koebner, S. 321。

默,一言不发地走回家……有些人窃窃私语:政治宣传! 美国人的政治宣传! 以前是,现在还是!"①

　　对德国人对"再教育"的心理反应,社会心理学家亚历山大·米切利希认为,德国人缺乏自我意识、服从权威的性格,并不是战败后才表现出来,这些性格在第三帝国时期就已形成;再教育措施和集体大审查,事实上无法触动德国人的内心。史学家欧根·科贡说得更直白:战胜国的"再教育"实际上是一种"震惊教育"(Schock-Pädagogik);人们震惊过后的第一反应,往往不是理性地去面对问题,而是"对罪责指控的抵触心理"。② 科贡在《党卫军国家》(*Der SS-Staat*)中说,大多数德国人出于对"集体罪责"的抵触以及自身的无所适从,并不想在内心深处进行反省,他们的"良知尚处于沉睡状态"。与米切利希的思路相同,科贡也认为德国人"无条件服从权威"的传统,在心理上阻碍了他们内在的反省和新生。这些观点在后来有关罪责问题的讨论,以及涉及罪责问题的文学作品中,得到了印证。说到底,在英美的"再教育"中,大多数德国人除了感到恐惧,并没有从内心产生负罪感。大多数人认为自己不是纳粹,总体上把纳粹视为与自己无关的他者,并不能使自己与罪犯产生任何认同。这也构成了德国战后一个时期的阶段性特征。③

---

① Erich Kästner: Wert und Unwert des Menschen. In: *Gesammelte Schriften*, Bd. 5, S. 63, 转引自 Assmann, S. 130。

② Eugen Kogon: *Gericht und Gewissen*, Frankfurter Hefter 1. Jahrgang, Heft 1, S. 26. 转引自 Assmann, S. 134。

③ 历史学家耶恩·吕森对战后德国分为三个阶段,具体参见 Jörn Rüsen: *Zerbrechende Zeit. Über den Sinn der Geschichte*, Köln 2001 以及《纳粹大屠杀、回忆、认同》,载于哈拉尔德·韦尔策:《社会记忆:历史、回忆、传承》,季斌等译,北京大学出版社 2007,第 179—193 页。

五、雅斯贝尔斯的积极回应

然而,战后初期德国知识界对罪责问题的回应,并不只是抵制、辩护的保守声音。在积极的、有建设性意义的回应中,雅斯贝尔斯的观点,对战后的罪责反思以及民主化建设产生了深远影响。1945 年,哲学家雅斯贝尔斯从瑞士流亡回到德国,在海德堡大学开设了一系列讲座,分析评论德国当代史及战后社会现状。讲稿后编辑成《罪责问题》一书,"罪责问题"第一次被作为专有名词提出,并得到系统阐述。雅斯贝尔斯把罪责划分为刑事罪责、政治罪责、道德罪责、形而上罪责四个范畴。刑事犯罪指客观可以证明的、明确触犯法律的行为;政治罪责即政治责任(Politische Haftung),指一个国家全体公民共同参与的行为;道德罪责指涉个人行为,在道德罪责领域,不能以"命令就是命令"来为自己开脱辩护,即便在刑事犯罪中,道德罪责也因人而异;形而上罪责指人在上帝面前必然有罪的事实。[1]

与同时期其它作品相比,《罪责问题》一书既具批判性、分析性,也具建设性。它写给"我们"——战后所有德国人,出发点是为寻找救治方法。比如他在论述道德罪责时提出以"相互倾诉"的方法,克服个人在罪责面前孤立无援的心理状态。他认为这样的相互沟通不仅可以调节整个社会的心态,令所有人达到内省与重生,而且还能促进新的社会法律精神的形成。雅斯贝尔斯还在书中提出"团结/休戚与共(Solidarität)"的方案。他本人是遭受纳粹驱逐的受害者,但却不主张在德

---

[1]　Jaspers,第 21 页。

国人内部进行严格的善恶划分。此外,他在阐述形而上罪时,把人在上帝面前的罪看作必然的事实,也在一定程度上减轻了当事人的负罪感和心理负担。当然,这并不意味鼓励人重复犯罪,而是强调,人作为集体动物必然要分担看似不属于他的罪过。①

另一方面,雅斯贝尔斯认为,"他人犯罪我旁观"的做法是有罪的。② 在政治灾难面前,沉默就是帮凶。这无形中切中了无数跟风者和袖手旁观的沉默者的要害,阻碍了他们试图逃避罪责的企图。雅斯贝尔斯也坚决反对把"集体罪责"强加给德国人的说法,③因为它有失公正;但更重要的是,在雅斯贝尔斯看来,它阻碍了个人道德层面的反思。他呼吁民众主动面对个人罪责,主动为纳粹罪行共同承担责任。这事实上是对范西塔特观点的积极回应和深化。④

综上所述,围绕"集体罪责",在英国与战后德国以及德国知识界内部爆发了一场针锋相对的争议。以英国为首的占领军虽然没有直接提出"集体罪责"概念,但他们认为德国人"集体有罪"并对西占区全体德国人开展"再教育"。两相作用之

---

① 雅斯贝尔斯以家族和血缘关系为例论证个人对于看不见的罪行也负有责任,就如一个家庭中子辈要分担父辈的罪责。这与荣格的原型论和集体无意识说不谋而合。不过雅斯贝尔斯并没有停留于对集体有罪的宿命性和被动性的论述,而是认为这种连带性质的责任与保持一个民族的传统息息相关,纳粹的罪行令所有德国人震惊并受到牵连,德国人对纳粹也因此负有不可推卸的全民责任。参见 Jaspers, S. 57, 61, 63, 71—73。

② Jaspers, S. 22.

③ Jaspers, S. 40.

④ 随时间推移,《罪责问题》日益在政治学、文化学以及文学领域得到广泛认同,成为研究罪责问题的重要文献。可惜《罪责问题》在当时的德国并未引起相应反响,远在美国的雅斯贝尔斯的学生汉娜·阿伦特也曾第一时间质疑他关于罪责的分类。参见 Hannah Arendt & Karl Jaspers: *Correspondence 1926—1969*. p. 54。

下,德国人便认为,英美事实上在指控德国人集体对战争负有责任,"集体罪责"不胫而走,成为一个流行说法。在大多数德国人看来,英美的"指控"是胜者为王的逻辑,把德国置于不平等地位,有损德国以及德国人的荣誉和尊严;比起自身的道德反思,他们感到首先应该捍卫政治公正和人格平等。德国首先在教会方面展开了带有强烈自卫色彩的辩护。与此同时,历史学界和政界①试图一方面割断纳粹历史与德国历史和当下的联系,另一方面割断纳粹罪犯与德国人集体的联系,把纳粹视为一小撮罪犯的偶发的罪行。最后,问题转移到心理层面。"集体罪责"似乎可以以集体的名义解脱个人罪责,并在这种前提下得到默许。

　　究其三种回应,可以说每一种都以不同方式,为个体对自身的道德反思设置了障碍。加之战后的生存困境,结果就助长了个人得过且过,内心沉默,②乃至顾影自怜的心态,造成面对罪责问题的普遍沉默态度。当然,德国人的沉默背后也隐藏了饱受意识形态愚弄后,对各种意识形态保持默然的自

---

①　强调德国是一个集体、纳粹是害群之马,也构成了联邦德国建国之初的政治策略。首任联邦总统特奥多·怀斯在 1949 年的演说中称,纳粹是希特勒他们带给我们德国人的耻辱。这恰恰合普通百姓以受害者自居的心理诉求。"集体耻辱"说是将"集体罪责"从事实层面上转变到心理层面,它既阻碍了德国人作为个人在道德层面的反思,也阻碍了他们作为公民对国家政治责任的反思。自认"集体耻辱",与外界强迫认罪的力量两相结合,助长了德国社会整体抵御"集体罪责",另一方面却也导致了德国人的集体沉默和沟通中断。

②　早在四十年代,一批年轻的自由作家就激烈批判德国人的集体沉默,认为所谓的沉默是一种自卫机制。对沉默的批判伴随德国的民主进程,一直延续到上个世纪末。这其中最有代表性的两种观点来自汉娜·阿伦特与赫尔曼·吕伯。阿伦特在上世纪六十年代指出,德国人的气质并没有随着二战的结束发生改变,谎言与自欺欺人随处可见,而吕伯在八十年代发表了"德国人靠沉默完成了从纳粹凶犯向民主市民的外部过度"的观点。详见 Gesine Schwan: *Politik und Schuld*, S. 69—74。

卫本能。而英美的"再教育"也未能达到预想的效果，反而加深了德国人的心理抵触。然而，大争论无论最后结果怎样，却无疑把罪责问题提到公共话语，启迪了对罪责的反思，产生了雅斯贝尔斯这样系统而有建树的罪责理论。争论为后来的知识界、文学界及社会各基层逐步开始有利于民主建设的罪责反思开辟了道路。时隔半个多世纪，德国人终于开始把纳粹历史称为"我们"的历史，①这不能不说是这场争论的一个积极延续。

第三节 罪责话语中的常见概念

一、克服过去

二战后的德国，从罪责问题中衍生出许多概念，有些虽不是直接诞生于战后，却从 1945 年开始逐渐演变为公共领域的流行话语。因此，若想要全面且深入地理解战后德国的政治话语和社会心理，首先需要对这些概念的具体应用和理论内涵有一个概观。作为这些概念中最炙手可热的一个，"克服过去"（Vergangenheitsbewältigung）不仅覆盖了战后心理学、历史学、法律、政治学，更横跨文学和文化学领域。"克服过去"包含了两个阶段性，首先是德国人回到令他们蒙受罪责的一段历史中去，在探讨纳粹统治结束之后由受害者和战胜国或者由德国人自行追加的历史罪责之后，再走出这段过去。在这个走进去再走出来的过程中，罪责问题成了具有关键意义

---

① 史学家吕森将战后德国社会划分的三个阶段中，其中第三个的标志就是"我们"的频繁使用。本书第四章将对这一划分进行详述。

的"隐性问题"。①

　　"克服过去"是德国在战后发明的一个术语,在其他语言中"很难找到对等的翻译",②汉语同样如此,③只能挂一漏万,姑且直译作"克服过去"。关键我们要把它看作一个专有名词,知道它的具体指涉。"克服"一词的阐释取自心理学,而"克服过去"既是心理学概念,又是政治学概念,既隐于个体层面,又广至集体层面。这个概念不但深入到其他各人文学科,其内涵也在战后政治文化领域的使用中不断丰富。近年来,"克服过去"又成为记忆文化中一个重要概念。④ 2008 年,《克服过去辞典》出版,词条囊括了德国二战后六十年历史中的重要概念和事件,撰写者来自各人文学科。

　　德语"克服"(Bewältigung/bewältigen)一词有两个基本含义:一指成功地完成了一项艰巨的工作,二指从精神上处理、消化、领悟、吸收一件事,经常思考它,直到它不再造成痛苦。进一步说,"克服"也就是逾越、战胜乃至了结一件可怕的经历,比如过去或青年时代的不幸事件。"克服过去"中的"克服"主要使用这个词的第二个意思,即从精神上处理、消化、领悟和吸收过去(这也是 verarbeiten 所包含的几个意思),经常

①　Michael Kohlstuck: Die Enkel der Mitläufer. Die Thematisierung des Nationalsozialismus bei jungen Männern. In: *Zwischen Erinnerung und Geschichte. Der Nationalsozialismus und die jungen Deutschen*. Metropol 1997, S. 9, 22.

②　Armin Mohler: *Vergangenheitsbewältigung*. 3. Aufl., Krefeld 1980, S. 140.

③　目前国内的译法还有"逾越过去"、"跨越历史"等,尚无固定译法。

④　Christoph Corneließen, Lutz Klinkhammer, Wolfgang Schwentker: Nationale Erinnerungskulturen seit 1945 im Vergleich. In: *Erinnerungskulturen. Deutschland, Italien und Japan seit 1945*, Frankfurt am Main 2003, S. 12.

思考它、反思它，直到过去不再造成痛苦，从而逾越、战胜、克服过去发生的可怕事件。这样一来，它也自然影射或暗含了第一个意思，即成功地完成了一项艰巨的工作。在战后的语境中，"过去"指二战和纳粹历史。① 于是，"克服过去"就意味着二战后德国人对二战纳粹历史的消化、吸收、反思，以及如何从心理上逾越和克服它。总体来说，"克服过去"是褒义的，它以澄清事实、道德净化及和解为目标，而不是机械地、复仇式地消灭过去的各等有罪责的人。② 当然"克服"一词本身就有通过"强力"、"暴力"战胜的意思，听起来反而像把纳粹罪行和德国人的罪责强行"从记忆中抹去"，因此历史学家赫尔曼·海姆佩尔把"克服过去"称作"与过去的斗争"，③而阿多诺曾提出以"处理"（verarbeiten）一词代替"克服"（bewältigen），④强调反思的过程而不是一蹴而就的结果。但无论如何，这个术语在未得到明确定义之前，就已经在学界和大众当中流传开来。

对二战历史的处理之所以使用"克服"，目的在于强调对过去认识的过程。⑤ "克服"可以描述一个"经常思考"的过程，

---

① Peter Reichel：*Vergangenheitsbewältigung in Deutschland. Die Auseinandersetzung mit der NS-Diktatur von 1945 bis heute.* München 2001，S. 20.

② 这种观点听上去过于理想化，但是这个政治理想在数十年后的确得到了其他学者的响应。参见 Michael Wolffsohn：Umkehr statt Rache zur Verhinderung der Wiederkehr oder brauchen wir eine neue Vergangenheitsbewältigung? In：ders.：*Ein Volk am Pranger? Die Deutschen auf der Suche nach einer neuen politischen Kultur*，Aufbau Taschenbuch Verlag，Berlin 1993，S. 190。

③ Hermann Heimpel：Gegenwartsaufgaben der Geschichtswissenschaft. In：*ders.，Kapitulation vor der Geschichte*，3. Aufl.，Göttingen 1960，S. 45ff.

④ 阿多诺认为，纳粹历史与自诩民主的当代社会之间有无法掩饰的传承关系。这种统治后纳粹时代的集体心理，不但是人们对第三帝国记忆的回避和简化，更是对自身暴行的简化。

⑤ Mitscherlich：*Die Unfähigkeit zu trauern*，S. 24.

包括不断回忆、重复记忆和反思。① 因此,"克服过去"首先必须是一个个人心理过程。按照心理学的解释,一个人在回忆时,无论感情多么强烈,但如果只回忆一次,那么他也很快就会淡忘。因为人的本能或潜意识中有自我防卫的心理机制,表现为忘却、拒绝、投射等形式的行为,如米彻里希夫妇所列举,否认那些可以证明我们有罪的事件,歪曲它们的意义,把责任推卸给他人,以免影响我们正常的生活等等,都是典型的自卫表现。这些自卫机制或利己的回避行为,会使人暂时获得安全感。只有当一个人的痛苦大于回避带来的暂时安全感,也就是说,只有当掩饰和回避不能使他释怀时,他才具备自我审视、愿意重复回忆的心理条件。反过来,只有带着批判性的反思去重构记忆,人才能够冲破本能的、潜意识里的自我防卫心理机制,达到真正的精神痊愈。总之,"克服"一词首先隐含了一个曲折的心理过程:在自卫机制与回忆之间的不停往复。

"克服过去"在某种程度上是学者们理性的构想,是一个政治和心理的双重乌托邦。通过"克服过去",可见"政治政策和公众话语如何针对纳粹以及罪责问题展开讨论";② 而在实际应用中,在公众的、集体的、政治的层面之下,由于个人心理和经历的差异,它经常"混合着思想、感情、意志和本能的自卫机制,集合着多种而且常常是矛盾的动机",有一种"潜在的混乱性"。尤其在政治实践中,它的表现与学者们的期待大相径庭。1945 年以后,德国首先陷入关于"集体罪责"的讨论,围绕这场讨论出现自我辩护的心理,伴以沉默,继而是要求在纳

---

① Siegmund Freud: *Erinnern, Wiederholen, Durcharbeiten. Ges. Werke X*, London 1991, S. 126 ff.
② Kohlstuck, S. 23.

粹与德国大众之间划清界限的呼声。① 在阿登纳执政时代，
"集体罪责"被暗中置换为"集体无罪"，这无形中抑制了德国
人进行带有反思性质的回忆，他们的个人历史也被世人淡忘。
人们只展示和讨论作为受害者的德国人的回忆，或将罪责归
咎于少数执掌权力的政治精英。在这种语境下，探讨历史的
目的就不再是反思罪责，而是转移到了辩护乃至捍卫民族荣
誉上来。由此，德国政界不仅保持了长时间沉默，而且试图草
草结束对罪责问题的讨论。

　　如果说战后的前二十年，德国社会主要倾向是自卫、自怜
和沉默，那么到了 60 年代中期，随着世界政治格局的变化以
及德国经济秩序的恢复，政治呼声转变为与历史决裂。1965
年，德国围绕历史问题展开激烈辩论。一方是政府要员的表
述，一方是史实给予的回应。是年 5 月，联邦总理艾哈特在电
视讲话中，一方面痛惜德国人蒙受苦难，一方面盛赞德国人如
何为人类做出过伟大贡献。他尤其指出德国人如何全力以赴
重整旗鼓。几个月后的政府报告中，艾哈特直接宣布"战后时
代的终结"（Ende der Nachkriegszeit）。② 时任柏林市长、社
民党主席威利·勃兰特也在纪念二战结束二十周年之际，提
出当务之急是要"保护这个改过自新的民族（ein geläutertes
Volk）不再受恶语中伤"，因为"二十年已经够了，分裂、断念、
回首得已经足够。……这二十年意味着我们的勤劳，我们的
忧虑，我们的理智和我们的信念，我们的希望和我们的骄傲。

---

① 参集体罪责一节。
② 1965 年 11 月 10 日的政府报告，转引自 Edgar Wolfrum：Die Suche nach
　　dem Ende der Nachkriegszeit. In：Christoph Cornelißen，Lutz Klinkham-
　　mer，Wolfgang Schwentker：*Erinnerungskulturen. Deutschland, Italien
　　und Japan seit 1945*，Frankfurt am Main 2003，S. 185。

这些都是我们的生活。"①

　　另一方面，从纽伦堡审判到法兰克福的奥斯威辛审判以及后来的一系列针对集中营看守的审判，德国在法律意义上的"克服过去"一直没有结束。在隐瞒、回避多年后，德国境内集中营一一曝光，并被修建为纪念馆。同年 4 月，联邦总统海因里希·吕普克在贝尔根-贝尔森纪念馆前面向八千参观者，发表《对德国人民的讲话》，明确提出德国人不能与历史决裂，因为不是"我们令历史阴魂不散，而是历史令我们欲罢不能。我们没有能力摆脱它的魔咒"②

　　紧接着，60 年代末出现一些抽象理论，掩盖了罪犯、犯罪地点、从犯以及受害者的具体身份（这种情况一直延续到 80 年代）。这是继阿登纳时代之后的所谓"第二次抑制"。70 年代又出现两种声音，一方面有人认为，经过对纳粹历史长期不懈的思考，过去已经被"克服"，战后时代已经终结。另一方面，保守派批评人士坚称，德国尚处于一个长期忏悔阶段，要通过爱国思想与自己的历史建立亲和关系。80 年代初，德国政界出现所谓"正常化"③吁求：1982 年底，联邦政府表达出

---

① 　原文„Zwanzig Jahre sind genug — genug der Spaltung, genug der Resigna-tion und genug des bloßen Zurückhaltens ... Diese letzten zwanzig Jahre ... sind unsere Arbeit und unsere Sorgen, unsere Einsicht und unsere Standhaftigkeit, unsere Hoffnung und unser Stolz, sie sind unser Leben.“ In: *Frankfurter Allgemeine Zeitung*, 3. 5. 1965, Brandt: Zwanzig Jahre sind genug。转引自 E. Wolfrum, S.185。

② 　原文"Nicht wir beschwören die Vergangenheit, die Schatten beschwören uns, und es liegt nicht in unserer Macht, uns von ihrem Bann zu entziehen." In: *Süddeutsche Zeitung*, 26. 4. 1965, Lübke am Ehremal von Bergen - Belsen。转引自 E. Wolfrum, S.186。

③ 　跟战后诸多概念的命运相似，"正常化"也是一个争议颇多并且带有政治救赎色彩的词，它表达了德国人要摆脱历史阴影、做回正常国家的诉求。历史学家绍尔·弗里德伦德尔毫不含糊地道出了这种"正常化"的悖论，　　（转下页）

要做"正常"国家的愿望。1985 年 5 月,美国总统里根在比特堡(Bittburg)为德国阵亡将士墓敬献花圈,①保守派媒体将此举解读为美德之间谋求和解的姿态。比特堡之行于是被官方视为"克服过去"的终结。

这一系列事件表明,战后德国政治上层并没有像学者们设想的那样,在精神上消化吸收二战历史,更没有经过反复回忆、持续反思的渐进过程,最终在心理、政治、社会、历史层面逾越、战胜、克服它,而是在政治实践中,交替着回避和抑制行为。事实上,无论是寻找替罪羊的心理,还是以集体无罪置换集体有罪、以集体罪责回避个人罪责,都是对历史问题无法释怀的表现。

对"克服过去"一词追溯至此,特别值得一提的是,它也用屡见于文学评论中。"克服过去"类的作品,专指那些以探讨二战历史创伤和罪责为主题的文学创作。两德再统一

（上接注③）即一方面作为特殊的民族,要求与自身负面历史一刀两断;另一方面,任何一个民族,却不应也不能中断与过去的联系。历史学家耶恩·吕森认为,假如这种正常化意味着让纳粹大屠杀这类持续烦扰德国人的消极事件退出德国人自我认知的历史框架,那么就必然以放弃德国人的代际关联为代价,来实现所谓"正常化";而假如这种"正常化"也包含这样的内容,即通过对自身历史的负面经验进行解释来掌握这种经验,并且带着它继续生活,那么人们倒是可以使用这个"正常化"概念。这第二个"假如"恰恰回应了"克服过去"的积极含义。参见耶尔恩·吕森:《纳粹大屠杀、回忆、认同——代际回忆实践的三种形式》,收录于《社会记忆:历史、回忆、传承》,哈拉尔德·韦尔策编,季斌、王立君、白锡堃译,北京大学出版社 2007,第189 页。

① 1985 年 5 月 5 日,正值欧洲人民纪念战胜德国法西斯 40 周年,美国总统里根在联邦德国总理科尔的陪同下,到坐落在波恩西南的比特堡德国阵亡将士公墓献了花圈。这个墓地除了安葬德国士兵之外,特别还埋葬有 49 名专事屠杀犹太人和欧洲各国无辜人民的党卫军成员。因此,此消息一经公布即引起轩然大波。里根的计划尽管遭到反对,但他还是不愿取消比特堡公墓之行,并访问了一处集中营以平息公愤。

后,对"克服过去"文学的讨论达到高潮,其具体所指也随时代发生了改变,但是二战历史依旧是经久不衰的主题。纵观战后六十年,在这类作品中,格拉斯的《铁皮鼓》被认为是代表作之一,虽然他自己对过去能否被克服始终持保留态度。另一枚再统一后反思二战罪责的坐标,当推施林克的《朗读者》,虽然作者本人明示"过去永远过不去"。对于文学创作而言,正是这些保留和明示,体现了回忆历史时重复出现的戏剧化体验①向批判性反思过渡的艰难。可以说,战后有关罪责问题的小说都隐含"克服过去"的诉求,小说的基本叙事模式就显示了这一特点:满怀歉疚地回忆过去,表达过去给当下造成的痛苦,寻找一条走出过去的出路,无解的结局。虽然是无解的结局,但比起政治上的简化,文学作品塑造和探讨了更多人性棱角和沟壑,也道出了更为纷繁的道德疑难。尤其对于罪责这样微妙的问题,只有文学作品最能表现其错综复杂性。

二、对罪责保持沉默

沉默本是一个中性词,在二战后特殊语境中,逐渐带上贬义色彩。"沉默"几乎等同于"对过去保持沉默",也就是在公共交往中,对过去避而不谈。它意味着政治上不作为、对历史有意显示出麻木,尤其针对参战一代人对下一代保持的缄默。"沉默"一方面显示出,德国人内心并没有悔改迹象,如汉娜·

---

① 美国文化学者斯维特兰娜·博伊姆(Svetlana Boym)针对战后德国对遗忘的呼吁,指出怀旧与历史批判的隔阂,认为现在对待历史的方式更多是通过某种戏剧化的体验,而不是对于过去无法补救梦魇的痛苦批判反思。参见斯维特兰娜·博伊姆:《怀旧的未来》,杨德友译,译林出版社2010,第240页。

阿伦特在德国之旅后有感而发的,德国人在二战中丧失了传统道德与宗教后,思维惯性未发生丝毫改变,在心态和气质上一如从前。但另一方面不能否认,沉默同时也暴露出一种内疚心理。如果完全丧失良知或对公序良俗的基本认知,如果对过去毫无忌讳,也就不会完全保持沉默。因此,沉默往往是一种矛盾心态的表现——沉默的人既没有完全丧失良知,但又不具备完整的良知,是既有道德缺陷、又存有部分良知。针对这类人,当代政治学者格西娜·施万提出"对罪责保持沉默"(Beschwiegene Schuld)①这一概念。

施万认为,之所以出现"对罪责保持沉默",首先是因为那些有罪责的人,其犯罪不是由于缺乏良知,而是出于屈从权威的心理,即出于自卑,归根结底出于缺乏对自我价值的认知。比如德国军人和警察如不服从命令,就会被视为怯懦、软弱、有辱尊严。结果,由于惧怕被孤立,力求赢得上级认可和信任,代价就是自我价值的丧失,随之导致道德观念的丧失和绝对服从。因此,这部分人主观上并不认为自己是有意为之,他们很想为自己辩护,但客观上他们又有犯罪事实,无法为自己辩护。他们无论怎样说,都会使自己陷入窘境,因此最好的方法就是沉默。

值得注意的是,在从犯或袖手旁观者身上,沉默表现得也十分明显。这些人出于道德良心——大量证据表明,纳粹时期,无论在私人还是公共领域,传统道德仍然具有普遍约束力,只是被纳粹偷梁换柱了——一方面认识到自己的罪责,比如他们间接参与或默许了犯罪,一方面又不愿承认,而是以盲目无知、受制于人、责任、义务、紧急情况或缺乏思考为借口,

---

① G. Schwan: *Politik und Schuld*, S. 69.

推卸责任。他们同样良知尚存,却又缺乏勇气承认罪责,与上述情况事实上只有程度的不同,没有本质的差别,因此也保持沉默。可见,"对罪责保持沉默",就是一个人不承认他做的事是错误的,但又知道或隐约感到它是错的,是一种"自欺"。①它是对个人行为与普遍道德准则之间存在的鸿沟保持缄默,同时对行动的内在动机保持缄默。

无论沉默出于何种原因,这些原因是否成立,有一点可以肯定,就是沉默不利于对罪责的认知。它阻碍了个体反思,个体不再追问自己是否有可能避免或以后如何有效避免同样的犯罪。它袒护个体间接或故意回避承担罪责,回避诚实地审视自我,实现自我的自由和客观价值。其最终结果是阻碍了道德良知的建设。由个体及整体,沉默归根结底不利于整个社会在政治、道德层面对罪责的反思,也就不利于战后的道德和民主重建。

具体到现实中的个人,无论国家或社会如何以集体姿态举行认罪仪式,如果每一个在纳粹时期有责任能力的人,回避清醒认识自己的罪责,那么他就是在对罪责保持缄默。战后小说或纪实作品对于这个概念所隐含的微妙心理进行了十分形象的塑造。似乎也只有文学作品才可以贴切地再现其中蕴含的复杂层次。对罪责的缄默是战后叙事作品一个重要母题,既表现在纳粹一代面对自身历史的缄默,又包括他们拒绝与下一代沟通。② 普遍的沉默为德国战后家庭生活打上负面的烙印。父辈的沉默,尤其沉默中隐含的对罪责的拒绝,加深

---

① 施万借用了萨特的自欺概念,阐述明知故犯,参见 G. Schwan: *Politik und Schuld*, S. 101。

② 乔达诺将纳粹一代人在子辈面前对自己的历史保持沉默的做法,明确定义为"第二罪责",详见本书第三章第三节。

了父子矛盾，为子辈的成长笼罩上阴影。文学作品展示出，很多战犯或从犯的子辈与父母处于对峙状态，家庭中不但没有亲情，反而笼罩仇恨和憎恶。阅读六八一代以后或七十年代自传体小说，会发现它们隐含着一个相同的模式：一方面，父辈以残疾、异化、"被蒙蔽"形象，也就是受害者形象，从战场归来；一方面子辈自视为父辈的受害者——他们必须"无故"背负父辈的耻辱。六八一代运动某种程度上正是这种沉默的敌对的爆发。① 两德统一后，在子辈中出现了对反思的反思，对罪责的沉默再次成为文学塑造的焦点。

三、耻文化与罪文化

最后，让我们聚焦于耻文化和罪文化这两个概念。两者严格说属于文化学范畴，但与上述各概念一样，涉及宗教、法律、心理学等多种人文领域。这组概念经常对比出现，也是战后罪责问题研究和讨论中的常见概念。扼要掌握它们的内涵，是我们全方位理解战后文学中罪责问题的必要条件。

两个概念首先在二十世纪四十年代由美国文化学学者鲁特·本尼迪克特传播开来。她在研究日本文化的著作《菊与刀》中，提出耻文化与罪文化这两种文化类型并简要分析了二者的差异。总体来说，耻文化指依靠羞耻感进行道德约束的文化，罪文化指依靠内心认罪进行道德约束的文化。羞耻是对别人批评、判断的反应，比如一个人被当众取笑、嘲笑或遭到拒绝，会感到羞耻。它对人的行为是一种有效的约束力量。

---

① 参见 Ernestie Schlant: *Die Sprache des Schweigens. Die deutsche Literatur und der Holocaust*, München 2001。

但它要求有旁观者在场，或至少当事人想象有旁观者在场。在以羞耻为主要约束力的文化中，一方面人只要有了羞耻感，那么即便他当众认错或向神职忏悔，也不会感到解脱；另一方面，只要罪行没有公诸于众，他就会心安理得。忏悔反而是自寻烦恼。因此，在以羞耻感进行约束的文化中，没有认罪，即便对上帝的认罪也没有。它对道德的约束力完全来自外部社会、外部环境，来自外部舆论造成的当事人的羞耻感。①

根据本尼迪克特的划分，日本属于耻文化主导的社会，社会评判是约束个人行为的核心机制。个人随时要把自己置于他人目光之下，努力按角色行事，不引起注目。羞耻在这种行为约束体系中是负面价值，与之相对的是荣誉、名声、地位等正面价值。享有荣誉和他人的尊重，可以帮助一个人营造社会形象，相反，羞耻——最极端的是裸露引起的羞耻感——会让他丧失一切优越感。在这样的社会中，一切行动的动机都是为了维护脸面和声誉，受到嘲笑、失败或犯法都可能有损名誉。

相反，罪文化建立在认罪、尤其是内心认罪的基础上。五十年之后，德国文化学学者阿莱达·阿斯曼和乌特·弗莱福特进一步发展了本尼迪克特的提法，尤其系统地阐述了罪文化。罪文化指一个把良知放在首位的社会，与耻文化相比，它具有明显的内在性。个体不是以外在的看法和他人的评判为约束，而是要发自内心，凭借内在良知，对有普遍约束力的价值负责。如果个体内在的上帝，或曰超我，把社会行为规范内在化，从而使个体自愿服从良心考察，那么良知就演化为"内

---

① 参见鲁特·本尼迪克特:《菊与刀》(插图评注版)，刘锋译，萨苏评，当代世界出版社 2008，第 351 页。

在的声音",就会呼唤道德和责任感。因此可以形象地说,维持罪文化机制的是"听"——倾听内在良心的声音;而维持耻文化机制的是"看"——设想"有他人在观察"。在罪文化主导的社会里,认罪"不但不会给人带来伤害,而且是道德建设的基础"。只有在罪文化占主导地位的社会中,忏悔、认罪、赎罪才可以实现。一个人的社会形象不取决于他是否在他人眼中无可挑剔,或他是否就范他人的约束,而是取决于他"是否能经受危机考验、对罪责进行反思"。个体随内在对罪责的反思而成长。如果说羞耻损害身份,认罪则"参与建构身份和个体认同,进而帮助建构集体身份认同"。①

德国学者对罪文化的引申,当然隐含对德国战后罪责问题的观照。阿斯曼对这一问题的研究,直接导火索是 1998 年作家马丁·瓦尔泽在保罗教堂的讲话,以及它引发的关于德国之羞耻和德国之罪责的大讨论。在《历史遗忘与历史迷狂》中,阿斯曼等学者并没有像美国学者给日本归类的方式,明确对德国进行归类。相反,她们认为耻文化和罪文化,均在德国记忆史中占有"绝对核心"地位。也就是说,德国同时兼具两种文化倾向,只强调任何一种都是不客观、不公正的。

首先,耻文化占主导的社会一般有独特的文化和族群特征,人的羞耻心、纪律观念和自我约束程度很高。从这点上看,耻文化与军事化社会有高度的相似性。这显然在影射普鲁士国家、社会和文化,威廉时代的决斗传统就是一个很好的例子。与此同时,一战结束后,《凡尔赛条约》给德国人造成的羞耻感,对纳粹兴起起到推波助澜作用。而二战后的德国,由于物质与精神的全面溃败,从思想界到社会生活各方面,仍处

---

① 　Aleida Assmann/Ute Frevert, S. 91.

于两种文化并存的情况。然而,从两位作者对罪文化的正面
定义和描述以及把耻文化与普鲁士军国、一战后的德国和纳
粹相连来看,她们对德国倾向罪文化的愿望显而易见。

　　早在 1945 年二战刚结束,德国人就对羞耻与罪责问题进
行过讨论。从后来对耻文化和罪文化的定义来看,四十年代
末的"集体罪责"之争中,已经显露出耻文化的主导心理。它
无疑阻碍了人们对罪责问题进行深层讨论和开诚布公的交
流。与此同时,一些严肃对待罪责问题的知识分子,提出重造
"新人"的概念;也就是说,纳粹摧毁了人性,若想恢复本来的
人性,人们就必须经过一个"质的转变"(Wandlung)。[1] 质的
转变要从真正意义上的内心忏悔和认罪开始。这就意味要克
服羞耻心理。一如雅斯贝尔斯所言,若想重生为"新人",就
"绕不过羞耻这一关"。[2] 他提醒德国人,不必担心因此而丧
失荣誉,[3]而应在价值观上完成从仇恨到悔过的转化,也就是
从羞耻转向认罪。

　　然而,"克服羞耻"谈何容易。人类学研究证明,羞耻不仅

----

① 　二战结束后,缓解战争创伤性体验的人类学话语日益成形,其重点讨论人所
　　具有的不受时空制约的特征,有意通过"去历史化""缓解紧张"。五十年代
　　一批学者以钻研人类学为特征,许多社会学家和哲学家常被称为民族学家。
　　阿诺德·盖仑于五十年代中出版的《人》(Der Mensch)被奉为时代经典。其
　　实早在四十年代后期,一些流亡人士就聚集在一起讨论人类学问题。论题
　　涉及一战后自然法/权利的启蒙,对日后的基本法产生决定性影响。他们要
　　从德国的特殊道路上走出来,回归文明社会的历史,并保持这样一种观念:
　　存在一个更高权力的法律,一种自然权力,神的权力,理性权力,简短地说,
　　也就是一种超越法律的权力。按照这种法律,不公正即便暂时以合法的形
　　式存在,也仍然是不公正的、非法的。雅斯贝尔斯也参与到这个过程中,并
　　提出一个转向存在领域的普世历史,这其中就包含了历史的人类学化。具
　　体参见 Assmann&Frevert, S. 105。
② 　Jaspers: Die Schuldfrage, S. 39.
③ 　参见同上,第 15 页。

与个人性格,而且与民族性格相关。阿斯曼和弗莱福特在书中指出,战后一批人类学者或民族学家,从性格研究出发,认为耻文化与德意志民族性格密不可分,在德国历史上根深蒂固。它在纳粹时期再次被强化,影响持续到战后,不会随纳粹结束而消失。也就是说,新的"新人"目标遇到旧的"性格"的负隅顽抗,[1]这也是罪文化与耻文化之间的较量。此处的"性格"(Charakter),特指纳粹教育中使用的"有性格的"(charakterlich)一词。它代表阳刚之气,既指涉民族,又指涉个体性格。

民族性格由种族决定,所以通常既成不变。而个体性格是后天培养的,包括坚韧、高傲、冷峻。纳粹教育的重点便是"强化性格"。谁若不符合纳粹的性格标准,不够坚韧冷峻,就不能满足国家对个人的要求,就是"没有性格的"。所谓"性格",成了人之为人的根本、"人之本性"的代名词。[2] 纳粹极力打造"性格"的做法,造成一种庸俗的市侩性格泛滥,它包括"顽固不化、照章办事、愚忠、消极防卫等",直接导致"德国人的自我封闭和政治惰性,丧失对第三帝国的抵抗能力"。[3] 可以想见,那些纳粹时代培养了"阳刚性格"的人,此时陷入怎样的羞耻感,他们只有通过强化原有性格维护自尊,或以沉默为遮羞布。在这种情况下,要达到"质的转变"或身份重塑,就必须"克服羞耻",顶住"颜面尽失"(ehrlos)的压力,如雅斯贝尔

① Aleida Assmann: *Erinnerungsräume, Formen und Wandlunger des kulturellen Gedächtnisses*. Dritte Auflage, München 2006, S. 106.
② 参见 Dolf Sternberger, in: *Die Wandlung I* (1945/1946), S.252, 256, 转引自 Assmann, S. 106。
③ 施特恩贝格这篇文章后来成为法兰克福学派研究权威性格的重要参考文献。Dolf Sternberger: Aspekte des bürgerlichen Charakters. In: *Die Wandlung IV* (1949), Heft 6, 474—486 页。引文参见 Assmann, S. 106—107。

斯说:"不惧怕丧失荣誉,方能在灾难中获得重生。"①

　　总之,耻文化和罪文化的划分是考察战后德国罪责问题的另一切入点。罪文化占主导的一方积极面对公共领域,耻文化占主导的一方对应保持缄默。前者以文化刊物如《质的转变》为阵地,集中讨论罪责、忏悔、质的转变问题。后者为隐私和沉默辩护。《质的转变》只维持刊发了四年,即始于纳粹垮台的 1945 年,止于 1949 年联邦德国成立。无独有偶,这正是"集体罪责"争论的起止时间,此后则是集体沉默流行的年代。联邦德国成立后,德国称新政府新社会需要凝聚力,抵制认罪的耻文化再次浮出水面,阻碍了"克服过去",并且支持了"对罪责保持沉默"。

---

① Jaspers, S. 15.

第二章　《铁皮鼓》(1959)：战后小市民的罪责话语

导　　言

二十世纪五十年代，联邦德国经历了战后重建的十年，经济上取得巨大成就。相比之下，文化建设尤其是文学创作方面，对纳粹罪责的反思和批判如死水微澜，纵然余波不断，却难成巨流。无论是"砍光伐尽"(Kahlschlag)还是复归宗教，无论是字精句简的诗歌还是凝聚战时创伤与战后迷茫的戏剧，从内容到形式，尽管不乏痛定思痛的声音，但罕有将反思作为主要话题并掷地有声的作家作品。对历史和现实持有批判态度的长篇小说，出于各种原因也没有获得成功的先例。既有深刻的主题又有热烈的反响，没有一部作品可以同时满足这两点。1959 年，在沉寂数载之后，联邦德国文坛终于迎来一个名副其实的小说年。这一年，君特·格拉斯的小说处女作《铁皮鼓》问世，为小说年拉开帷幕，也从文学上为德国罪责话语的探讨树立了一座里程碑。

在战后语境下，罪责话语覆盖了德国人生活的方方面面。究竟要如何理解这个特殊历史背景下的罪责话语？哲学家雅斯贝尔斯在二战结束后有针对性地探讨了罪责问题，并划分为刑事、政治、道德与形而上四个罪责范畴。这四种罪责并非各自独立，井水不犯河水，而是彼此交织，不可分割。因此，它们并不是彼此割裂的。一般来讲，刑事犯罪必然要追究个人的内心动机，这就涉及到道德罪责；而在一场政治犯罪中，跟风、沉默、无动于衷也是道德犯罪，所有属于这个政治共同体的人都应当共同承担后果。对这四种罪责，我们又可以做出两个范畴的区分。首先是个人犯罪与集体犯罪①之分。除政治罪责外，其他三种都是个体意义上的罪责。三种个人罪责中，刑事犯罪是法律范畴的罪责，侧重行为事实层面；道德和形而上的罪责与犯罪行为本身无直接关系，更侧重思想层面。

文学作品一般以个体罪责来折射社会和时代的命运。为了清晰解读文本，我们又可对个人罪责作进一步区分：内与外之别，即显见的事实层面之罪，与抽象的非事实层面之罪。事实层面的罪对应具体的惩罚措施，非事实的罪则需要以抽象的精神劳作和内心反省去克服（bewältigen）。形而上的罪责和道德罪责，虽然不像刑事罪责一样，对应显而易见的惩罚措施，但却与之存在因果关系。如果一个人怀有道德良知，对他人和社会投入宗教关怀般的积极关注，就不会对身边罪行视而不见，就可能会帮助降低、甚至避免集体罪行泛滥的风险。因此，形而上之罪与道德之罪，不仅要依靠个人内心的精神活动、更有赖于个人的实际行动得以解决。换言之，如果一个人不加思考盲目行动，那么他首先

———————————

① 　为区分"集体罪责"（Kollektivschuld）这个特定概念，故使用集体犯罪一词。

需要学会理性思考和反思；只有一个理智健全的人，才不会因盲目行动而纵容犯罪。但有理智却不等于具备良知，不盲目行动不等于不行动。从道德层面到形而上层面的犯罪，是一个由思到行、思行并举的上升过程。如果一个人有负罪感却不行动，或行动的目的只为自保自卫而无视他人，如果一个人坐视他人犯罪而不加干预，那么，即便他有独立思考能力，仍难脱跟风犯罪之嫌。

缺乏反思能力的盲目行动者，与有反思能力却依然跟风者，正是小说《铁皮鼓》中针对罪责问题所着力塑造的两种看似不同实则相同的人。小说以奥斯卡这个身材畸形然而理智健全的自制侏儒为第一叙事者，以其眼中的但泽小市民社会为切入点，揭示了二十世纪上半叶（1899－1953）德国市民生活的生存状态与纳粹罪行的关系，并且"讽刺了战后德国市民社会对待罪责问题的态度"，①同时尝试找出造成这些态度的深层原因。小说不但印证了罪责话语中的跟风者与纳粹罪行的关系，而且用奥斯卡这一具有反思能力却仍没能逃脱跟风行为的特殊文学形象，扩大了跟风者这一概念的外延，在荒诞与现实、虚无与责任、辩护与反思的交替之中，烘托出战后罪责话语的复杂性。

第一节 揭露跟风者之罪

写作《铁皮鼓》的时候，格拉斯刚入而立之年；通过自学获取文学知识的同时，有个问题频繁出现在他的脑海，并且

---

① Andrea Geier: Giftzwerg und Gnom. Körperbild und Erzählverfahren in Grass' „Die Blechtrommel". In: *Der Deutsch Unterricht*. 2010/5, S. 45.

"至今仍然挥之不去"。①　这个问题就是：法西斯主义为什么发生在德国？当时来自教会、历史学家和政治学者的解释，显然并不能令人满意。格拉斯在排除一些先入之见以后，终于获得自己的答案："我认为纳粹暴政的根源首先是魏玛共和国——我不想追溯到宗教改革时期——魏玛共和国错过了首次民主政治的良机，在 19 世纪的德国，人们曾为这种良机进行过长期的斗争。在我看来，那时对魏玛共和国失败原因的解释过于简单了。50 年代又有一种解释风行一时，即某些来自阴暗处的黑衫队如同恶魔蛊惑了可怜的德意志民族。我青年时代的亲身体验告诉我，这种解释是不对的。"②也就是说，格拉斯在经过长期思考以后，把纳粹根源首先归结到（二十世纪初期的）魏玛共和国，并且认为纳粹成因并非深不可测，并非某些非理性的"妖魔"所致。格拉斯要"努力用文学形式来描述整个一段时期的事实，描述小市民阶级狭隘中的矛盾和荒谬，以及发生在这段时期的巨大的罪恶。"③舍弃远史而抓住近史的做法，也就是在当下、在世者身上寻找和阐释罪责。他首先通过对魏玛时期的社会底层、尤其是跟风者进行观察，继而集中刻画他们在纳粹发动二战前后的所作所为，具体指出了他们与纳粹罪行的关系。格拉斯的声音虽然未能出现在战后初期的集体罪责争论之中，却以独特的方式延伸了这场讨论，那便是对

①　君特·格拉斯，哈罗·齐默尔曼：《启蒙的冒险——与诺贝尔文学奖得主君特·格拉斯对话》，周惠译，浙江人民出版社 2001，第 8 页。

②　同上。

③　君特·格拉斯：《不止是个人的事情——对格拉斯－齐泽尔诉讼案的声明》，载于格拉斯：《与乌托邦赛跑》，林笳、陈巍等译，上海译文出版社 2008，第 43 页。

跟风者罪责的揭露和反思。

一、"跟风"概念之由来

　　"跟风者"(Mitläufer)一词，早在 18 世纪就已出现在格林词典中，指那些"在赛跑中不是凭借自己力量，而是靠拌其他参赛者的腿取胜的人"。[①] 可见，这个词一开始就带有贬义色彩。在二战结束以及西占区施行"去纳粹化"以后，"跟风者"内容发生变化，逐渐成为一个专有名词。[②] 它最早出自美占区的大审查运动。在当时的美占区，所有"主动支持过纳粹暴政，或者违背正义与人性基本准则，或利用时局牟取私利"之人都要受到审查，他们按罪责轻重有可能被剥夺公共生活的权利，并有责任通过坦白认罪获得宽恕。[③] 正是这场审查成就了"跟风者"旧词新用的现象。审查以尊重事实和检查个人罪责为准则，具体实施方式是，每个年满十八岁的德国人，都必须填写调查问卷，按照问卷上规定的五类人[④]对号入座。这五类人分别为：(一)主犯，指被国际军事法庭宣判为犯罪性质的组织中，如纳粹领导下的党卫军，盖世太保，冲锋队等组织的成员；(二)从犯，指纳粹的积极分子，军人，受益者：(三)轻从犯；(四)跟风者和(五)无罪者。[⑤] 在这五类人中，跟风者

---

① 转引自 Gesine Schwan：Der Mitläufer. In：*Deutsche Erinnerungsorte. Band III*，*hrsg. v. Etienne Francois und Hagen Schulze*，München 2001，S. 653。

② 同上。

③ 参见 Peter Reichel：*Vergangenheitsbewältigung in Deutschland*，S. 32—33。

④ 同上，第 33 页。

⑤ 这五个词的德语原文分别为 Hauptschuldige，Belastete，Minderbelastete，Mitläufer，Entlastete。

排在第四位,与"无罪者"一样,不需要接受政治再教育和法律制裁。同前三类人相比,当时对于"跟风者"并无明确法律定义,而是笼统指前三类以外的人,也就是指第三帝国时期那些不假思索地跟着纳粹跑、但无法在法律上定罪的人。在审查中,一个人如果被定为"跟风者",就不会被剥夺人身和财产自由,不必参加去纳粹化的身份净化,优势显而易见。因此当时西占区近六百万人口中,主动填写"跟风者"的人占到 98%以上。①

可见,跟风是一个极其普遍的现象。因此,跟风虽然不属于政治和刑事犯罪,不列在当时关于罪责问题的讨论之内,但事实上,按照广义罪责的划分,跟风行为仍属于道德和形而上的罪。② 跟风者们看似普普通通,"毫不突出"(unmerklich),

---

① Gesine Schwan, Der Mitläufer, S. 654.

② 雅斯贝尔斯在论述道德罪责时,虽未对"跟风者"作特别说明,却指出"跟风行为"(Mitläufertum)是许多德国人所共有的现象。他指出六种典型的道德罪责:1. 为了幸存下来而带着面具生活,假装效忠独裁政府者。德国历史上任何时期都不乏这类人。2. 错误的认知造成的罪责。比如年轻人认为他们是为了高尚的目标而追随纳粹,认为是受骗上当。在这种情况下,每个人应当自问,在不明就里、不想看清原委、有意放弃正直生活之后,罪责何在。再比如,士兵效忠国家本是军人的天职,但善意却造成恶行。他们对祖国的义务多于对独裁政权的盲从,然而却意识不到这个祖国已经不再是从前的祖国,它的灵魂已经被摧毁;国家的权力不再是为了维护自身,而是腐坏堕落的,因为这个国家毁灭了德国的本质。因此,忠于国家不再等同于服从希特勒;这种情况下的爱国就是一种罪责。3. 部分肯定纳粹主义者。他们时而动摇意志,时而产生适应和弥补心理,比如迎合胜者、强者。4. 安于自欺者。他们相信将会改变这个罪恶的国家,纳粹党很快会消亡,最晚元首一死一切就会结束;而在此之前应该还跟着纳粹,以备将来从内部扭转时局。人们把暂时的卑躬屈膝、沉默、妥协,当作一种战斗,实际上正迎合了独裁者的心愿,结果只会将德国精神送入坟墓。这一条映射了当时以"内心流亡"自居的大批知识分子。5. 积极分子与消极分子有区别,尽管二者都负有道德罪责。只要不作为的人,就是有罪的人。尽管柏拉图曾指出,在罪恶时代隐姓埋名以求自保是可以理解之事,但消极被动对任何失败都负有道 (转下页)

实则来势汹汹,"不可遏止"(unaufhaltsam)。① 客观上,如果没有跟风者的支持,纳粹不可能酿成如此大规模的灾难。但在战后很长一段时间,人们的普遍心态是给自己贴上"跟风者"标签,暂时逃避对个人历史的追问。至于这部分人在纳粹时期的具体表现、跟风的原因,尤其他们的危害以及罪责,却无人问津。跟风者自己更无力对在纳粹时期的所作所为进行反思。

《铁皮鼓》打破了这个沉寂。格拉斯正是从小市民这个最普遍的人群入手,考察普通人对于战争的罪责。这是对罪责问题追根溯源的做法。政治审判和法律制裁处理了客观可见的罪,更普遍、更深层的罪却隐匿于人的头脑、意识、良心。人性本质中的弱点或邪恶,不仅助长了各种犯罪,而且还为认罪、良心省察、接受制裁制造出一整套逃避机制。格拉斯以小说这一宏大叙事文体,深刻细腻地揭示了犯罪与认罪背后的复杂性,揭示了理性、良心、对善的认识、对法律的意识,如何与政治上的实用主义、服从强权、缺乏反思等心态展开角逐。从这个意义上说,格拉斯的《铁皮鼓》再现了战后围绕罪责问题展开的讨论,同时以文学塑造参与了讨论,通过文学为这一问题增添了新的思考和认识。

（上接注②）德责任,没有保护受到威胁的人,没有制止不公正,没有力所能及地抵抗,都是道德罪责。6. 跟风行为是我们大多数人所共有的。为了不失去现有的地位,不丢掉机会,人们成了纳粹党员,还加入其他名声在外的组织机构。被要求加入这些组织的人,很难说不。因此,对于在何种情况下出于何种动机而跟风,要具体问题具体分析。参见 Jaspers, S. 46—52。

① 参见 Helmut Koopman: Günter Grass. Der Faschismus als Kleinbürgertum und was daraus wurde. In: *Gegenwartsliteratur und Drittes Reich*, herausgegeben von Hans Wagener, Stuttgart 1977, S. 170。

二、普通跟风者的罪责及认罪问题

本章导言部分即指出,《铁皮鼓》主要刻画了两类跟风者,一类是无思想无觉悟的盲目跟风者,另一类是有反思能力但不行动的跟风者。第一类跟风者无论在身份特征还是精神气质上,都有显而易见的特征:他们都是没有权力的小人物,缺乏自主和自信,缺乏政治觉悟和批判意识;与此同时,他们又都对强权表现出依赖和期待,希望通过依靠外部强权让自己显得强大,获得内心安全感;他们大多没有政治抱负,易于见风使舵,表现在具体行动层面就是盲目加入各种党派,跟风参与暴力行动,对种族偏见和政治罪行没有抵抗力。我们把具有上述特征的人统称为普通跟风者。

普通跟风者的首要特征便是不假思索地去跟强权的风。强权乃至极权势力对于普通跟风者有特别的吸引力,而这些普通跟风者也就是在历史上以及任何社会形态下都随处可见的——群众。阿伦特在论述极权主义的起源时曾指出,如果群众出于某种原因希望出现政治组织,就有可能产生极权主义;他们所向往的政治组织并非是出于某种共同利益的阶级组合;他们缺乏具体明确和切实可行的目标,然而在每个国家都有他们的潜在力量;他们是社会上的绝大多数,包括大量中立的、政治上无动于衷的、从不参加政党、几乎不参加民意测验的人。① 阿伦特还进一步指出,这些"群众中的人,主要特点不是野蛮和落后,而是孤独和缺少正常的社会联系。"②从

---

① 参见汉娜·阿伦特:《极权主义的起源》,林骧华译,生活·读书·新知三联出版社 2008,第 406—407 页。
② 同上,第 413 页。

这些分析和描述来看，作为政治极权形成的重要基础，无论在外在表现还是内在气质上，这些"群众"都与普通跟风者的特征相契和。就此，我们可以通过考察小说中两个人物，具体揭示这类人群的生成机制。

普通跟风者与纳粹的关系以及他们助长纳粹势力的方式，在公共生活领域中有许多相似表现，对此，政治学和社会学已经做出过群像式的描述；而他们跟风的原因却因人而异，要到私人领域去寻找答案，要依赖于文学叙事使得群像中的个体充实丰满。小说《铁皮鼓》中就为我们提供了范例。主人公奥斯卡的父亲阿尔弗雷德·马策拉特，曾在莱茵兰一家规模较大的纸业公司工作，担任该公司驻但泽的代理人。一战爆发后，他参军，1918 年夏腿部受伤后离开战场。一战结束后，他退伍，娶妻生子，与妻子共同经营一家殖民地商店。他经营有方，并希望奥斯卡将来子从父业。从马策拉特二战前的表现来看，他就是一个群众中的人，一个普通跟风者。

> 他比较早地认识到秩序的力量，一九三四年就加入了纳粹党，不过并没有因此而青云直上，只混上了一个支部领导人。(120)①

可见，马策拉特适时加入了纳粹，但并非出于个人政治抱负或某种政治野心，而仅仅是出于跟风。因为无论政治集会还是其他公共场合，他都情愿人云亦云，不出头露面，埋没个性，不假以任何思考和反思。

---

① 君特·格拉斯：《铁皮鼓》，胡其鼎译，漓江出版社 1998。以下引文只在括号中给出页码。译文个别地方略有改动，原文参照 G. Grass：*Die Blechtrommel*, dtv 2007。

只能说，这是他的一种陋习，别人挥手，他也挥手，别人喊叫、大笑、鼓掌，他也喊叫、大笑、鼓掌。正因为如此，他入党比较早，那个时候，根本没有必要这样做，也没有给他带来任何好处，仅仅浪费了他星期日上午的时光。(163)

这段描述形象地再现了一个二战前的普通跟风者，他的一切行动不过是出于一种从众的习惯，跟着他人一同喊叫、大笑、鼓掌，不去思考原因，不追问目的。马策拉特是一个没有任何权力的普通人，小人物，缺乏自主和自信，缺乏政治觉悟和批判意识。与此同时，他又表现出对强权的依赖和期待，希望进入公共领域。可以想见，他既然盲目参加了政治党派，就会同样跟风参与政治暴力行动，对种族偏见和政治罪行没有任何抵抗力。

因此，这个人物看上去并没有政治野心，但却因为跟风的心态，而不可避免地卷入政治罪责。小说描写水晶之夜马策拉特旁观暴乱，"借着对公众的烈火来温暖他的手和他的感情"(218)。这样他就成为身在其中却无所作为的旁观者，经历了一切又任其发生；①无论他是否仇恨犹太人，或是否相信种族理论，事实上，他麻木不仁地跟风，容忍了罪行的发生，继而助长了纳粹势力和行径。这样看来，他虽不负有政治罪责，也未触犯刑事法律，但他一没有回避现场、二没有积极制止罪行，从而违背了最起码的道德良心，违背了基本的人性准则，因此他仍然犯有道德和形而上的罪责。

---

① Werner Schwan：*Ich bin doch kein Unmensch.*" *Kriegs- und Nachkriegszeit im deutschen Roman*，Freiburg 1990，S. 31.

作为对比，我们可以考察一下小说中另一个人物，即马策拉特的邻居，小号手迈恩。迈恩同样是个普通跟风者。他没有政治抱负，经常变换政治身份。早在魏玛共和国时期，他就曾加入共产主义青年小组，成为社会主义红鹰团团员。然而，此后多年，迈恩生活的核心内容并不是革命，而是"杜松子酒、小号和睡眠"(85)。到了1938年，也就是二战爆发的前一年，迈恩戒掉了杜松子酒，穿上褐衫，脚蹬皮靴，在冲锋队的骑兵乐队开始了"新生活"。在罪责问题上，他比马策拉特更严重一层——他在水晶之夜积极参与暴行。战争爆发前，迈恩因虐待猫而被冲锋队开除。一年后，他加入了党卫军的黑衫队。这显然是毫无政治原则的跟风行为——纳粹的冲锋队(SA)与党卫军(SS)上层存在严重内部倾轧，队员则如同室操戈；后来，党卫军打压冲锋队占得上风。因此，迈恩加入党卫军显然是见风使舵。

马策拉特和迈恩有许多相似之处，两人都属小市民，都缺乏坚定的宗教信仰、缺乏政治抱负、缺乏学识修养和精神追求，因此也没有任何道德把持。不仅如此，两人的生活都存在不同程度的混乱和无序，伴随着孤独、压抑和自卑。但是，他们都有一种寻找寄托的本能。这个寄托在当时的语境中，就落到纳粹强权上。强权可以暂时为他们提供一种虚拟的生活秩序，给他们一份虚拟的归属感。之所以说是虚拟，因为他们都在用表面的强大遮蔽内心的卑微。马策拉特虽然有家庭和事业，但他在那个怪异的家庭中毫无尊严。他对妻子的通奸只能视而不见，寻求表面和平。他在家中受到妻子儿子鄙视，转而在纳粹的制服和集会中寻找归属感。他把"命令就是命令"当作口头禅，在夜深人静的时候独酌，对着希特勒的照片自言自语，都是无意识中寻找秩序和寄托的表现。迈恩没有家庭,缺少社会交往,没有职业,生活单调。他希望以加入纳粹,找到归属和认同,为自己的生活建立秩序,摆脱邻居的歧视,获得尊重。因此,他在为加入纳粹而成功戒酒后,逢人便说:"我现在开始新生活了!"(187)结果,他不但没有弥合之前与人群的分离,反而造成进一步分裂,在杀人行凶与虐猫事件之间颠倒人性是非,失去了基本的良知。① 迈恩成了一个原形,从他的例子可以看出,纳粹吸收的群众,也就是普通跟风者,普遍"没有政治意识,对他人缺乏责任感。这些人需要生活替代品,并且不知不觉成为暴力的工具"。②

　　这就是跟风者深刻的心理原因:寻找秩序、归宿、认同和精神寄托。小说中从未出现马策拉特或迈恩谈论纳粹的政治主张。事实上,他们甚至根本不关心自己所属组织、政党的性质和章程。他们最明显的标志就是跟风。通过积极表现,得到肯定和认可;通过肯定和认可,得到某种心理补偿,平衡"职业和家庭生活中的失败和空虚"。③ 从某种意义上,这也是一种克服弱点,追求自我实现的表现。马策拉特和迈恩既是个案,又代表了二战前普通跟风者的行为、动机、表现和心理。没有这些普通跟风者的加入,纳粹不会形成庞大的极权势力。近年的史学和社会学研究结果表明,纳粹时期许多职能部门的负责人,并非出于明确的政治抱负或职业理想而参加纳粹或晋升高官。大多数人不过是跟风,是担心"成为别人眼里的

---

① 参见 Klaus Stallbaum: *Kunst und Künstlerexistenz im Frühwerk von Günter Grass*, Helmut Lingen, Köln 1989, S. 82。

② Werner Schwan, S. 31.

③ Heinz Hillmann: Günter Grass' 'Blechtrommel' (1959): Beispiel und Überlegungen zum Verfahren der Konfrontation von Literatur und Sozialwissenschaften. In: *Der deutsche Roman nach 1945* / [hrsg.] von Manfred Brauneck, Bamberg 1993, S. 54.

软弱之人"，从而有失尊严。他们害怕被孤立，力求赢得权威的承认和信任。这种畏惧心理，导致了他们自我价值的丧失。①而自我价值是道德把持和不服从权威的前提，"失去自我价值就等于失去了明辨是非的能力，失去了抵抗罪恶的基础"。②

通过上文分析可见，普通跟风者虽然很大程度上并不犯有刑事罪和政治罪，无法以法律衡量进行制裁，但是他们却有道德罪和形而上的犯罪。另一方面，普通跟风者并非纳粹时期的特殊产物，因为克服软弱、自卑，逃避孤独，寻找心理补偿，皆非政治极权时代的特殊现象。这也就从另一个角度证明了——纳粹的罪行并非突如其来，而是一个杂糅人性普遍弱点的复杂历史过程。既然跟风者不是一朝一夕形成的，他们也就不可能在一夜之间变成有民主意识的公民。正如格拉斯本人所言，"战后的头几年，摆脱纳粹的教化，重获判断力，培养自己的观点，对我和我同时代的许多人都是一个极为缓慢的过程。"③《铁皮鼓》中对普通跟风者的批判性描述，也因此并未停留在战前和战时，而是延伸至二战结束以后，具体来说，就是表现普通人如何对待自身罪责的问题。

普通跟风者的认罪问题从战后初年直至六十年代，都是一个很边缘化的问题。这有内外两方面原因。从外因来看，德国社会并不关心普通人的罪责。首先，在法律方面，除了受到法庭审判的纳粹高官和被送进"去纳粹改造营"接受再教育的党员之外，跟风者大多数获得赦免，并没有被追究刑事责任。而政治方面，"克服过去"表现为一系列政府主持的仪式和由上而

① 参见本书第一章第三节。
② Gesine Schwan：*Politik und Schuld*，S. 82.
③ 君特·格拉斯：《理性的独裁——纳粹独裁与新毕得麦耶尔》，载于《启蒙的冒险》，第 35 页。

下散播开来的说辞。人们考察纳粹成因及各类人的罪责问题时,或专注于德国宗教思想史,或专注于大资产阶级及决策性人物的所作所为。对普通跟风者的研究,只处于边缘位置。

从内因看,普通跟风者自身并不关心罪责问题。只要政治和法律上不问罪,他们就没有罪的意识,更谈不上良心省察和认罪。虽然二战结束,但他们的生活环境未发生本质改变,依旧没有归属感,没有可靠的秩序依赖,在日常生活中依然要克服自卑和软弱,因此他们在思维方式、气质和心态上,也很难改变。这样,在战后的德国社会中,既没有来自外部的对普通跟风者的批判,更罕有跟风者的自我批判。无论是法律、政治上的"克服过去",还是历史、社会学方面围绕罪责展开的研究,都没有特别关注跟风者的罪责问题。

二战结束以后,在西占区的民主化进程中,所有经历过纳粹的人,都不得不与过去进行对话。之所以说不得不,是因为这个对话由始至终大多是被迫的,是在英美占领军的推动下发生的,而不是人们发自内心的悔悟和反省。外力的干预,主要目的在于推进民主化进程,而民主化的前提是与过去划清界限,清算历史罪责。只有这样,人们才能够投身当下的新生活。在这种语境中,尽管目的是要脱离过去,可是实质上,过去正以前所未有的程度与当下紧密相连。每一个活下来的德国人,都必须先总结自己的过去。如何认识历史、认识罪责,很大程度上决定了他如何面对现实。

在《铁皮鼓》中,普通跟风者于战后的细微转变和本质上的一成不变,散见于主人公的回忆之中。《铁皮鼓》同样再现了普通跟风者在战后的认罪问题。上述两个人物,马策拉特和迈恩,在小说中都死于战争结束以前,对于他们的认罪我们不得而知。但根据他们的性格、心态和行为方式,可以推测,他们会和大多数普通跟风者一样，首先不用面对来自外部的问罪，其次自身没有对道德罪责的认识。小说虽未直接道破，却暗示了纳粹在战后继续存在的潜在性。[①] 另一方面，在主人公奥斯卡的回忆中，也涉及到普通跟风者的认罪问题。他们对过去的认识，本质上一成不变，也就是依然不去主动反思和承认罪责，而是想方设法地摆脱干系。

> 今天，"反抗"这个词已经变得非常时髦，您随处可以听见人家在讲什么"反抗精神"啦，什么"反抗集团"啦。人家甚至把反抗变为"内心化"，美其名曰"内心流亡"。战争期间，由于一时疏忽，忘了用防空窗帘挡上卧室的窗户，被防空值班员发现，罚过那么一次钱，现在也自称为什么"反抗战士"、"反抗人士"等等。（130）

这段引文描写了战后普通跟风者的行为和心态。战后可以自由生活的人，基本上只可能是"去纳粹化"中分列的五类人中的后两类：跟风者或无罪者。那么，什么样的成年人才算无罪者呢？只有两种可能：迫于客观条件无法加入纳粹的，以及确实进行过抵抗行动的。也就是说，只有没有责任能力的未成年人或残疾人以及纳粹的敌人，才具备"无罪者"的条件。在这种情况下，相比承认自己是跟风者，更多人倾向于向无罪

---

① Helmut Koopmann(1977)认为，尽管格拉斯声称他只是借商店老板及其同辈人的生存环境去描绘历史过程，并非探求背后原因，但作家的基本着眼点在于纳粹存在的合法性及其在战后继续存活的潜在性。参见 Siegfried Mews: *Günter Grass and His Critics. From The Tin Drum to Crabwalk*, New York 2008, S. 34。

者的队伍靠拢。于是，标榜自己曾经在纳粹时期进行过"反抗"成为时髦。即便对"反抗精神"、"反抗组织"只是道听途说，他们也会随便找一个借口，为自己贴上"反抗战士"的标签。如马策拉特和迈恩在纳粹时期一样，这些人并不知道也并不关心这些概念的确切含义，而只是急于给自己贴上这个标签，堂而皇之地随波逐流，否认过去的罪责，标榜自己的清白。这说明，在对待过去的问题上，许多人仍然无法从自身的罪责出发，普通跟风者仍然在"跟风"，人云亦云者依然在人云亦云，甚至欲盖弥彰。他们丝毫没有反思的意识，更不用谈悔过和认罪。

标榜自己曾经"反抗"，不仅可以使人们逃避任何层面的问罪，而且可以使其以英雄自居，获得优越感。无论他们战前或战争期间是什么身份，做过什么事，如今都津津乐道于辩护之词。这再次表明，自卑、逃避，寻找补偿的心理，仍然以同样的机制在发生作用。对待纳粹时期的所作所为——许多人很可能像马策拉特那样袖手旁观，像迈恩那样落井下石，他们并没有显示出丝毫悔悟，而是继续跟随社会上的流行风潮，挑选最有利于规避罪责的方式，脱离过去。

由于普通跟风者随着二战的结束再次退隐到人群之中，《铁皮鼓》中似乎也很少有针对这群人在战后罪责话语中表现的描写。然而，他们并非随着政局的变化而一劳永逸地消失，相反，这支队伍变得越来越庞大。小说把他们的故事穿插到市民社会的各个角落，各行各业之中。这些人无力克服过去又不得不故作轻松，他们的状态反映了罪责话语在二战结束后既没有所谓零时刻、又处于恒久的未完待续状态。① 这种

---

① 　详见本章第二节。

状态中又掺杂了新的时代问题——如人们对黑市交易既厌恶又依赖的复杂态度，战后经济奇迹下普遍蔓延的人情冷淡和麻木不仁。这些现象可以把罪责问题引向更深层面：对于大部分普通人来说，更主要的问题在于，他们内心仍然缺乏一个衡量价值、判断是非的标准。许多习惯跟风的人至今难以依靠自己的力量填补这个巨大的价值真空，而外界显然也不能够为他们提供帮助。

三、特殊跟风者的罪责及认罪问题

如果说群众可以成为普通跟风者的代名词，那么身份或见识高于群众的人，比如知识分子、艺术家、贵族等等，便不足以再用普通跟风者的概念来涵盖。除了典型的普通跟风者之外，《铁皮鼓》着力刻画的正是这另一类别的跟风者，他们知罪仍犯罪、意识到罪却不认罪。我们姑且将其称之为特殊跟风者。特殊跟风者对时代精神和文化思潮有一定的把握和认识，甚至有反抗意识。不过，在政治黑暗的时代，他们却只是漠然处世或乱中作乱；在他人作恶之时，他们扮演恶的诱惑者和旁观者；在惩罚降临之前，他们不顾一切自我保全，懂得逢迎政治强权，善于规避罪责。与普通跟风者相比，特殊跟风者有思考习惯和反思能力，也有智识和判断力，甚至还有一定的特权，同时对罪责问题也有预见和敏感。不过，他们最终还是在政治层面不作为或保持"中立"，并或多或少变成极权统治的工具和帮凶。

尽管外在气质和言行方式上不同于普通跟风者，特殊跟风者却仍演绎着极权政治下的跟风行为。在罪责问题上，他们与普通跟风者并无本质区别。这些特殊跟风者的演绎者是奥斯卡、贝布拉以及曾经的军人如今的画家兰克斯。这其中更加复杂的是奥斯卡，他的身份无法定位，既是小市民，同时又具有艺术家气质。这个人物身上最确凿无疑的特征，大概就是他与罪责问题的干系，以及因此获得的特殊跟风者身份。在《铁皮鼓》中，格拉斯通过主人公奥斯卡·马策拉特，生动细腻地刻画了一位特殊跟风者，再现了人性中微妙的矛盾：知罪却仍然犯罪，意识到犯罪却不认罪。奥斯卡的所谓认罪总是出于对自我保全的考量，并非真诚忏悔。他理智上意识到悔改的必要性，却无法真正付诸行动。当然，这种状况的出现，既有奥斯卡自身的主观原因，也是由当时社会的客观条件所致。奥斯卡身体残疾，却是一个理智健全、而且具有反思能力的人。这表现在，他在三十岁的人生中，大部分时间里具有反叛精神、不同流合污，是个伪装的孩子。但是，另一部分时间里，他又是一个"见机行事、见风使舵者（Proteus）"、①畸形的成年人。在这个人物身上，我们可以更加清楚地看到，无论处于怎样的时代，无论某个人是否具有智识和反思能力，也无论他在某些时刻表现得多么富有主见和反叛精神，他都有可能成为跟风者。

　　小说的主要内容，由奥斯卡的回忆构成。奥斯卡的回忆，基本上以对罪责的反思为线索。小说开篇描写，奥斯卡要在"清白"（unschuldig）的纸上，书写自己的过去。可见，他的罪责意识是回忆的起点。他试图通过回忆、记录，进行某种倾诉和忏悔，最终使自己释怀，得到解脱，由此引发整部小说的叙

---

① Maren Jäger: Unzuverlässiges Erzählen in der Blechtrommel von Günter Grass. In: Edwar Bialek, Leszek Zylinski (Hrsg.): *Die Quarantäne. Deutsche und österreichische Literatur der fünfziger Jahre zwischen Kontinuität und Neubeginn*, Wroclaw 2006, S. 391.

事。但是在奥斯卡的回忆中，伴随着反思和认罪、赎罪意识
的，是带有自卫的辩白或声东击西。在这个意义上，他的叙述
中经常出现自相矛盾的情况。这就需要读者对频繁出现的罪
责话语保持警惕。主人公的心理活动或弦外之音，更多是在
为自己辩护，目的在于为自己洗清罪责。这反映出，在人的潜
意识里，捍卫旧的自我、自私的倾向是多么顽固。比如，奥斯
卡经常提及自己对母亲、表舅和父亲的死负有责任。但这只
是一种对往事的追忆，夹杂泛泛的自辩或模糊的负罪感，丝毫
不涉及罪责的本质——他的主观恶意。他没有启动良心省察
机制，因此也没有带来良心上的认罪和忏悔。因此，他虽然出
于负罪感而回忆，却不等同于对罪责的反思。

　　普通跟风者的天性决定他们对纳粹没有任何免疫力；奥
斯卡不同于普通跟风者，他与纳粹罪行之间，经历了一个从无
关到有关、从受害者到旁观者、参与者再到受害者的变化过
程。这其中起决定性作用的，是与侏儒贝布拉的几次相遇。
奥斯卡年幼时在马戏团初识贝布拉，便认其为老师，"同他结
交，是我一生中的一件大事"。(117)贝布拉阅历丰富，能对政
治形势作出准确的估计，一度充当了奥斯卡的人生导师。他
教导奥斯卡"留神演讲台上将要发生的事情，您要想方设法坐
到演讲台上去，千万不要站在演讲台前面，"(119)也就是说，
如果不能在台上表演也要做幕后导演，而不要成为普普通通
的跟风者。奥斯卡听从了这个教导，他很快就用鼓声制造了
五月草坪上混乱的一幕。表面上看起来，此时的奥斯卡在践
行着艺术揭露现实丑恶的功能。对这件从客观上看颇具反抗
色彩的事，奥斯卡本人的评价却非常冷静，甚至无动于衷。也
就是说，他内心中并没有一个评判善恶的客观标准，他仅仅是
把自己的破坏欲望与贝布拉的教导变成了实践。

　　我不单单击鼓反对褐色分子的机会,不论赤色
分子和黑色分子,童子军和穿菠菜色衬衣的天主教
青年会,耶和华目击者和基夫霍伊泽团,素食者和纯
净空气运动的波兰青年,在他们集会时,奥斯卡也蹲
在演讲台下。……我的事业是破坏性的。(131—
132)

　　从这段引文可以看出,由于缺乏明确的行动方向和客观
标准,在奥斯卡眼里,褐色分子、赤色分子、黑色分子之间没有
区别,童子军和青年团之间以及各种运动、组织之间都没有区
别。这就给他后来不能认罪埋下伏笔。在政治和法律上认
罪,有客观标准衡量;承认道德犯罪的前提,同样需要有一个
客观的道德、善恶标准。如果这个标准缺失,或者被相对化,
那么道德犯罪就无从谈起,良心谴责就失去了参照。奥斯卡
是个没有标准、要破坏一切的反叛者。他有两项艺术天赋,即
能够把玻璃震碎的嗓音和搅乱秩序的鼓声。他用喊叫反抗外
界压迫,用鼓声破坏聚会的秩序。这样的破坏,在他所生活的
时代以及环境中,会令人为之一振。因为整个小市民世界是
麻木和墨守成规的,毫无反抗意识。然而,正因为奥斯卡的反
抗,以及没有标准地针对一切,那么,如果按客观标准衡量,他
在纳粹时代一定有反抗的时候,也一定有跟风的时候。也就
是说,他在纳粹时代的表现是矛盾的。因为他的反抗和破坏
"更多是无原则地去针对一切事、所有人。他的行动没有概
念、没有思想,没有方向,只是制造混乱。"①他虽然有反思能
力,但因为缺乏标准和价值体系,反思能力最终走向的是

---

① Werner Schwan, S. 25.

虚无。

　　奥斯卡在纳粹时期态度的摇摆不定，主要表现在他与贝布拉的关系。奥斯卡跟随他两次入世，结果是陷入对战争的罪责，或陷入精神上的孤独。这从反面证明，无论出于什么原因，奥斯卡只要涉入社会，能够在社会上取得成就，就必定伴随道德上的妥协。奥斯卡一开始认贝布拉为师，将他的话作为行动指南，类似找到一种标准。但当他再次重逢贝布拉时，发现"贝布拉师傅已经把宣传部长戈倍尔当成了他的师傅"(186)，之前的行动准绳已经改变。奥斯卡隐约感到贝布拉与政治独裁的关系，他并不认同贝布拉的"内心流亡"(336)，不想出卖自己的技艺去做纳粹的附庸。这种做法符合他"破坏一切"的原则。在这种原则指导下，他甚至不愿附庸和委身于纳粹。出于这一原则，他表现出对所谓"内心流亡"的不屑一顾，因为那无异于委身"肮脏的政治"。这个情节反衬出，奥斯卡具有现代艺术家的气质，即争取艺术的绝对自由。这就从客观上促使他没有委身政治独裁或政治倾向，而是在政治的漩涡中保持相对人格独立。但是，当第三次遇到贝布拉时，出于各种环境的改变，奥斯卡的想法又发生了改变；此时他决定跟随贝布拉，也就是默默接受了他此前所不齿的立场。奥斯卡随后跟随贝布拉的前线剧团，到大西洋防波堤进行慰问表演。在那里，他坐视德国士兵射杀无辜修女。面对赤裸裸的战争暴行，他只是跟所有演员一样掩耳跳脚，没有表现出丝毫作为，更没有意识到自己的罪责，遑论忏悔。在战后到当年行凶现场故地重游时，奥斯卡始终不表态，而是观察记录他人的言行及态度。但我们不要忘记，这不是一个第三人称转述的故事，同时也是由第一人称作为当事人、目击者进行的回忆。他人犯罪我旁观，在犯罪现场却不阻止犯罪，这是典型的形而上之罪。奥斯卡作为一个知罪犯罪、伪认罪的特殊跟风者，曾一度反抗一切，不与一切强势合流，但最后也变成了"内心流亡者"，强权的附庸。这个矛盾的转变，深刻体现出特殊跟风者纵然表面看去再特殊，最后仍然落入跟风者的队伍。

有学者指出，奥斯卡的特殊身份包含四个明显的特征：代表权力（破坏和领导）的鼓声，唱碎玻璃的嗓音，无所不知的潜能，未成年身材的保护伞。① 在这里，无所不知的潜能当属叙事层面，我们不必沿此方向细究；但若将这个潜能理解为奥斯卡的一个天赋，那么这四个特征就与奥斯卡的罪责经历有密切关系。奥斯卡用鼓声扰乱秩序，用嗓音表达愤怒，这样一来，通过控制声音，他拥有了指挥和统摄周围世界的权力，不再是一个出身小市民社会的默默无闻的小人物。而奥斯卡的颠覆、破坏、出卖等行为，之所以远离外界制裁，完全仰仗他对危险的预知以及规避——凭借他的三岁身材。格拉斯在回顾《铁皮鼓》时，重申三岁身材对这个人物的重要性："首先是三岁的身高为奥斯卡·马策拉特同时提供了行动自由与（同成人世界的）距离。"②奥斯卡的一生堪称一部个人与社会的罪责史，但是他始终为自己设计了保护机制，那就是他的儿童、或曰未成年身份。

奥斯卡三岁时主动摔伤自己，从此，伪装的儿童身份成为他的保护伞，也赋予了他特殊的对罪责的豁免权。在儿童身份这层保护下，奥斯卡引诱他人偷窃而不为人知，出卖亲人而不受惩罚，嫁祸于人而不被追究。受益于儿童身份，他可以毫

① 参见 Ursula Reinhold: Günter Grass: Die Blechtrommel — eine literarische Provokation. In: *Weimarer Beiträge*, 32(1986)10, S. 1678。
② Günter Grass: Rückblick auf die Blechtrommel — oder Der Autor als fragwürdiger Zeuge. In: ders.: *Werkausgabe in 10 Bänden*, hg. v. Volker Neuhaus, Neuiwied 1987, Bd. IX: *Essays, Reden, Briefe, Kommentare*, hg. v. Daniela Hermes, S. 624—633, 626ff.

发无损地躲在暗处和角落、藏在遮盖物的底下，首先以观察者的身份去揭发周围世界的混乱、暴露小市民社会的道德沦丧，而不受到成人的防范或威胁；继而以反叛者、诱惑者的身份，令本来已经无序的成人世界卸下最后的伪装，露出更加软弱而丑恶的面孔，从而也为人们面对纳粹暴行毫无抵抗力埋下重要伏笔。在肯定奥斯卡的积极意义的同时，我们不能忘记，伪装成儿童的奥斯卡，并无真正意义的童年。他不像一般的儿童那样从零开始，形成自己的道德观和价值观，并对世界保持一定的好奇与敬畏；相反，他的头脑从一开始便是成熟状态，他对世界的认识也是既定的，此后的人生不过是在证明自己的判断。这样一来，他的所作所为也就成了一个证明过程，并且他从最初就为自己安排了一个不受问责的舒服位置：一个三岁身材的观察员、叙事者。奥斯卡在揭露周围世界道德堕落、价值缺失的同时，本人"对道德问题却并不感兴趣，而是堂而皇之地置身事外"。① 他的精明算计和明哲保身，并非从一开始就是种迫于现实的无奈。凭借与生俱来的理智和艺术天赋，奥斯卡总是能洞见事情的发展趋势，按自己的意志生活。但是他并没有把才能用于正义之事，而是屡屡扮演魔鬼角色，诱惑他人犯罪。"他的罪责在于，作为有见识者、知情者、透视者，他只是对现实的肮脏冷眼旁观"，②与外部世界之间"没有真正的关联"。③ 关联性的丧失，事不关己的冷漠，导

---

① Paul Neumarkt：Das zerstörte Bild des modernen Menschen in Günter Grass Roman 'Die Blechtrommel'. In：*Psyche* 39 1985，S. 649.

② Neuhaus，第 91 页。

③ 参见 Gerhardt Mayer：*Der deutsche Bildungsroman. Vor der Aufldärung bis zur Gegenwart*，Stuttgart 1992，S. 61 以及 Gertrude Celp-Kaufmann：*Günter Grass. Eine Analyse des Gesamtwerkes unter dem Aspekt von Literatur und Politik*，Kronberg 1975，S. 38.

致他一方面是个冷静的观察和批判者,另一方面又是一个背负罪责的伪无辜者。他摆脱不了小市民社会先天的自私性,他"甚至比周围的人更加自私"。①

对于小说涉及的特殊历史语境,比如拒绝学校教育,不参与正常社会化过程,不仅意味着主人公奥斯卡在一般意义上独立于社会之外,而且使他在特殊意义上避开了二战前的意识形态教育和政治宣传。否则,作为带有自传特征、并且以现实历史为背景的鸿篇巨制,《铁皮鼓》不可能回避这些重要因素。奥斯卡伪装的残疾儿童身份,确保他在战前无须接受系统的民族主义、种族思想教育,在客观上对于纳粹的兴起只是一个无辜的旁观者。不仅如此,这一特殊身份,还使他在战争中受到掩护,既不必参加支持纳粹的团体,或应征入伍,也不必像后来的贝布拉一样,标榜自己是"内心流亡"。奥斯卡可以在战前用鼓声扰乱纳粹在但泽的重要聚会,也可以在战争中到前线慰问演出。两次行动,奥斯卡似乎都用出于本能——一次出于对恶作剧的兴趣,一次出于对女演员的爱情,但在客观上却分属反对和支持纳粹的行为。出于儿童身份,奥斯卡既没有因前者受到表彰,也无需因后者受到惩罚。

伪装成儿童的奥斯卡,其决定从来都是经过深思熟虑的。这种深思熟虑的出发点不是别的,归根结底是逃避责任。正因为深谙外部罪责的漏洞,他总是能在外部惩罚降临之际使用欺骗手段逃脱——或靠身材伪装成未成年人,或靠妄言呓语伪装成心智未熟的"疯子"。和所有思想发达、理智健全的人一样,他知道如何辩护、规避责任。奥斯卡自设的儿童身份

---

① Andrea Geier: Giftzwerg und Gnom. In: *Der Deutsch Unterricht*. 2010/5, S. 45.

以及置身局外，令他一再逃脱必要的法律制裁和道德审判，继续坐壁上观或逃之夭夭。战争结束随军撤退之际，奥斯卡不得不再次返乡，又开始假扮耶稣，引领闲散的未成年人团伙"撒灰团"，趁乱打劫，并在圣心教堂集体被捕。执行死刑审判之际，他假装幼稚儿童，再次躲过法律裁决。奥斯卡最后一次利用儿童身份的任性之举，发生在苏军解放但泽时，结果导致父亲殒命。之后，他永远离开了故乡，在西占区杜塞尔多夫开始尝试市民生活，上夜大、学文化，耳闻目睹战后德国人谈论"集体罪责"(476)，这一次才真正是被迫去从事黑市买卖，并且亲身经历了战后西德的经济奇迹。但是时间不长，奥斯卡再次"觉得成年人的生活千篇一律"(478)，想要回到三岁孩子的身材里去。奥斯卡身上集中体现了"从不愿意长大的心态中产生的兽性、幼稚以及罪行"。① 他是罪责话语的参与者，而不仅仅是一个旁观者。

让奥斯卡毫发无损地活到战后，经历普通市民生活、黑市交易、货币改革、经济奇迹，不能不说是小说在延展罪责话语上采用的一个策略。这样一来，小说不仅把特殊跟风者的罪责与认罪通过一个人的故事完整表现出来，也就此打破了战后罪责话语与纳粹具体罪责之间泾渭分明的神话。

　　　　今天，它宣布这一切已成为历史，而昨天，这一切对我们来说，则是亲手干的行为或者罪行，还是新鲜的和血淋淋的。正因为如此，我还是喜欢格蕾欣·舍夫勒一边回顾"力量来自欢乐"组织的旅游，

---

① 君特·格拉斯：《理性的独裁——纳粹独裁与新毕得麦耶尔》，载于《启蒙的冒险》，第 38 页。

一边编制毛衣时讲的课。(478)

从这段话可见,战后德国普遍存在一种将历史与现实一刀两断的情绪。当大多数人麻木于这种整体氛围之时,奥斯卡则再次以局外人、特殊者的姿态,拒绝将罪责简单划入历史、从此高枕无忧的做法。他对历史的血腥残暴毫不掩饰,并且承认罪行都是"亲手干的"。值得注意的是,此处也是一直特立独行的奥斯卡第一次用"我们"做主语,把自己归入到战后西德市民社会中。至此,奥斯卡的罪责话语看似正朝向一个认罪忏悔的方向发展。然而,接下来,他忽然笔峰一转,又向往起早年纳粹风靡之时的口号和行动——"力量来自欢乐"(Kraft durch Freude)是纳粹时期一项全民参与的活动——,把刚露端倪的反思矛头钝化成了无关痛痒的怀旧感,又重复起以往惯用的套路,避重就轻地撇开自身罪责,到头来仍是一场假忏悔。

总之,奥斯卡是《铁皮鼓》塑造的一个不同于一般含义的特殊跟风者。借助这个人物,格拉斯首先深化了战后风靡一时的跟风者概念,直指所有具备反思能力却不积极行动的人。他们在纳粹前后应该担负却没有担负的道德罪责,本是战后罪责话语中的重要组成部分,却一度裹藏在经济建设的热情和"集体罪责"的托词背后。在这个回忆故事里,奥斯卡是一个真正的见风使舵者,他狡猾地逃脱了任何的分析和质疑,无法被归入任何类别。① 与马策拉特和迈恩等普通跟风者相比,他既不具备小人物跟风犯罪的社会心理诱因,也没有身体力行地去参与纳粹犯罪。相反,他头脑精明、擅长自保,懂得

---

① Maren Jäger, S. 91.

与普通跟风者保持距离，同时善于利用自己的特长获得一定的特权。但这些都避免不了他在政治风暴中随波逐流、知罪犯罪的命运。这是为什么呢？抛开这个人物身上的魔幻色彩和单一的叙事者身份，我们从现实层面来剖析，有以下几个原因。

首先，奥斯卡是一个不健全的人。这里的不健全不仅仅指他故意制造的畸形身材，更指他的内心层面。奥斯卡纵然有发达成熟的理性思维，但他的情感发育几乎为零。也就是说，他不但身体多年畸形，而且缺乏人所应有的情感，比如同情、忠诚和爱。因此，他对一切都是冷漠置之，一切对他都是无关痛痒。通过家庭中的乱伦、死亡事件，以及事后反复出现的负疚感，可见他意识到自己是个有罪之人；而他对家人单方面的依赖以及呼之则来挥之则去的任性态度，又表明他身上具有根深蒂固的自私性，这决定他的基本社会关系长期处于残缺状态。他对家人没有付出，只有索取，而最初的欺骗、伪装、出卖行为，也都是在家庭中展开。与此同时，三岁身材又成全了他，纵容了他发泄嫉妒、伤害他人而不受追究。奥斯卡身上明显的俄狄浦斯情结，固然是对他所有离经叛道行为的一种解释，包括对玛丽亚、对护士的依赖和幻想。然而，这种非理性的、纯心理学的解释，难免有将罪责主体进行客观化，从而逃避主观意识力量之嫌。奥斯卡不健全的情感，直接影响了他的道德观，那就是蔑视一切道德和价值。他的孤独、与鼓为伴，一方面是艺术独立的体现，另一方面也是他对现实生活的逃避、对人际交往的拒绝、对社会责任的漠视。他只有破坏之欲，没有拯救之心。

其次，奥斯卡从反抗到内心流亡、入世的转变，也是社会环境使然。在奥斯卡生活的时代，无论是魏玛共和国时期、纳粹第三帝国、还是后来的联邦德国初期，都找不到一个可以引导人积极向上的力量。一度成为他精神导师的贝布拉，也早早做了随波逐流的政治附庸；而凭借一个未成年人的力量，去反抗整个社会的黑暗现实，也是不可能的，更何况这个人自身也险些成为纳粹黑暗时代安乐死政策的牺牲品。① 于是，毫无顾忌地反抗一切，在某些情况下就是一种正义的表现；而"见风使舵"和"内心流亡"，成了这种特殊人物维持生存的必然选择。在这样的生存处境下，奥斯卡离家、随军演出、参与黑市买卖等等如今看来不道德的行为，便具有一定的合理性。

最后，以奥斯卡为代表的特殊跟风者的罪责与认罪问题，是现代人价值观缺失的直接后果。奥斯卡对自由有很高的期待，他用叫喊与敲鼓诠释艺术的自由，他目空一切、荒诞不经。这个人物本身诠释了存在主义的理念。存在主义"并不只是一种战后时期的哲学情绪，而是直接存在于现代历史主流中的人类思想的一项主要运动"。② 奥斯卡对黑暗的揭露和讽刺，包括他的自我剖析和自我讽刺，都是存在主义式的、对生存意义缺失的本真表露。然而我们又必须承认，任何形式的自由若没有目标和界限，便成了一种盲目破坏的代名词，最终走向价值中立乃至无价值的、无道德的混沌的自由乌托邦。失去标准的艺术自由，正如失去理性规约的成长过程，必然走向涣散的、自私的、非理性的极端。

纳粹时期之所以有如此之多的人跟风作恶，是因为人性之恶在合法的外衣下集体发作。小说中并没有十恶不赦的坏人，但小恶集合成大恶，其背后是基本人伦信仰的缺失。以服

---

① 参见《铁皮鼓》，第 382、399、400 页。

② 威廉·巴雷特：《非理性的人》，段德智译，上海译文出版社 1992，第 19 页。

从国家权力为由，良心不再是决定人行动的首要力量，暴力与恶行在法律程序上屏蔽了个人责任。而这也正是纳粹历史留给后世的一个难题。因为在当今世界，国家权力依然不可动摇地享有至高无上的地位。那么在这种情况下，道德反思乃至审判，究竟以何种方式和条件才能进入个人的内心层面？我们在检视小说人物内心世界的同时，也有必要考量他们生存的历史背景与客观环境，认识到人在成为施害者的同时，也是暴力体制的受害者。

格拉斯不是一位道德主义者。他所关注的是小市民生存的基本事实，是对现象的全面呈现，而非对之作出评判。这也就决定了整部小说罪责话语的散漫和模糊性。对于跟风者之罪的揭示，除了小市民自身的心理环境和局限性，还必须看到造成这种局面的客观原因，即，使之充当纳粹牺牲品的宏观历史条件。唯即如此，我们才能通过一部文学作品、一群文学形象，去了解更为广阔的社会和更加复杂的人性，从文学制造的罪责话语中把握社会的文化心理，尽可能生动而全面地认识那段历史。结合小说文本，也就是说，跟风者不应因战后官方所定义的法律无罪者而游移在罪责话语之外，也不应因协助纳粹罚下滔天罪行而被刻在耻辱柱上，而是同时作为施害者与受害者被记入史册。

第二节　罪责话语中的隐喻与象征

《铁皮鼓》并没有直接参与战后初年的那场关于集体罪责以及罪责问题的争论，却以文学的形式延伸了这场争论。对跟风者之罪及其认罪的反映，这只是其一。小说更加独到之处，在于它围绕罪责话语所设置的隐喻和象征。它们几乎遍及整个文本,既是主人公负罪心理的一再体现,也是对现实政治的讽刺写实。从叙事时间上看,小说的第三部描写 1945 到 1954 年的西部德国、后来的联邦德国,与其说展示人们如何认识罪责,毋宁说是在表现人们如何排解内心痛苦,消化自己的受害者身份。弱化受害者身份,强化受难经历,成为主流心理。

罪责话语本身的复杂性,决定了多数人在认罪和赎罪问题上必然要攻克心理关卡。《铁皮鼓》的第三部形象地告诉我们,当主流环境对罪责问题讳莫如深,对大多数人来说,在从情感上克服过去的痛苦之前,不大可能真诚面对历史过错并诚心悔过。借助反复出现的隐喻和象征,小说既从微观层面反思了小人物在罪责问题上的认知局限及原因,同时也通过反刍痛苦,弥补了历史叙事为现实带来的置身事外感。

一、战后无"零时刻"—— 对"复辟"现象的揭示

《铁皮鼓》聚焦普通市民的罪责话语,讽刺的是,这种话语具体到 1945 年以后,就是沉默。

> 你可以把他们叫做错失机会的浪漫派。……我几乎不费分文地在成千努力补习和学习的人的圈子里受教育,报名听业余大学的课程,成了名叫"桥"的不列颠中心的常客,同天主教徒和新教徒讨论集体罪责。我跟所有这些人一起感到有罪过,他们当时想的是:我们现在承担罪责,那么事情也就会过去,将来情况好转时,我们也就不必再感到内疚了。

（476）

　　小说到了第三部，奥斯卡在杜塞尔多夫重新接受教育，去业余大学补习，与天主教徒和新教徒一起讨论集体罪责。"这些人"便是当时的天主教徒和新教徒。通过前文对"集体罪责"大讨论的回溯，我们知道当时的两大教派对待集体罪责的态度，无外乎三种：以"德国人也有抵抗"拒绝认罪，以原罪说泛泛接受全体人类集体有罪，或以"德国人同时也是纳粹受害者"拒绝集体罪责。可以想见，在这样的舆论环境之下展开的讨论，并不会对普通民众的认罪和忏悔带来积极引导。相反，人们宁愿接受有罪说，模模糊糊地放下过去，冀望假以时日，或可彻底告别罪责话语。无论是宗教界还是普通市民阶层，都在新的政治环境中隐遁当年的跟风之罪。结果，个人罪责问题长期处于秘而不宣的状态。在口舌之功与发自内心的真诚忏悔之间，始终存在一条鸿沟。人们一边继续之前的职业，一边宣布与过去一笔勾销。这种自相矛盾之下，人们无力克服过去又不得不故作轻松，把罪责话语转换成自怜自叹，表达了当时社会整体对从零开始的期待。通过描写人们在公共场合对罪责话题的态度、奥斯卡的畸形生长态势以及社会文化生活内容的转变，小说揭示了罪责话语在战后初年乃至很长一段时间内无法真正展开的深层原因，从而讽刺了战后一度盛行的所谓"零时刻"之说。

　　"零时刻"（Stunde Null）本来是一个具有军事含义的词，通常指1945年5月8日，德国国防军无条件投降的那一时刻。然而，跟"集体罪责"的命运相似，"零时刻"的说法在社会各界同样众说纷纭，始终得不到统一的解释。有人单纯从时间点上定义，有人着眼于时间段。神学家卡尔·巴特于1945

年 1 月,就在巴塞尔的一篇讲话中使用了"零点"一词,并倡议德国人必须重新开始。时任不来梅市长的特奥多尔·施皮塔(Theodor Spita)则在 1945 年 12 月质问作为德国人"全新开始"的那个零点何在。史学家欧根·科贡认为,这个时刻应从 1945 年算起,是一个由特定情境所决定的历史化的表述,同时又是评价那个时代的一把象征性的标尺。迪特·弗兰克(Dieter Franck)认为,德国人从盟军 1944 年 10 月 21 日入侵亚琛那天起,到 1945 年 5 月 9 日德国投降、第三帝国覆灭之间,经历了"零时刻"。也有人把 1945 年排除出去,如著名记者鲁道夫·瓦尔特·雷恩哈特(Rudolf Walter Leonhardt)在谈到"1945 年零时刻的混乱"之后,将 1946 年称作第 1 年。约瑟夫·穆勒—马里恩(Josef Müller-Marien)将二战结束后第一年算作"零时刻",从 1946 年直到联邦德国建立,都算作"零年"。持类似观点的还有提罗·科赫(Thilo Koch)。也有人抛开时间维度去分析"零时刻"的意义,比如特奥多·埃申巴赫(Theodor Eschenbach)。他认为,战争的结束并不意味和平宁静,对许多人而言,在失去一切之后,他们很难相信还会再度拥有;希特勒之后的"零时刻"代表的是个人化的体验,对有些人而言是幸运,对有些人而言是崩溃,甚至对有些人意味着恐怖。①

　　除了在定义的时间角度上分歧迭出,在含义的具体维度上也不一而足。也有人把"零时刻"看作组织机构和个人发展的连续性突然发生中断。"大学、协会、教会,到处都展现出对

---

① 参见 Theodor Eschenburg im Vorwort von Dieter Franck. Jahre unseres Lebens 1945—1949. — Als der Krieg zu Ende war ... In: *Ein Lesebuch vom Neubeginn in Hamburg und Schlesien-Holstein.* von Gesine Froese (Hrsg.), Hamburg, 1985。

过去信念的攻击，几乎一夜之间改弦易辙。"①另外，战胜国对德国人进行的再教育，要使后者具有公民民主意识，要求文化迅速转型并再生出新文化；而这个新文化诞生的土壤刚刚还是纳粹的温床，要想迅速改变，并不具有实际可行性。相反，对德国人施行去纳粹化、监督德国人的日常生活，只会令他们置身于更深的受害者心理之中。② 如此一来，"零时刻"的意味又被进一步消解了，因为当时的人们必须不断地跨过1945，回到此前的历史叙事中去。

于是，"零时刻"与其说是新起点，不如说是德国近现代史上的最低点。对"新"的期待，表现在社会的方方面面。而在文学领域，海因里希·伯尔、汉斯·维尔纳·里希特、君特·艾希等四七社成员作家则在"废墟文学"和"砍光伐尽"之后，期待"另一类"或"崭新的"文学。可以说，《铁皮鼓》客观上回应了这种要求、主观上又违背了从零开始的呼告。因为格拉斯恰恰是一位反对绝对激进主义、反对"零时刻"之说的作家。在他的笔下，如果将一个国家的变迁与人的成长相类比，那么战后德国政治的骤然新生就相当于小说中自制侏儒的突然发育。

《铁皮鼓》第二部结尾，奥斯卡的父亲马策拉特死在苏军枪下，是"第三帝国灭亡的后果"③之一。从那时开始，奥斯卡开始二次成长。他先是在父亲的葬礼上扔掉了鼓，暗指告别童年身份

---

① Axel Schildt, Detlef Siegfried: *Deutsche Kulturgeschichte — Die Bundesrepublik. 1945 bis zur Gegenwart.* Carl Hanser Verlag, München 2009, S. 23.

② Axel Schildt, Detlef Siegfried: *Deutsche Kulturgeschichte*, S. 45.

③ Georg. Just: *Darstellung und Appell in der „Blechtrommel" von Günter Grass*, Frankfurt am Main 1972, S. 86—87.

和无辜;继而被库尔特的石子击中,跌落在父亲的墓坑里,喻指子辈将自己的过去随同父辈一同埋葬;后又入院治疗,此间失去喊碎玻璃的本领。喊碎玻璃的本领是奥斯卡具有超自然能力的证明,它的瞬间消失,使奥斯卡失去了神秘色彩和魔性力量。身体上的一系列变化和生活经历上的变故,为小说第三部作了逻辑上的铺垫:似乎一梦醒来,一切都从零开始。奥斯卡从此尝试融入社会,并主动承担家庭责任;他如饥似渴地补充文化知识,不再满足于歌德与拉斯普廷。在战后初期,奥斯卡准备走一条做良好市民的道路,寻求一个正当职业,想要养家糊口。那么,一切真的从零开始了么?无论从奥斯卡的个人生活还是整个西德社会来看,"零时刻"都被证明只是一个幻象。

　　随着二战的结束,奥斯卡所厌弃和逃避的一切看似已经遁入历史。父亲的死和随继母的远迁,标志他彻底失去庇护,开始独立生活。而超自然能力的丧失和身体的再次生长,与第三帝国的灭亡形成了对应关系。一方面,奥斯卡的反叛和操控能力随着纳粹政权的崩溃而大打折扣;另一方面,只要他活着,就无法拒绝长大成人,就不能够再为所欲为,就必须妥协。个人意志与社会历史的博弈,终将成为他维持生存的必经之路。他不可能一直去挑选他想要扮演的三岁儿童,他不得不接受成年的现实。尽管奥斯卡标榜,这是他的决定,但随之而来的各种迹象都表明,所谓的主动成长只是事后的说辞,真正情况是,他在被迫告别过去。

　　奥斯卡对新生活的反应,与所有一直生活在极权之下的德国人面对突如其来的民主一样,可以用措手不及和勉为其难来形容。纳粹时期的思维方式、气质心态以及陈词滥调都不可能随着纳粹政权的倒台一夜改变,然而德国又的确成了战争和道德的双重失败者。因为是被迫从一个阶段走向另一个阶段,必然会出现本质与现象的不平衡、精神与物质发展的不对称。奥斯卡虽然开始第二次成长,却成了一个身高仍不足正常成年人的驼背。他的驼背,既说明身体继续朝畸形方向发展,同时也喻指战后德国社会的反常势态。从奥斯卡的象征意义上看,二次成长正是对当时社会政治形态的隐喻。①矮子、驼背,象征了初生的联邦德国。

这首先是对所谓"零时刻"神话的激烈讽刺。跟"集体罪责"一样,"零时刻"在德国并没有确凿的"首映记录",②却成了战后一个流行话语。战争废墟之上出现了新的诗歌体、新的绘画风格、新的世界观。砍光伐尽文学、废墟文学、具体诗,都反映了文学领域要从头开始的迫切心情;人们在生存困境中易于接受世界是荒诞的这种说法,存在主义哲学随之深入人心。然而,与旧时代产物在战后的复辟风相比,这些"新"都不足以为"零时刻"的存在提供合法证据。从实际情况来看,复辟现象比比皆是。特征之一便是,纳粹时期的宠儿仍然在公共文化领域占据主导位置;主张反思纳粹历史的声音,则大多来自国外而被过滤掉,③许多在纳粹时期效忠政府的作家,战后依然风光无限;而提醒德国人警惕自己的罪孽,不要重蹈覆辙的声音,却被漠视。大量史料证明,这种提醒是故意被忽视掉的,因为它不符合"时代精神"。当时的时代精神仍然由本土的、一度效忠纳粹的文化名人所引领,他们高调现身,不谈过去,或以"内心流亡"搪塞罪责。比如,赫尔曼·布尔特

① Irmela Schneider (1975) 认为小说的三部在时间上与纳粹的前史、历史和后纳粹时代并行;Hanspeter Brode(1976)不但认为马策拉特的死是二战终结的标志,更把奥斯卡理解为对纳粹时代的隐喻,乃至对希特勒本人的戏仿,因为希特勒曾被称作"鼓手"。这种看法受到 Neuhaus(1982,1988)的反击。
② 参见 Schildt, S. 21.
③ Fischer & Lorenz, S. 30.

(Hermann Burte)曾视纳粹为终生理想,1959 年却在老家风
光设宴庆祝生日,并招来南巴登州政府和德国记者协会主席
均前来贺寿。路德维希·库尔纳(Ludwig Körner)曾是第三
帝国戏剧协会主席,后来被授予国家奖金。约瑟夫·纳德勒
(Joseph Nadler)则获得由奥利地教育部颁发的施蒂夫特奖
章。纳粹作家埃尔文·圭多·库尔本海耶曾是血统土地思想
的捍卫者,1954 年在苏台德庆贺 75 周年寿辰。这些例子无
疑打破了文化领域"零时刻"的神话。于 1933 年后被普鲁士
皇家科学院除名的 116 本书,到六十年代初只被提及 12 次;
而从纳粹御用文人转而成为内心流亡作家所写的作品,则被
提及 334 次。到了 1965 年,流亡文学与"内心流亡"作品在公
众场合出现的比例,是 1:6。①

复辟成风的史料不胜枚举,其中引起最广泛关注的一例,非
常隐蔽地出现在小说《铁皮鼓》第三部开篇,即对战后文化生活的
描写中。战后初期,奥斯卡像一个普通观众一样,再次来到舞台
前面(而不是底下或后面)观看戏剧演出。此时活跃在舞台上的,
是演员格林德根斯以及歌德的经典剧目《塔索》、莎士比亚的《哈
姆雷特》。奥斯卡特意强调指出,同一个格林德根斯扮演迥然不
同的角色。尽管只有一句话,其讽刺意味却昭然若揭。

古斯塔夫·格林德根斯(Gustaf Gründgens)是纳粹期间
最受欢迎的德国演员,曾被任命为普鲁士国家剧院院长,深得
戈林夫妇器重。然而,格林德根斯在战争期间的升迁发迹,却
丝毫无损于他在战后的职业生涯。在西占区的去纳粹化过程
中,他提供了自己无罪甚至反抗过纳粹的证明,并于 1946 年恢

① 参见 Dieter Hoffmann: *Arbeitsbuch Deutschsprachige Prosa seit 1945. Baud I.*, Francke (UTB), Tübingen und Basel, 2006, S. 42—43.

复演艺事业。这也是无数供职于纳粹政府的人在战后轻松转型的缩影。格林德根斯还有一个特殊的身份,他是埃丽卡·曼的前夫。而他的人生经历,则早在三十年代就成为埃丽卡的哥哥克劳斯·曼的反法西斯小说《梅菲斯特》的创作素材。在这部作品中,克劳斯·曼斥责了一个在舞台上扮演魔鬼的人如何游弋于黑暗时代,因艺术之名不问政事,事实上却成就了魔鬼的事业。作家直白地影射同样以扮演《浮士德》中的魔鬼梅菲斯特而出名的格林德根斯。战后,围绕格林德根斯和《梅菲斯特》对他本人造成的人身攻击,社会展开了旷日持久的争论。而争论的参与者也从双方当事人的家人,扩大到流亡作家和内心流亡者两个阵营,争论的焦点升格为纳粹时代的罪责与艺术价值问题,以及有代表性的人物从第三帝国直到战后德国的个体连续性问题。① 如果一个人如是保持了身份的连续性,那么这背后一定有被沉默的罪责话语作支撑。因此,奥斯卡对格林德根斯的略带一笔,隐含着对艺术家以及特殊跟风者的反讽,也表现了战后对罪责和历史普遍保持沉默的事实。

　　除了对资深演员经历的影射,从当时所演的剧目,我们也可以看出战后公共文化中的复辟风气早已压倒了"零时刻"神话。舞台上除了歌德、莎士比亚等无关近史的纯文艺经典,便是引无数人一同扼腕叹息的《在大门外》。《在大门外》是一部饱含疑惑与痛苦的自传式剧目。作者沃尔夫冈·博歇尔特(Wolfgang Borchert)以自己的经历为蓝本,描写了一位从战场归来的普通士兵,在世界与内心产生双重困顿,陷入无出路的状态。奥斯卡提到的这几部作品,说明了两个问题。第一,战后初年西占区的文化建设倾向于恢复经典,而避开反思近

---

① Fischer & Lorenz, S. 104—106.

史。这也正是一批资深的史学家所倡导的重建思路。正如我们在回顾"集体罪责"时所提到的,当时已年过八旬的历史学家梅尼克,就曾提倡以歌德精神重振民族自信。第二,深得人心的现实主义戏剧作品,其核心内容是表达德国人的无助和茫然。舞台上只有作为牺牲品的德国人形象,而没有作为施害者的德国人形象。总之,从奥斯卡对战后戏剧生活的简短报告中可见,舞台上并没有反思作品的一席之地。

　　这种现象必须联系当时的社会状况去理解。只有对四个占领国来说,1945年算是从零开始;而对大部分德国人而言,二战的结束则意味着死亡、衰败、废墟。战争的恐惧之后,紧随其后的是死亡的恐惧;七百万德国人死于战争;斯大林格勒战役全军覆没,盟军在汉堡和德累斯顿的轰炸分别导致35000和25000人死亡,由是成为造成战争创伤后遗症的代表性事件。德国在二战中的失败之惨、创痛之深,持续蔓延。纳粹政府"最终胜利"的宣传口号,昨日还是人心所向,如今却成了卑鄙的谎言。国家性的罪孽过后,是全民的物质匮乏和精神沮丧。只有很少一部分德国人感觉自己是被解放。他们首先是战争期间坐牢的人,集中营营民或者抵抗者。毋庸置疑,抵抗者是少数中的少数。1945年,没人指望西德能在战争结束后立即走上稳定的民主道路,或达到生活的富足。几十年里,在联邦德国的公共记忆中,"解放"一直是个禁忌词汇。取而代之的其实是更为直观和形象的——"崩溃"(Zusammenbruch)。直到1985年,两德统一前夕,当时的西德总统魏茨伊克才在一篇重要讲话中将二战结束赋予了"解放"的含义。①

---

① 　参见 Schild, S. 22。

德国人之所以长期闭口不提"解放"，还有一个原因，那就是关于纳粹究竟是善还是恶这个问题，在战后多年里，仍然令他们感到模棱两可；认为纳粹为善的人，更不在少数。在对历史罪责的认知上，人们选择了一条迂回的战略，即将纳粹与布尔什维克作对比。这样一来，大多数人倾向于前者，也有人二者均不选。但随着战争的远去，这个比例也在慢慢减小。与此同时，人们对盟军轰炸的指责日益激烈，对盟军是否有权审判德国的质疑声此起彼伏。在去纳粹化的过程中，自卫的声音一浪高过一浪；对高官的审判由于需要积累证据因此拖延至久；而小人物、跟风者的队伍却日益壮大，他们因司法程序的松动或被轻判或在骂声中被无罪释放。于是便有了"跟风者工厂"一说。①

总之，《铁皮鼓》处处暗藏对"零时刻"的反驳。首先是奥斯卡本人。作为一个生下来便头脑成熟的人，已经没有从零开始的可能；他的第二次成长则被证明是一次畸形发育。其次，小说通过对战后社会文化生活和公共话语的描摹，暗示复辟之风的盛行，从而揭示出"从零开始"只是一个表象。第三，战后的生活现状本身，令"零时刻"神话不攻自破。

需要特别指出的是，《铁皮鼓》这个严格按照时间段来分割的叙事作品，在罪责问题上却显示出重复性和循环性。对"零时刻"心理的隐喻，不仅仅局限在小说的第三部。小人物逃避认罪的现象几乎贯穿始终，并且从一开始就影射了战后沉默的罪责话语。小说开篇，奥斯卡的外祖父科尔雅切克数次逃亡，首先是作为罪犯逃脱法律制裁，其次是对家庭、社会责任的一并逃避，最后还是对后世命运的隐喻。表面上，奥斯

---

① 参见 Schild, S. 46—47。

卡把外祖父的胜利大逃亡作为一种拿来炫耀的谈资,留下一个颇有英雄色彩的悬念;而实际上,奥斯卡从一开始就带着批判和自嘲的语气讲述这段逃亡经历,并且暗讽了半个世纪后的德国社会里,定会有人重蹈覆辙。"强盗、杀人凶手和纵火犯中间最危险的分子,还在抢劫、杀人、放火的时候,就等待着机会,去获得一份体面而稳当的职业。"(17)科尔雅切克与战后无数老纳粹更名改姓的经历相似。作者在奥斯卡出生前安排这样一段前史,似乎在有意影射:战后德国人所面临的罪责问题既非前无古人亦非后无来者。这是对后来的罪责问题讨论中一度流行的"运转失灵"或偶然事件说的反讽。

联系德国战后历史,潜水这个动作意涵颇多。今天看来,科尔雅切克传奇的命运是战后无数德国人改头换面的缩影。对他们来说,人生必须不断从零开始,抛弃过去,埋没历史罪责。1995 年 5 月,一向被认为左翼自由派的日耳曼学者、前亚琛工学院院长汉斯·施维尔特(Hans Schwerte)的真实身份曝光。他在第三帝国期间曾是希姆莱手下的突击队高级中队长,原名汉斯-恩斯特·施耐德(Hans-Ernst Schneider)。数月后,《每日快报》又将著名记者彼得·格鲁伯(Peter Grubbe)战前的真实姓名克劳斯·彼得·福克曼(Klaus Peter Volkmann)曝光。这两起身份丑闻再次说明,二战结束以后,无数"非法者"、"棕色沉默者"(Braun-Schweiger)、①"潜水艇"(U-Boote)安全地潜伏下来。② 以上两则曝光不算太久的史料证明,潜水,不仅是格拉斯通过《铁皮鼓》杜撰的一个情节,更是他对现实的调侃和对未来的预言。它预示着,罪

---

① 　这是一个文字游戏,也表示生活在不伦瑞克(Braunschweig)的人。

② 　Peter Reichel: *Vergangenheitsvewältigung in Deutschland*, S. 107.

责话语从沉默走向公开，可能还需要更加漫长的过程。

二、"无泪的世纪"—— 集体的情感麻痹与沉默

"无泪的世纪"，出自《铁皮鼓》第三部《洋葱地窖》一章。它是主人公奥斯卡结合自身经历以及地窖中场景的有感而发，是作者对战后德国人压抑痛苦、无力哀悼、无力反思现象的抽象和概括。《洋葱地窖》这段描写，既发乎于情，又暗含讽刺批评。它为罪责话语注入了更饱满的声音，为沉默、沟通乏力等现象，提供了一则精辟的文本范例。

> 他们想交谈，但谈不起来，想得好好的，一讲就离题；他们全都愿意把话讲出来，打算真正把什么话都掏出来，把憋在肝里的、悬在心上的、填在肺里的话全都掏出来，不通过大脑，让人看看事实真相，看看一丝不挂的真人，可是办不到。这里那里有人大概地暗示失败的生涯、被破坏的婚姻。这位先生，长着一颗聪明的大脑袋和一双柔软的、几乎是纤细的手，看来同他的儿子有隔阂，儿子讨厌父亲的过去。两位女士，身穿貂皮大衣，电石灯下犹显出风姿，谈到她们失去了信仰，只是不谈她们失去了对什么的信仰。我们对那位大头先生的过去也一无所知，由于这段往事儿子给父亲制造了哪些困难，他们也没有谈到。这好似在下蛋之前，请读者原谅奥斯卡的这番比喻，挤啊，挤啊……(573)
> 我们这个世纪日后总会被人称作无泪的世纪，尽管处处有这么多的苦痛。正由于没有眼泪的缘

故,能够花得起这份钱的人就到洋葱地窖来。这里
在哭泣。这里终于哭泣了。体面地哭泣,无碍地哭
泣,自由地把一切都哭出来。这里江水滔滔,泛滥开
去。(575)

二战后第五年,洋葱地窖里面哭作一团的顾客,将战后德
国人无力哀悼、无所适从的状态表现到极致。人们在洋葱的
刺激下释放出眼泪,陷入集体狂欢,最后在奥斯卡的鼓声中破
涕为笑,返归童年乃至混沌原初的状态。在气味和音乐声中
发生的曲折变化,反映的是郁积已久的痛苦情绪的集体爆发。
它们被浓缩在战后西德一个不起眼的地窖里,共同烘托出一
个"无泪的世纪"。无泪,不但是对罪责的沉默,也是对痛苦的
沉默。"无泪的世纪",既隐喻了德国人历史伤痛积蓄之深,也
象征了罪责话语的曲折漫长。它同时体现了作者在对待德国
的历史罪责问题时,兼顾同情与反思精神。

罪责问题要求人们去反思,而在战后关于普通人与纳粹
历史关系的诸多研究中,"反思"往往被"哀悼"、"克服"等词汇
所替代,不反思则与无力哀悼现象构成了同一个谱系。这是
为什么呢? 首先,衡量一个民族或国家是否承担罪责(只能是
政治罪责),要看其是否对罪责进行公开表态;但是,从战后初
期的罪责讨论以及后来的政治实践可以看出,公开场合的认
罪多被拒绝认罪所代替,或是以对极少数战犯的审判作结。
今天看来,德国在战后的表现越发被大多数德国人所理解接
受,在重塑国际形象方面也没有发生重大失误;但这些并不能
代表普通德国人的基本共识,尤其在是对待纳粹的态度上,更
多人甚至在内心无法割舍那段过去。纳粹不是魔鬼,而是人
们破灭的昔日理想。甚至在纳粹结束十几年或几十年之后,

在历史的基本是非问题上，德国人仍无法进行认罪与赎罪。对于那一代人来说，一个无法逾越的沟壑横在他们面前：若进行道德反思，必然要先经历一个自揭伤疤的过程；而面对创伤带来的疼痛，人们却必须保持沉默。由于战后时局的突然变化，纳粹在政治军事上彻底败之后，德国人1945年以前的思维方式和文化心理也宣告失败，人们必须顺应新的时代精神。对过去生活的反思顺势遁于无形——不是公开的批判也不是公开的坚持，而是干脆闭口不谈。要么是彻底不反思，要么是违心认罪。即便有反思，也被证明为一种口头之功、应景之为或敷衍之举。沉默，首先剥夺了普通人哀悼自身伤痛的权利。

人们尚未哀悼自己的伤痛，遑论发出反思之音。这便是战后德国人所要面临的最大尴尬：由于要承担战争失败的全部责任，不允许正面宣泄情感。而作为个体的人，如果不先去消化自己的痛苦，如何认识集体、政治制度、官僚机制等国家暴力代表与个人选择之间的关系？如何意识到自己曾经犯下的错误、应该承担的具体责任？如何与公共领域有限的认罪仪式产生共鸣？对于纳粹亲历者来说，如果不先回望、表达历史带给他们的切肤之痛，而是直接按照旁观者、新政府或今人所期待的姿态去反思，那么，这个反思对象就永远是他人的历史，这种反思行动就仍然是表面工程。

于是也就不难理解，为什么在战后的史学、社会学、心理学中，尤其是在德语小说中，反思常常与哀悼和克服成为同义语。也正是因此，战后初年的废墟文学、返乡小说可谓深得人心。尽管后来有各种批评的声音，认为当时的文化趋势不益于德国人的罪责反思，但废墟文学毕竟表达了普通人的痛苦和感伤，仍没有脱离现实语境；相对于沉默而不做声，哀悼和哭泣毕竟是向前迈出了一步。《铁皮鼓》描写的战争结束以及洋葱地窖场面,不过是这种废墟风格的另一种表达。

战争令所有人的身心遭遇迫害,生者痛不欲生,死者失去尊严。我们只要对小说第二部结尾稍加回顾,便可以发现,短短的几页里充斥了大量无辜者的死亡。特鲁钦斯基大娘自从得知儿子死在一个"中间地带"的前线,便得了轻度中风,并且再也没有彻底康复,整日对"中间地带"念念不忘,最后在大轰炸之际"抽了风"、"翻了白眼"(429)。战争所带来的灾难并没有随着亲人、邻人的离世而结束。活下来的人要面对更多的匮乏和痛苦。特鲁钦斯基大娘死后僵硬的双膝被敲断,方才顺利地阖上棺材。生命的完整和尊严,随着那个特殊的年代,一并成为炮灰。而在埋葬她的路上,轰炸过后的城市混乱至极,街上尽是吊死的尸体。一座建了七百多年的老城,一时间被死亡气息和残垣断壁所充斥。在这个巨大的死亡布景下,格雷欣夫妇的死仅仅被奥斯卡一笔带过。他们与承载着德国难民的古斯特洛夫号一同葬身大海。在后来女医生的简短叙述中,被苏军击沉的船上载有四千儿童,"全给炸死了"(453)。这又为悲剧增添了沉重的一笔。如果从宏观历史上说,战争结束对所有欧洲人是解放,那么对普通德国民众而言,他们为这个解放所付出的代价比战争本身还要大。在接二连三的灾难和死亡面前,人们已经无暇哭泣。

继战争结束之际的大量生理死亡之后,小说通过"洋葱地窖"一章,生动刻画了生者在战后经历的心理衰败。在这个藏于地下、模拟矿井构造的有限空间里,小说不再局限于小人物、小市民社会,而是透过这个洋葱地窖的顾客、老板、乐手的前史,浓缩了战后德国社会各个阶层。洋葱地窖开张于战后,内外装潢简单,刻意营造出怀旧和压抑氛围。本是一个潮湿的地窖,冰冷的长廊,没有天花板;一道鸡棚梯子,"有点摇晃不稳,令人想起乘船旅行"(571);照明则用矿工用的电石灯,"放出碳化物气味","散发臭味"(572);座位只是"普通的木箱,蒙上装洋葱的口袋"。为什么如此简陋的外饰,结果却抬高了洋葱地窖的价钱呢? 因为这里暗不见光,既营造出一种密闭空间,同时又给人以远行、逃离当下之感,极适合怀旧。怀旧的都是些什么人呢? 前来光顾的客人包括商人、医生、律师、艺术家、舞台艺术家、记者、电影界人士、知名运动员、州政府和市政府高级官员,这也就说明,心怀痛苦并需要治疗的,是整个西德的所有社会阶层。

　　根据奥斯卡的回忆,洋葱地窖的鼎盛时期正是联邦德国成立前后。奥斯卡所在的杜塞尔多夫北邻鲁尔区,而鲁尔区是德国战前和战争期间的工业重镇,同时因为是军火输送地,也是二战接近尾声时盟军轰炸和破坏最为严重的地区。鲁尔区工厂林立,产业工人集中,纳粹执政时期,很大程度解决了工人失业,因此纳粹在这里大有群众基础。这也就决定了人们不大可能在一夜之间转而去批判纳粹。在德国全面溃败之后,战胜国的去纳粹化和民主化进程,迫使人们不得不回顾战争之罪——默许或支持了纳粹独裁,直接或间接引发并参与了战争,对自己目前的状态负有责任。然而这层同谋者的感受,除了在奥斯卡陪伴退役军人兰克斯到大西洋海岸故地重游,后者为当年罪行而痛心的那一幕,此外再无交代。在远离战争前沿的普通市民身上,被闭口不谈的首先是与家人的矛盾、与最亲密的人之间的隔阂,是情感麻痹、沟通乏力,是德国人作为战争受害者却又不敢哭泣的委屈。总之,这些痛苦已经在人们心中形成密不透风的堡垒或深不可测的洞穴。他们首先要曝光的,是成为纳粹顺民所付出的情感代价,而不是体会对他人施加的痛苦,更不要说理解或反思个人对历史应负的责任。

二战结束近五年,百废待兴的局面刚刚好转,可洋葱地窖里"什么吃的都没有,谁想吃点什么,就得到别处去"(575)。人们来这儿不是为了享受,而是为了受罪——在洋葱气味的刺激下,"一些客人什么也看不见了,他们泪水盈眶"(575),麻痹的情感神经终于得到释放。顾客们不分性别、等级、长幼,来这里都是怀抱同一个动机——被催泪、相互哭诉。与张扬德国人在短时间内创造的经济奇迹相比,展示他们内心的委屈,更接近战后德国社会发展的真相。有关罪责问题的研究,几乎不约而同地将沉默解释为逃避。沉默隐含了人们对自己的保护,为自己的辩护。这一点固然不容置疑,但绝非对沉默现象唯一合理的解释。逃避和辩护的背后,还有更深、更具体也更有普遍意义的心理机制。

沉默反映出人在良心省察与实际行动之间的落差,但产生落差的原因并非只是理想的幻灭和物质生活的崩塌,情感压迫所占的比重,也不容小觑。在许多人看来,施害者与受害者之间有很深的隔阂。这种印象的形成,多来自于五六十年代法庭上面对犯罪事实仍拒绝认罪的纳粹分子,以及战后初期畅销的文学作品。我们对那个时代的罪责话语所怀有的初步印象,也大多源于这二者。战后初年德国小说的主题是怀旧而不是反思,主流是反映战争灾难和民生疾苦的叙事作品,以及通过歌咏大自然或皈依宗教寻找慰藉的超脱题材。在前一类作品中,罕有反思型的怀旧之音,而多是顾影自怜的意味;后一类作品则完全脱离现实,不在参考之列。

实际上,纳粹时期的国家权力已经将普通人的情感和思维驯化成极权工具,人们一方面推动了暴力的施行,另一方面也成了暴力牺牲品。施暴者的心理阴影与受害者的心理阴影具有相似结构，这一点近年才得到承认并引起重视。① 纳粹初期的性格教育禁止人们哭泣，这是对人的正常本能的抑制；当纳粹政权垮台后，人们摆脱阴影、复归正常生活的需要又变得十分迫切。他们首先要消化并哀悼的，并非自己对他人造成的伤害，而是自己在体制中的受害经历。于是，个人身份与民族身份、集体身份之间出现了严重分歧。既然德国是战败国以及战犯国，那么又如何能让普通德国人以受害者身份发出声音？人们想哭却又不敢哭，所以才去洋葱地窖哭。因为在这里，哭泣的责任可以追究到洋葱头上，人们不必担心为此受到政治谴责。

> 哭够的人开始说话了。他们还犹犹豫豫，对自己所说的话丝毫不加掩饰而大为惊讶，然而，洋葱地窖的客人们在享用了洋葱以后终于对坐在不舒适的、蒙粗麻布的木箱上的他们的邻座推心置腹了，让人家刨根问底，像翻新大衣似的把他里外翻个身。（576）

> 谁都需要听众。在团体中哭泣要容易得多。当左边、右边和上边的回廊里这个或那个系的同学、艺术学院的大学生以及中学生都在流泪时，大家便能产生一种真正的共同感情。（579）

---

① 在研究殖民主义心理的专著《殖民主义话语》(*Discourse on Colonialism*)中，阿西斯·南迪提出"同构式压迫"，即意识到压制关系中主人与奴隶、殖民者与被殖民者、施暴者与受害者都体验着异化和心理损害，加布丽埃·施瓦布将这一理论引入解释纳粹施害者与受害者的关系。参见加布丽埃·施瓦布：《文学、权力与主体》，陶家俊译，中国社会科学出版社 2011，第 174 页。

　　哭泣者内心的痛苦,并非都与战争罪责直接相关。但是他们的故事却反映出一个共同的问题,那就是长期压抑,缺乏沟通。几乎每个人都要说出一个秘密,每个秘密都形成一段创伤叙事。洋葱地窖里的人(也包括奥斯卡自己)都带着沉默和忧郁而来,他们来这里的目的是打破沉默,揭开心里的"秘穴"。**"秘穴"**这一概念,与无力哀悼密切相关。心理学家尼克拉斯·亚伯拉罕(Nicolas Abraham)和玛丽亚·托罗克(Maria Torok)在分析"秘穴"成因时认为,所谓"秘穴"源于失败的哀悼,它是自我在心中为失去的爱恋对象准备的墓地。失去的爱恋对象虽死犹生,被藏存在自我内部;人需要让创伤损失保持沉默,使之与世界分离。"秘穴"包含了创伤形成的秘密和沉默。同样,"秘密隐藏了创伤,其发生及破坏性的情感后果都被受难者埋葬,被交付给内在的沉默"。① 在米彻里希夫妇看来,战后德国疯狂的重建是一种狂躁的防卫机制,掩盖了民族心理中另一场疯狂的建设——秘密地建构起德国人埋葬失去的一切却又否认已失去这一切(他们作为人的尊严感)的秘穴;由此,德裔美籍学者加布丽埃·施瓦布(Gabriele Schwab)更进一步认为,"可能存在集体秘穴、共同体秘穴甚至民族秘穴"。② 秘穴从个体到集体,渐渐形成一种集体无意识。也就是说,分享同一个集体(民族、国家)身份的人,彼此间对创伤形成了一种默认。这便解释了为什么洋葱地窖里的人能毫无顾忌地打开话匣,互诉衷肠,自动打破内心秘穴,从之前的无泪,瞬间过渡到泣诉。理解这一点,也就理解了洋葱地窖一幕所展现的罪责话语的第一个层面。对个人痛苦的秘

---

① 施瓦布,第 139 页。
② 同上,第 140 页。

密化与沉默化，是普通德国人在战后心理压抑的表现；长期无泪状态之下，不可能有真诚的反思和忏悔。

正是因为兼备施害与受害者身份，人们本能地先择一去消化，也就是从感性层面排解痛苦。洋葱地窖这个小世界及其制造出的眼泪，触动了人们内心深处的伤感和积怨，引发出开诚布公的交谈和真实的眼泪。但这不是认罪悔过的眼泪，而是自悲自怜的眼泪。对于罪责话语的展开，人造眼泪是障碍同时又是催化剂；因为洋葱地窖催生的眼泪，为人们拒绝反思提供了最好的解释，它哭出了德国普通民众战后的真实心理。诚心忏悔和认罪赎罪，必然无法绕过先排解自身的切肤之痛这一关，然后才能够推己及人地产生理性反思。

但是，小说用洋葱地窖里一次由哭泣引发的集体狂喜状态，揭示人们在表达痛苦之后可能仍然无力面对现实，反而用非理性去麻痹理性意识；人工制造的眼泪，功能有限。有些人虽然发泄了情绪，却未能敞开心扉、主动反思从而转化为积极的行动，反而陷入更深的无能无助状态。它表达了作者对罪责话语的另一重思考：人工制造的眼泪，毕竟不是忏悔反思之泪；人们尽管开始哭泣，却不代表成功哀悼了过去。

当奥斯卡用鼓声将人们带入儿歌世界时，狂欢的人瞬间转入忘忧之境。于是，小说进入罪责话语的第三个层面：哭过的人很快又返回无泪甚至混沌状态；而这次"无泪"是以心理和生理的双重退化（尿湿了裤子）为代价。它再次说明，人们并没有获得反思过去的能力，宁可退入一个兽性的乌托邦，也不愿面对现实。这个现实就是，人要为自己的过去负责，反思自己的行为，为战争的受害者哭泣。如果德国人不能够同情战争的其他受害者，而单纯受制于外来的军事、政治或舆论压力，他们也就不可能诚心认罪悔过。可是，为自己哭泣尚且需要特定的条件——不见光的地窖,刺鼻的洋葱——更何况为他人哭泣呢?

通过这三个层面,小说在罪责问题上给出了一个并不乐观的前景,它引发人们联想到格拉斯常用的那个比喻:西西弗斯与巨石。小说没能教导人们应该如何去反思,而是用洋葱地窖这个堪称经典的场景,告诉人们打破沉默、表达伤痛的必要性;同时它又提醒人们,没有一劳永逸的哭泣,哭完之后还有很多工作需要做,许多事情等待改变。哭泣的意义应不仅限于表达自己的痛苦,应通过哭泣恢复人本该有的通感与移情能力,而不是利用哭泣纵容自己钻入另一个避风港。

洋葱,眼泪,语言沟通,构成了洋葱地窖里自发的循环哀悼仪式。洋葱地窖于是成了一个集体心理治疗室。客人坐在粗木箱上沉浸于洋葱气味,不亚于躺在蓝沙发上接受催眠,得到放松。因此奥斯卡宣称,用便宜的洋葱在其他地方与在洋葱地窖"可不是一回事"(579)。这说明人们来此寻求的不仅是洋葱带来的生理刺激,更是一个可以集体倾诉的环境。在洋葱地窖这个集体心理治疗室里,无论阶层,不分长幼,无一不是心理疾病患者;而正基于此,人们在这里达到了前所未有的平等和理解。除了一个人——地窖老板本人施穆。虽然他没有加入到这场洋葱眼泪狂欢中,可他本人也是一个痼疾至深的病患。

> 老板施穆也从不摆弄洋葱。他休息时在树林和灌木丛中打到的麻雀,可以顶替洋葱,而且价值相当。施穆打完麻雀,把打下的十二只麻雀排列在一张报纸上,他的眼泪就落到这十二个有时还温热的

羽毛团上。(580)

这里的"十二"既可以影射纳粹统治的那十二年,又令人想到犹太民族的十二个支系。周而复始地先打鸟后喂食的"怪癖",则喻指现实与过去之间存在着挥之不去的关系。这种关系来自于对过去应做却未做的悼念。施穆通过经营洋葱地窖为他人制造流泪的机会,而他自己却采用打猎这种特殊的方式哀悼他的过去。奥斯卡发现,"他休息时在树林和灌木丛中打到的麻雀,可以顶替洋葱,而且价值相当。"(580)在公开场合,施穆沉默寡言,暴躁易怒。洋葱地窖里,他每周一次咒骂盥洗女工,用"相当陈旧的名堂称呼"她们,更表明了那些形成于十二年间的语言习惯,并没有随着时间和时代的改变而消除。同样没有消除的还有压抑在施穆心底的痛苦。实际上,无论是洋葱地窖还是森林猎鸟,都只是施穆的一个发泄痛苦、表达哀悼的途径。不同于洋葱地窖交互式的哀悼,施穆的习惯性发作完全是独自完成的。他没有可以倾诉的对象。森林猎鸟是他对过去的一种哀悼,但从结果上看,这种往复循环的方式,并无益于心理创伤的恢复。施穆并未从这个仪式中走出来,放下过去。这种行为不可能是正确的哀悼方式,而只能算消极的发泄。施穆没有在这些发泄中告别对过去的情感,他无法克服过去。

洋葱地窖老板施穆的身世经历,小说自始至终都没有明确交待,而是隐隐约约流露某些线索:"施穆"这个典型的犹太名字,暗示了这位老板的出身。他有着怎样辗转的过去? 他对罪责问题又采取了怎样的态度? 这些施穆本人都守口如瓶,当妻子当众揭他疮疤时,他压抑的情感瞬间爆发,然而其中的具体内容我们却不得而知。当妻子在洋葱的刺激下"开始把心里话往外掏",连奥斯卡也"得体地加以保密,不再向诸君转述"(582)。一个从战前到战后一直毫发无伤的犹太人,在德国实在是个奇闻。从施穆的反应里,可见这段揭秘直接触及了他的心结:"施穆激动而紧张。我看见他双手在颤抖,一再去整理他的洋葱方巾。"方巾令人想起了什么呢? 在 1933－1945 年间,希特勒青年军的必要装备之一,就是方巾。从施穆身上,我们始终看不出明确的罪责指向。他应该是纳粹的受害者,也是最不愿意公开谈及过去的一个,但他对纳粹似乎又有着很深的感情。他巧妙地躲过洋葱催泪,保持在公众面前的无泪记录,独自对着十二只死鸟痛哭。

　　与施穆相比,小说中的另外两个犹太人,则不折不扣地成为纳粹罪行的牺牲品。玩具商人马尔库斯改宗天主教之后仍没有躲过纳粹的迫害,最终死于水晶之夜,死前没留下任何交待,连死因也不甚明了。集中营幸存者法因戈德虽生犹死,是更加悲剧性的一个。[①] 他从接管殖民地商店起就跟他死去的妻儿对话,实际上是用荒诞的自言自语代替真实的眼泪。他无法摆脱这段创伤经历,无法在短时间内(也许更长的时间内也未必会)治愈被严重摧毁的神经,是典型的心理死亡。更加荒谬的是,法因戈德之所以幸存下来,是因为他在集中营负责喷洒来苏水,客观上也是纳粹的帮手。他亲眼见证了犹太人被集体屠杀,又亲自为现场消毒,成为纳粹加害犹太人的工具。这个被动参与屠杀同胞的幸存者,不仅体现了"当别人死去而我活下来,那么我就是有罪的",也是罪行的直接实施者。

---

① 参见 Robert Leroy: *Die Blechtrommel von Günter Grass. Eine Interpretation*, Société d'Edition Les Belles Lettres 95, boulevard Raspail, Paris 1973, S. 42。

法因戈德所面临的困境不但是一个心理问题，更可能是一个现代社会的哲学难题：大屠杀幸存者如何达到心理复苏？小说在这个问题上采取了迂回的方式，并且给出一个看似乐观的答案：法因戈德是跟随一批集中营民发动暴动，通过反抗得以幸存，他的精神虽已近乎崩溃，但他还是帮助玛丽亚抬走马策拉特的尸体，又接管了奥斯卡家的殖民地商店，在战后重建家园的过程中渐渐恢复。

总之，通过这几个犹太人的经历，《铁皮鼓》中的罪责话语具有了深刻的辩证特征，它同时包含了施害者的痛苦与受害者的痛苦，并将二者浓缩在近似的心理状态之下，从而打破施害者与受害者因法律、政治身份迥异而产生的根本对立。在这部小说里，不再有单纯的施害者或受害者，活下来的人都成了战争的牺牲品；而与此同时，活下来的人如果无力对战争的原因负责，那么至少要对共同分担战争的后果：在无泪的世纪中重建家园，传承记忆。

"无泪的世纪"虽然语出洋葱地窖，却浓缩了德国人在大半个世纪里的整体精神状态。他们经历（也制造）了太多恐惧，他们身心伤痛，经过压抑发酵出更多心灵创伤，丧失喜怒哀乐等基本情感的表达能力，陷于整体性的压抑之中。集体的压抑凝聚了痛苦，也蕴涵了警示：之所以压抑，是因无法忘记过去。但这终究不是一种罪责意识的觉醒，顶多表达了一种带有自嘲意味的怜悯之情。"无泪"不代表祥和与平静；相反，恰恰是社会与内心层面的动荡和变迁，令社会各个阶层的人怀着各自不同的原因，共同陷入欲哭无泪的境地。

二战的结束也许在军事、经济、政治格局上是一个新时代的开始，但是在社会文化尤其是社会心理层面，并没有带来显著的改变；许多纳粹时代遗留下来的心理病症，成为德国后纳

粹时代的具体症状。以这些症状为素材，米彻利希夫妇与
1967 年共同撰写了《无力哀悼》。这本书为战后文学和文化
现象提供了新的阐释途径。通过将矛头直指德国战犯一代在
经历战败、经济重建过程中所体现出的心理抵御机制——对
周围世界的冷漠、对历史罪责的无动于衷、对家人的情感麻
木、对政治问题的反应迟钝——，两位心理学家揭示了历史事
件与当前社会缺乏生机、民主政治前景暗淡这两者间的因果
关系。① 他们认为，大部分德国人所经历的纳粹统治，都跟发
生在儿童身上的某种传染病的介入（Dazwischenkunft einer
Infektionskrankheit）状态相似，乐于在"元首"的羽翼下获得
集体保护，并做一个被遴选的民族。这种信念（Glaube）在战
后德国虽然不能够说丝毫未变，但却没有受到过反驳。② 德
国人对历史的回忆是有选择的回忆，"牵涉到自身罪责的事件
被否认，其意义被颠倒，责任被推给他人，无论如何与我们的
身份不沾边"。③ **将罪责他者化，将痛苦自我化**，是阻碍人们
认罪的主要原因。米彻里希夫妇还发现，纳粹残留的心理疾
病与德国人的理想主义有不可分割的关系。这些如今已成为
战后经典的论述，在 1959 年问世的《铁皮鼓》中早有表现。洋
葱地窖的顾客不能言明的"信仰"，与对过去的"一无所知"，便
是对无力哀悼的佐证。

　　"无泪的世纪"既是对现状的概括，也是对未来的预言。
在当时的德国，二十世纪只过了一半，却发生了人类进入现代
社会以来最为严重的人为灾难——两次世界大战，机械化种
族大屠杀。所以，主人公仅从三十年（不到半个世纪）的经历

---

① 参见 Mitscherlich, S. 18—22。
② 同上，第 25 页。
③ 同上，第 26 页。

出发就去断言"无泪的世纪"，实际是在预言二十世纪后半程
乃至更为久远的时间之内，人们都无法摆脱战争创伤以及随
之而来的罪责话语。人必须通过真诚反思和忏悔，才能缓释
负罪感，得到内心解脱，这正是心理学所说的哀悼工作。哀悼
工作不能仅靠集体的仪式，更需要个人内心与过去完成告别；
而完全脱离了公共话语和公开交流的哀悼方式，从根本上讲
仍然是一种沉默，不会促进个人层面的罪责反思，反而令人陷
入无意义的循环发泄中。两方面此消彼长。故此，小说作者
借奥斯卡之口，对人们在战后能否开展哀悼工作从而有效克
服过去，仍持怀疑和忧虑。这种态度后来也渗透到格拉斯探
讨历史罪责的其他作品中。①

三、黑厨娘 —— 创伤意象中的罪责话语

在奥斯卡的成长过程中，有一个恐怖形象如同创伤记忆
刻在他脑中。这就是黑厨娘。黑厨娘最先出现在奥斯卡儿时
听到的儿歌里，一开始并无特别含义。后来，随着奥斯卡成长
环境的日益复杂，黑厨娘这个形象出现得频繁起来：第一个发
现邻居格雷夫自杀身亡时，奥斯卡在鼓上敲出了黑厨娘的鼓
点；撒灰团成员的行刑台上，奥斯卡在出卖他们的女孩卢齐·
雷万德的"三角脸"上又看到了黑厨娘。黑厨娘的形象总是在
奥斯卡面临危险心怀恐惧的时刻降临，甚至可以说是"魔鬼的

---

① 比如完成于二十一世纪的中篇小说《蟹行》，就在没有被及时哀悼的历史灾
难与新纳粹的崛起之间建立了联系。

化身"。① 但它的象征意义又不止于此。战后的某个夜晚,为了对付洋葱地窖失去理性的顾客,奥斯卡首先敲出了黑厨娘的旋律。小说结尾,当奥斯卡离开疯人院不知前路何方之时,黑厨娘的形象又再度出现。在目睹他人死亡以及经历濒死的恐惧时,在制止集体疯狂时,或者在离开庇护所时,黑厨娘频繁出场;尽管每一次都有不尽相同的含义,却又包含着某些相同的元素——黑厨娘无论如何变换形象,终究代表着过去留给人的阴影,代表挥之不去的非理性力量。除此之外,奥斯卡尽管反复承认自己对身边人之死负有责任,然而小说从始至终,他并未对自己在纳粹政权中所扮演的角色、以及出卖艺术的行为进行剖析反省。他把自己包裹在孩童的皮囊之下,把罪责承担者幻化成一个神秘的人格形象,这个形象便是黑厨娘。②

　　黑厨娘究竟是个什么东西呢? 这个名字来自于一种儿童游戏的伴唱。在游戏中,一群孩子围成一圈,其中一个围着圈跑。如果谁被这个孩子碰了一下,就得起来接着跑。最后一个剩下的人,就是黑厨娘。(有点类似丢手绢游戏)这个游戏通常代表子女离开父母独自进入社会生活,即开始融入社会秩序和规则的阶段。③ 因此,在小说《铁皮鼓》中,黑厨娘既是奥斯卡离开母体时的创伤性意象,也是他对"三岁"状态被结束、失去庇护、进入成年社会规范网络的恐惧化身。黑厨娘的

---

① 转引自 Alois Wierlacher: Die Mahlzeit auf dem Acker und die Schwarze Kochin-Zum Rahmenmotiv des Essens in Grass' "Blechtrommel". In: *GWr.* 1990, 81, S. 30。

② 参见 Jäger, S. 418。

③ Detlef Krumme: *Günter Grass, Die Blechtrommel. Hanser Literatur-Kommentare*, München 1986, S. 93ff.

意象反映出，在奥斯卡早熟的头脑中，成长本身是一件可怕的事情。

针对黑厨娘的深层解释有很多种，其中最有代表性的，是肯定黑厨娘是未知神秘力量的化身，认为她与女性的性欲、食欲相关，与死亡和罪责的终结相关。① 阿格内斯暴食鱼肉而死，在奥斯卡看来，正是黑厨娘"夺取"母亲的一种极端表现。在小说第三部，奥斯卡问读者："您认得帕西法尔吧？连我也不太了解他。只知道雪地里三滴血的故事。我记得它，是因为这个故事放在我身上很合适。"这种有意识的身份认同，是对奥斯卡注定活在流亡之中的影射。在帕西法尔的故事中，雪地里的三滴血是经典的一幕。它勾起了帕西法尔对妻子的深切思念，同时也令他陷入失神状态，大敌当前，自身难保。奥斯卡对这个人物的身份认同，应该是来自他与母亲、与（想象中的）妻子分离而被迫独立乃至孤独的状态。实际上，三滴血并不是通过埃申巴赫的沃尔夫拉姆（Wolfram von Eschenbach）的宫廷骑士史诗《帕西法尔》而家喻户晓。它本来是一个古老的童话母题，象征母亲的权力，这种权力甚至可以在母亲不在场时发挥效力。② 从三滴血衍生出来的象征，还有女性的成熟；同时，它又与护士服上的红十字和奥斯卡铁皮鼓的红色边缘构成相似的意象，提醒奥斯卡与母体分离时的失败经历。在这些雪白与鲜红意向的反面，与护士服和红十字构成鲜明对比的，就是黑厨娘。与母亲护士的白色相反，黑厨娘象征从母亲羽翼下脱离出来的生活。母亲的护士服，成了后

---

① Detlef Krumme：*Günter Grass, Die Blechtrommel*. S. 93，S. 96ff.

② 关于"雪地上三滴血"的详解参见 Joachim Bumke：*Die Blutstropfen im Schnee. Ueber Wahrnehmung und Erkenntnis im "Parzival" Wolframs von Eschenbach*，Tuebingen 2001，S. 59ff。

来奥斯卡向往的一个象征纯洁女性的元素。后来,当他对玛利亚充满幻想,就将玛丽亚膜拜成心中的圣女,将纯洁和女性美统合在一起。

但是,在所谓的对纯洁和女性美的幻想中,包含着一个悖论——奥斯卡向往纯洁与美,但又本能地要亵渎纯洁、破坏美,释放魔鬼的力量。纯洁与本能欲望,必然在奥斯卡身上结为一体。这种悖论的统一,与整部小说的罪责话语节奏相一致:在坦白和推诿之间摇摆,在认罪与辩罪之间徘徊。奥斯卡对道罗泰亚嬷嬷产生的性幻想,源于护士服情节,同时也是这种悖论的直接表现。但当他以手淫满足欲望之后,负罪感又一次骤然爆发。就在这个时候,黑厨娘再度出现。从对爱情的明确而纯洁的理想,到对性的模糊而不安的幻想,到对本能冲动之后的愧疚,奥斯卡等来的是不可抗拒的恐惧、空虚和无意义,这些比他曾见识过的死亡更可怕。总之,对照奥斯卡对女性的特殊依赖,黑厨娘代表了母性、纯洁、神圣的反面,它令人脱离保护和无辜状态,令人意识到自身的渺小与原始欲望。

随着故事情节的发展,黑厨娘的含义总是在不停变化。洋葱地窖里哭过笑过疯狂过的人们,在儿歌声中"返朴归真";奥斯卡离开疯人院后,用儿歌表达内心的孤独、无助和恐慌。可见,黑厨娘这支儿歌所营造出的童年氛围,在这里绝非褒义。联系整部小说,童年以及未成年状态,或者说人之初、混沌初开的状态,都不具备积极的含义。奥斯卡本人没有真正意义的童年,他没有正常人的成长过程。同龄人不谙世事之时,他已经有意识地去观察并且铭记混乱的家庭生活和失范的法制秩序。当疯人院的医生霍恩施泰特博士认为奥斯卡"同别的孩子玩得太少",他不予以否认,随即回忆起童年被孩子们欺侮的那段创伤往事。童年之于奥斯卡，是不负责任的恶作剧，也是偷窥成人秘密的侦探剧。在《洋葱地窖》一章末尾，客人们在黑厨娘那支儿歌的引诱下，变成了幼儿园里的孩子，仿佛时间停止后开始倒转。人们从心理上卸下作为成年人要面对的痛苦、责任与负担，因为孩子无须对自己的过去负责，孩子无忧无虑，在罪责话语中是被特赦的群体；而生理上的失调，则代表了人们在鼓声中陷入另一种形式的集体狂欢，取代了之前短暂而奔放的混乱形式——人们尿湿了裤子，几乎倒退到病态。在理性真空地带，人是快乐的，感受混沌初开。于是，黑厨娘成了非理性元素的代言人。这个形象捍卫了非理性在理性面前的天然优势，同时也为想要逃避罪责、无力哀悼的人提供了有力的庇护。

　　说到"庇护"，《铁皮鼓》再次显示出极大的矛盾性。与之相似，童年、自然状态、非理性等等原本具有约定俗成含义之词，其原初色彩在小说里都被一一颠覆。童年、自然状态属于道德罪责管辖之外的无责任无意识之境，而非理性既可能是魔鬼也可能是天使。这种词义色彩的矛盾特征，体现了小说罪责话语的辩证性，也显示出格拉斯创作中从一开始便有的意识：理性与非理性无绝对的好坏之分。比如，黑厨娘与外祖母安娜本具有诸多对立面，在某种程度上构成强烈对比，但究其根本，这两个形象可谓同样代表非理性，并且同时脱离了时间性。二者看似不同，实则同质。《铁皮鼓》的研究者之一维尔拉赫认为：奥斯卡一生都在寻找外祖母裙下的安定世界，却不断暴露在黑厨娘意象带来的恐惧和动荡之中；安娜是一个明晰、友善、可亲、安全的母亲形象，黑厨娘则捉摸不定，是欲望、强迫和暴力的化身；安娜固守在卡舒贝，黑厨娘则无所不在;如果安娜代表故乡和永恒,那么黑厨娘就象征异域和流亡。[①] 按照这个思路继续走下去,如果安娜代表无辜和无知,黑厨娘则代表有罪和不安;奥斯卡一直躲避的,也正是自己的罪责以及由此引发的焦虑感。然而,这两个形象同时又都是"庇护"的化身,奥斯卡躲进安娜的裙子底下与世隔绝,洋葱地窖里的顾客通过黑厨娘躲进了童年状态与时势隔绝,二者都是切断与现实联系的方式。因此,"庇护"既可以是保护弱小,也代表包庇罪行。阐释角度的不同决定了它的词义色彩有天壤之别。同理,黑厨娘,既可以是代表来自未知世界的可怕力量,也可以是从已知的过去中走出来的神秘嘉宾,作用是为了提醒人与历史的关联、与罪责剪不断理还乱的关联。

在奥斯卡的一生中,他一直依赖并向往的庇护所,便是外祖母安娜的裙子下面。那个令奥斯卡感到安全的地方,也曾窝藏过他的纵火犯外公、孕育过他的母亲安格内斯。那是一个完全游离于法制与道德、文明与秩序等理性成果之外的世界。因此,安娜也不是一个完全正面的人物。在这个故事里,我们找不到一个完全黑(有罪)或完全白(无辜)的形象。借助黑厨娘和安娜,我们发现了格拉斯对于非理性既爱又恨的态度,正如他对待理性和启蒙的审慎一样。他是一个启蒙的倡导者,同时也是一个批判启蒙的人;他崇尚理性,却不排除非理性的合法性;他主张改变混沌的现状,却拒绝激烈的变革;他钟爱非理性的神秘并主张对其予以尊重和保护,同时也积极采用理性的方式驱散迷信和偏执。同理,黑厨娘这个意象不仅仅是一个创伤意象,它在罪责话语中甚至催生了积极的反作用力,尽管它的神秘色彩往往令人联想到负面、黑暗、恐

---

① 参见 Wierlacher, S. 30。

惧之场景，但也正是那些尚所未知的世界提醒人们用理性去澄清、驱散黑暗。从这个意义上说，黑厨娘又像是西西弗斯的那块石头。这个意象可以是一个产生于童年时代的心理阴影，也可能会给想要逃避现实的成年人提供返归童年的美好感觉。它的作用究竟有多大、它以怎样的方式影响人的言行，取决于人们与它相遇之前的具体环境，亦即人们在什么情况下会想到这个形象。它不是人们行动的根源和动机，而只是诸多诱因之一；从根本上说，它属于无意识范畴，迎合了人们逃避现实的需要。

　　奥斯卡出生时便自诩有成熟的头脑，也就是说，天生具有理性，是他不同于常人的主要特征。无论身材畸形，或失去天赋本领，他都无所顾忌，因为理性给了他自信力，他始终是一个有理性的畸形人。奥斯卡的理性表现为怀疑和批判能力，这也是他立足于世的重要支柱。批判意识令他生于乱世又能相对独立，而不是如普通跟风者一般轻易随波逐流。怀疑和不合作精神，是奥斯卡身上最为宝贵的财富，也是他与启蒙精神血脉相连的证据。但是，奥斯卡身上又有一些明显的偏颇和固执。他无法控制他的意志去抑制自然成长，也无法摆脱非理性因素对他的支配。他的爱情理想最终屈服于生理冲动，并导致他对于非理性产生恐惧乃至仇视；这个过程使奥斯卡失去了特殊性，而成为普通人中的一个。因此，身体畸形而理性发达的奥斯卡，也是格拉斯对这个时代的投射和反讽。

　　我们知道，自十八世纪启蒙以降一度盛行并延续至今的一种趋势，是人们在崇尚以理性驱散黑暗世界的同时，对非理性进行前所未有的贬低和打压，并且将所有不符合理性建构的东西一并归入非理性。这种贬低和打压并非显而易见，而是在理性崇拜者的思想棍棒下进行的。而与之相反，也早有先哲意识到非理性存在的合法性并主张予以尊重,比如格拉斯推崇的启蒙思想家蒙田。事实证明,几百年前启蒙运动的先驱所纠结的二分法问题,不但没有随现代文明而得到缓解,反而愈发激化。理性的全面扩张,已经浸入它本该却步的领域。二十世纪的工具理性实质上已不再是启蒙精神烛照下的理性,而是披着理性外衣的非理性。这种趋势被纳粹思想全盘吸收,服务于弱肉强食的生存逻辑;种族净化、地缘政治等理论急速蔓延,成为非理性政治的傀儡。与此同时,这些理性外衣剥夺了人类自然情感的合法地位,无辜的非理性化身成驯服的野兽服务于极权政治。总之,值得探究和反思的并不是非理性因素本身,而是人们在理性与非理性面前采取的一分为二态度。这是一种古老而又蛮横的认知模式——从光明与黑暗的一分为二,到有罪与无辜的一分为二,遵循的都是同样的思维方式。

黑厨娘作为非理性力量的象征,其角色含义不固定,其色彩也不甚分明。它忽而是儿歌中的重要角色,忽而是濒死时的幻象,忽而又是无意识世界的掌门人。它是理性无法掌控的东西,它无处不在。总的来说,它来自过去,影响未来。它是人所经历的不愉快记忆的载体。它唤醒童年体验,接近混沌初开。它似乎在宣告,无所谓理性与非理性之分,不存在有罪之态,人处在享受庇护与失去庇护的分水岭。在外祖母安娜肥大的裙子下,奥斯卡纵然获得了暂时的安全和宁静,但他终究要走出来面对现实——面对记忆、历史、罪责问题。在离开故乡的路上,他开始二次成长;从二十一岁开始,他尝试关心自己以及他人的生存问题。但是,他没有能力决定自己的现在与未来。此时,黑厨娘再次化身为他对莫测现实的恐惧。如果把三岁时的拒绝成长理解成对时间秩序的一场"逃亡",

把二十一岁的二次成长看成向社会秩序和自然法则的回归，那么三十岁之后的出走则意味着一场"没有目的的新逃亡的开始"。[①] 虽然每一次逃亡的具体原因都不尽相同，但却伴随着同一个意象：黑厨娘的阴影。我们甚至不难想象，这个原始创伤性记忆就像原罪一般，必将伴随奥斯卡的生命始终。小说在结尾处黑厨娘乍现之际，带着一连串问题收笔。我们是谁？我们要去哪里？黑厨娘又是谁？奥斯卡已无法用言语形容这个无处不在的形象。他看不见未来，却只见往昔之罪以及埋伏在前路上的昨日世界。借助这个意象，小说表达了人在面对过去时可能诉诸的逃避机制，究其根源是恐惧。人总是由于害怕承担责任而逃避历史，但这样的逃避不会解决任何问题，只能成为未来路上的一颗定时炸弹。

第三节　罪责问题背后的哲学思辨

《铁皮鼓》以荒诞展开叙事，也用荒诞贯穿罪责话语。奥斯卡从出生、拒绝长大、不受个人意志地再次长大，从自然、非自然再到畸形生长，这本身就是一个不合自然规律的荒诞故事。小说中的死亡和逃跑，也充满了各种超自然的力量和迷信色彩。但正是在荒诞中，一个个更加现实的罪责话语被凸显出来。荒诞要颠倒甚至消解确定的、一成不变的认知，结果必然造成意义的含混；荒诞和含混所对抗的，是人类有史以来的一种惯性的因果思维结构，它已经具有一种意识形态般的力量。正是这历史悠久的意识形态，阻碍了人们在罪责话语中进行关涉自身的反思。

---

① Wierlacher, S. 30—31.

一、荒诞与含混：存在主义的罪责观

在罪责话语中，因果论是一个古老的推诿性结构。它可以追溯到圣经对探讨根源问题的批驳。在探讨罪的根源时，纯粹的因果思维架构便成为一种推诿性结构。在这里，以因果律探讨犯罪的根源便意味着人对自身罪责的推诿和开脱。按照《旧约》的神话叙述，这种以追寻犯罪的最终原因为自身开脱罪责的做法，即始于人类始祖的犯罪。人类始祖通过为自己的过犯编织一条因果链条而相互推诿罪责。男人把罪责推给女人，女人则把罪责推给那条"该死的蛇"。当上帝责备亚当因食禁果而违背他的命令时，他便开始和夏娃一起编织这条推脱罪责的因果链条。而《创世纪》第三章使人们看到，证明人的无辜必须是以建立一个魔鬼的世界为代价的，否则这条因果链便失去了份量。事实上，在所有推诿罪责的因果链条的另一端均徘徊着魔鬼撒旦的影子。① 把罪责的承担者魔鬼化，是另一种形式的"寻找替罪羊"心理。这种心理，几乎跟人类有罪的经验史一样漫长，并且在现代社会演变成一种普遍的政治实践。它的结果往往是正负相抵。

正基于此，在每个阵营里（凶犯或受害者），在每个严惩罪犯的呐喊背后，都需要一种反思自身的声音。这种声音在战后的若干年里往往并非来自哲学和神学，而是来自文学。荒诞文学中蕴藏的含混性，正是对罪责话语中明晰的、一劳永逸的因果关系的反驳。通过含混，另在成为此在，他者与自我同一。

---

① 刘宗坤：《原罪与正义》，华东师范大学出版社 2007，第 12 页。

荒诞是存在主义哲学的基本特征之一。存在主义创立于两次世界大战之间，创始人是德国哲学家卡尔·雅斯贝尔斯和马丁·海德格尔。然而，存在主义哲学却是经由法国哲学家萨特和加缪发展成一股哲学流派，并跨越哲学领域对文学艺术乃至生活方式产生直接影响的。这种哲学的出发点及其中心是人，崇尚自主和自由选择，主张人应维护自己的独立，不受任何制度、思想意识和各类组织的影响，重视各种可能性，认为人的生存应该是其一切**可能性的总和**，而人必须在这些可能性中间作出自己的选择。面对时代和他人，个人存在的前提是自由地、有意识地作出的选择。这个选择过程是自由自主的，以个人为出发点，但又并非个人主义，因为存在总是在一定的历史和社会的条件下得以实现。对所有的存在主义者来说，认识这些选择的可能性，因而也就是认识到，存在受到"存在的经历"所约束，受到诸如死亡、恐惧、痛苦、斗争、过错等临界状态所制约。

把生活经历与危机相联系，把不幸的原因推向制约存在的不由自主的一边，部分地说明了存在主义战后在欧洲、特别是在联邦德国具有吸引力的原因。此外，还有一个原因，就是从那个客观经历所得出的对所有的意识形态和制度的反感，这种反感与年轻一代对法西斯主义、保守主义、共产主义等等的怀疑态度是一致的。在战后的震惊之余，大多数人都有一种难以忍受的思想空虚，那些相互竞争的、不久在"冷战"中相互对抗的思想体系，不可能去填补这一空虚，而存在主义恰好占领了这块空隙，积极地构建人们认识世界的基础。每个人必须而且有可能不受任何事先规定的准则约束，去决定他自己行动的目标。① 五十年代末,在大部分居民中甚至产生了一种物质上的满足和自鸣得意的情绪,而他们在思想上和文化上处于僵化状态。② "富裕市民"中对由物质决定的生活方式表现出顺从,大多数知识分子对此持批判态度。因此,"不顺从"成了这种不同流合污的社会态度的口号,它是一种基本的审美观点和审美标准。"不顺从"的艺术观,是一种想严肃认真地承担并确保艺术的社会批判功能的文学社会学的考察艺术的方式。③ "不顺从作家"是贴在格拉斯身上的标签之一。不顺从的做派,也正是《铁皮鼓》主人公奥斯卡出生时以及后来很长一段时间的状态。他的拒绝和反叛姿态,首先是因为世界在他眼中等同于虚无。在这场复杂而荒诞的故事里,奥斯卡扮演了一个局外人的角色。格拉斯在构建荒诞大厦的过程中,体现了对法国存在主义文学的接受。具体来说,是对萨特与加缪思想的综合接受。

就《铁皮鼓》的创作与存在主义的关系,格拉斯更倾向于哲学色彩相对淡薄的加缪。④ 他对启蒙的譬喻恰恰与加缪的散文作品《西西弗斯神话》相契。加缪的小说《局外人》的主人公莫尔索与《铁皮鼓》的主人公奥斯卡有着诸多相似。《局外人》呈现出一种多层次多侧面的"含混",无论在主题、人物性格、行为动机还是叙事方式、象征意义上,都具有模糊性、两重

---

① 贝恩特·巴尔泽等:《联邦德国文学史》,范大灿等译,北京大学出版社 1991,第 102 页。
② 贝恩特·巴尔泽等:《联邦德国文学史》,范大灿等译,北京大学出版社 1991,第 135 页。
③ 同上,第 141 页。
④ Sabine Moser: „*Dieses Volk, unter dem es zu leiden galt*". *Die deutsche Frage bei Günter Grass.* Peter Lang, Frankfurt am Main 2002, S. 24, 51.

性。① 这些交融共同烘托出了罪责问题的含混性。在《铁皮鼓》里，含混性体现在主人公的身份、罪责问题的归属以及叙事虚实转换等诸多方面。甚至连奥斯卡的感情也是含混的。在这里，感情以其自然的状态渗入冷静的理智。即便是对于爱的人，奥斯卡仍然用一种陌生的眼光去观看，语气时而饱含感情时而冷若冰霜。所以，他会对母亲阿格内斯与舅父既爱又恨，甚至表现出置身事外的冷漠。在另一些人身上，与罪责问题有关的细枝末节也没有被放过。玛丽亚就曾经抵挡不住当局接二连三的催促，打算放弃侏儒奥斯卡。叙事者没有对此类细节作出任何评断。但我们还是可以发现，这些问题始终徘徊在理智与情感的交界地带，表达了个人意志在现实面前的无力和无奈。而涉及自身罪责时，奥斯卡只选择承认或辩护，依然不作解释或判断。因为判断一旦作出，就可以从此遗忘或置之不理。这是奥斯卡这个荒诞形象本身所不能容许的。

三岁生日那天，奥斯卡从地窖楼梯上把自己摔成侏儒，给母亲阿格内斯造成了严重的心理负担，令父亲蒙上失职的罪名，无疑也为原本就不算和谐的夫妻关系火上浇油。因此可以说，儿子的畸形加重了家庭生活的痛苦，与母亲放弃生念有一定的关系。但是阿格内斯的死有更加直接的原因：乱伦、怀孕、食物中毒引发黄疸病。扬的死同样遵循这样的模式。按照奥斯卡的叙述，是他把无心参加战斗的扬硬拉进波兰邮局，导致后者被俘并最终死在民军枪下。扬本性浪漫，缺乏政治判断和革命热情。扬的死从表面上看，却是一个抵抗战士的

---

① 郭宏安：《加缪与小说艺术》，载于加缪：《局外人·鼠疫》，郭宏安、顾方济、徐志仁译，译本前言，第6页。

英勇壮举,杀死他的是代表德军一方的民军。这个懦弱之人的死意外获得了政治意义。但实际上,扬在阿格内斯死后早已失去精神寄托,一直处于生不如死的状态。相比之下,阿尔弗雷德的死与奥斯卡的关系要更加直接——奥斯卡把那枚纳粹党徽塞给了父亲马策拉特,后者担心因此暴露自己曾是党卫军当场把党徽吞了下去。与此同时,苏军开枪。我们并不知道他是被别针卡死还是被子弹射杀,如果不是奥斯卡的补叙透露了那枚党徽。由上可见,罪责问题在这些错综复杂的具体情境里,成了诸多因素综合作用的结果,而不再是有具体犯罪动机可循的明确事件。从奥斯卡主动承认的罪案之中,可见小说要展现的是"普遍存在的有罪状态",①以及罪责本身的含混性。

二、含混的罪责话语与缺失的解决方案

含混并非格拉斯的发明创造,这个词通过二十世纪的存在主义哲学家②而流传。另一位与存在主义有密切关系的法国哲学家梅洛-庞蒂,承认个人选择的有限性,并且进一步指出责任的含义:"不存在绝对的无辜,同理,也不存在绝对的有罪。所有的行动都反映了某种我们没有完全选择,也因此并

---

① Hildegard Emmel: *Das Gericht in der deutschen Literatur des 20. Jahrhunderts*, Bern 1963, S. 116.

② 萨特哲学与文学实践中的自相矛盾,通过其对自由概念的阐释和对作家介入的主张,可见一斑。作为现象学和存在主义的交汇式人物,梅洛-庞蒂所构建的正是一种关于介入意识的学说。见阿尔封斯·德·瓦朗斯:《一种含混的哲学》,载于莫里斯·梅洛-庞蒂:《行为的结构》,杨大春、张尧均译,商务印书馆 2010,前言部分,第 9 页。

不绝对负责的事实处境。"①含混并不是模棱两可，不是罔顾左右而言他，而是出现在认识、身体、事物中的某种辩证形态："当我说含混时，这并不是指一种从白过渡到黑，肯定黑、然后又肯定白的不稳固思维。我想说的是一种区分事物的各种不同关系的思维，是使这些不同关系参与到对立面中去的内在运动。"②含混表现为一种对待事物、对待真理的姿态，是追求确定性的不可避免的环节。相对于分析哲学的精确性而言，人文哲学家始终被含混包围着，而格拉斯的小说之特色就在于，用含混的罪责话语搅乱对罪责问题的既定判断。③含混性在这里并非故意制造模棱两可或道德相对主义，而是一种反意识形态化的姿态。这集中体现在，无论是谁，乃至作者本人，都永远无法对奥斯卡（以及格拉斯笔下诸多形象）做出基本的道德判断和身份定位。

《铁皮鼓》大部分篇幅以一个儿童作为叙事者，首先就"抛却了后天意识形态的干扰"。④奥斯卡借用儿童的身份，以最直观、最不带偏见的方式将细节呈现于读者面前；与此同时，这个儿童的身份又是可疑的，因为它只是一个伪装，可以骗取成人对奥斯卡毫不设防。奥斯卡的反叛和拒绝姿态，表达了一种先定的判断，必然为他的讲述蒙上主观色彩。结果，我们可以在所有细节中发现含混的表达。在大部分时间里，奥斯

---

① 梅洛—庞蒂：《意义与无意义》，法文版第 48 页，转引自杨大春：《感性的诗学：梅洛—庞蒂与法国哲学主流》，人民出版社 2005，第 368 页，注 4。

② 梅洛—庞蒂：《旅程 II》(1951—1961)，法文版，第 340 页，转引自《感性的诗学》，导论部分，第 72 页。

③ 格拉斯所膜拜的文学导师有一个共同特点，他们的作品都不提供行动指南。参见 Moser，第 48 页。

④ Derek van Abbé: Metamorphoses of „unbewältigte Vergangenheit" in die Blechtrommel. In: *German Life and Letters 23*, 1969/1970, S. 156.

卡既是儿童，又是成年人；既是一个头脑发达的正常人，又是一个身体畸形的残疾人；是一个理智成熟、善于怀疑的艺术家形象，也是小市民群体懦弱自私的表征；既擅长诱人犯罪，又善于规避自己的罪责；既是一个机会主义者，又是一个受害者；他既受到战争迫害，也曾与助纣为虐的施害者结盟，既无辜又有罪。奥斯卡对自己的定位也是介于人与非人、耶稣与撒旦之间。几乎没有一个小说人物像奥斯卡一样发出如此之多的自我贬损，[①]"怪物"、"废物"、"敲鼓的矮子"等等，常常是奥斯卡对自己的评价。而奥斯卡拥有蓝色的眼睛，可以假扮耶稣以弄世人，说明他有着美和善的因子。他想要以自己的反叛去对抗畸形的成人社会，结果，身体的畸形却令奥斯卡成为战后世界中一个不正常的人。从某些情节看，他丑陋、自私、狡猾、善变；然而从整部小说看，没有任何一个人比他更富有反思以及罪责意识，这足以证明在这个荒谬而不可理喻的世界上，他比同时代的人"更富有人性"。[②] 因此可以说，小说**主人公身份的含混性，决定了其罪责话语的含混性**。

　　罪责话语的含混性，还表现在**罪责的主体与客体之间的频繁转换**。在被要求对罪行负责的时刻，奥斯卡总是有各种理由逃脱指控和惩罚。在每一次偶然的死亡中，奥斯卡纵然远远不能构成法律意义上的谋杀罪名，但难脱共犯之嫌。这也就把罪责话语的重心从事实层面转向道德和形而上的层面。奥斯卡在有罪与无辜之间不断摇摆，令小说表现的与其说是关于罪责和有罪性的问题，倒不如说是"关于主人公的负罪感的问题"。[③] 奥斯卡不止一次承认，他对母亲、父亲和舅

---

① 　Jäger, S.405.

② 　同上，第 406 页。

③ 　同上，第 417 页。

舅的死均负有责任，他也不止一次出现在审判席或行刑台上。在扬死后很久，奥斯卡才去反思，并承认各种客观因素"并不能开脱我的罪责"，当年"怕自己是扬的亲戚而受到牵连"（267）。对罪责问题的追问，在拒绝与认罪之间的摇摆，就像"灾难之后阴魂不散的幽灵"，[①]随处可见的逻辑是"有罪，然而……"[②]——奥斯卡总是第一时间承认有罪，又总能找到不受惩罚的理由。首先，在追忆所有人死亡的同时，他也在补叙导致他们死亡的深层原因；这些原因往往不是唯一的，而是彼此绞缠共同作用的。其次，在这些原因之下，奥斯卡从帮凶变成纳粹罪行中的受害者——失去双亲、成为孤儿。罪责的承担者转为受害者，这种叙事逻辑一方面为奥斯卡在坦白与辩护之间徘徊制造了合理性，另一方面在家难之外增添了国难背景，比如罗斯维塔的惨死。最后，横亘在全知型叙述与第一人称叙事之间的张力，无时无刻不在提醒读者，奥斯卡并非百分百实事求是，他所说的话，不可全信。照此逻辑，他选择性地承认自己有罪，但那些也未必就真是他应该承担的那部分罪责。

　　奥斯卡对世界的基本认知同样具有含混性。他承认世界的辩证性，反对非黑即白的思维方式。尽管拥有早熟的头脑，但他却不具备独立生存的技艺和能力。拒绝学校式教育，并不意味着他没有求知欲，而是按照自己选择的方式接受教育。奥斯卡的学习和教育之路非常特殊，基本是自发和随性的。在自学的过程中，他"偶然"发现了歌德解读《亲和力》的书和拉斯普庭的故事，并视若珍宝。歌德与拉斯普庭首先分别代表他所接受的两种截然不同的文学启蒙。[③] 奥斯卡在此看似

---

① Jäger，S.393.

② Emmel，S. 116.

③ 参见 Mews，P. 22。

遭遇传统小说主人公所面临的困境,即必须在两个对立的方向中选择一个。但他从始至终都不能够下定决心,如何取舍。"我不愿只信赖拉斯普庭一个人,因为我不久就明白,在这个世界上,每一个拉斯普庭都有一个歌德作为对立面,每个拉斯普庭后面拽着一个歌德,或者不如说,每个歌德后面拽着一个拉斯普庭,如果有必要的话,甚至还要创造出一个拉斯普庭来,以便接着可以对他进行谴责。"(94)通常观点认为,在这个二元对立的体系中,歌德代表理性、秩序和启蒙精神;但是,奥斯卡眼中的歌德不只象征阿波罗的光明,也包含一种不可知的神秘力量。在歌德身上,善恶可以并存甚至互相转化。这位古典作家的魔性力量到最后甚至超过魔性力量的代表拉斯普庭! 从奥斯卡对歌德和《亲和力》(是歌德对小说的解读而非小说本身)的珍视与膜拜,可见老年歌德的思想①对奥斯卡乃至格拉斯具有深刻影响。把歌德与拉斯普廷先对立后合一,有意打破理性与非理性的截然对立,这也暗合了小说在罪责问题上含混的主张。

含混的罪责话语证明了人的有罪状态之绝对性。整部小说里的人是一组杂烩,一组漫无目的、没有生活重心的趋势,不再有自觉自主的个性,②没有一个人物形象是完全无辜的。人物性格与身份的不确定性,必定排斥单一的文本阐释。因此,想通过某个人物或某个象征作出一个一劳永逸的判决,是不可能的了。一个鲜明的例子是外祖母安娜。从故事一开始,安娜就在罪责问题中采取了放任态度:收容罪犯,建立家

---

① 关于《亲和力》中的魔力概念以及生与死、理性本能、动物与神明、主体与客体等双重存在的论述,详见谷裕:《现代市民史诗——十九世纪德语小说研究》,上海书店出版社 2007,第 105—118 页。
② 参见 Leroy, S. 117。

庭,传宗接代。为什么她没有说出真相？安娜这个农家女是脱离社会规范的代表,无论是法律之罪,还是道德之罪,在她这里都模糊甚至被消解。这个形象从始至终都带有神秘的、反文明的色彩,她身上集合了反时间和反体制的特征。然而,当她与频频出现的"黑厨娘"构成对比,她身上的非理性特质又具有了正面色彩。黑厨娘是提醒奥斯卡有罪的意象,而安娜则保存了奥斯卡的无辜。奥斯卡一生都在寻找外祖母裙下的安定世界,却不断暴露在黑厨娘意象带来的恐惧和动荡不安之中。此时,安娜无疑是一个包容、友善、可亲、安全的母亲形象。① 作为一个有罪的无辜之人,安娜是蒙昧与原始状态的化身。"外祖母飘荡着的四条裙子和她哥哥散发着牛粪味的星期日服装越去越远,我的罪责,我的极大的罪责,越来越大。"(271)

总之,《铁皮鼓》将罪责问题包裹在无所不在的含混性之中,这一方面是对当时社会状态的忠实反映,另一方面又为罪责问题的反思提出了一个新的难题;它既包含了人们在战后自我启蒙的艰难,又暗示了进一步启蒙的必要性。② 无论如何,以荒诞和含混的手法表现罪责,表明了有罪之人距离切实的认罪与赎罪行动,还有极为漫长的一段路要走。

---

① 参见 Wierlacher, S. 30ff.
② 冯亚琳在《荒谬与启蒙的辩证——论格拉斯怀疑论的艺术思想基础》一文中,就"思考应该从什么地方获得它真实的证明"这一问题并没有立即给出答案,而是在例证了荒诞和怀疑在格氏作品中的地位之后,以博爱回应了之前的问题。参见冯亚琳:《君特·格拉斯小说研究》,第 177—178 页。

第三章 《德语课》(1968)：义务伦理与罪责

导　　言

　　经过了相对平稳的十年经济奇迹,联邦德国的生活水平普遍得到提高;对纳粹历史和罪责问题的反思,在一段沉寂之后,也随着占领区相对放松的文化管制和民主意识的升温而渐渐浮出水面。不过,在六十年代末的学生运动之前,西方战胜国与德国人自己"都没有把探究纳粹成因与背景作为重新启蒙大众的契机"。① 四十年代末的罪责讨论还是主要发生在知识分子内部,讨论的影响范围十分有限。此间对德国民族性的分析和对纳粹历史与德国历史总体渊源关系的探讨,多以有一定权力和地位的德国人为对象,以宏观的政治史、经济史、军事史为主线,而对小市民和普通大众,则很少有细致入微的研究。早年散见于政论文章或随笔中的那些针对小市

---

① 副局长参见 Michael Schneider：*Den Kopf verkehrt aufgesetzt oder die melancholische Linke. Aspekte des Kulturzerfalls in den siebziger Jahren*，Darmstadt 1981，S. 12。

民的描述，多以居高临下的姿态，笔端流淌着贬低、厌恶乃至仇视情绪。[①] 后来的法兰克福学派虽然在批判大众文化和工业文明、工具理性方面做出了杰出贡献，但是研究者自身的精英情结，决定了大众启蒙尤其是对德国小市民的文化启蒙无法成为当时社会学研究领域的一个学术问题。以上这些或许可以解释，为什么西格弗里德·伦茨的小说《德语课》(1968)一经出版，即成为畅销书，并在数年间长销不断。通过这本现实主义色彩浓郁的小说，伦茨继格拉斯之后成为又一个引导民众自觉反思的战后作家。

伦茨的《德语课》与《铁皮鼓》有很多相似之处：两部作品都有对战争年代和战后生活的直接描写，都以小人物为主人公；主人公都在封闭的特殊环境里展开回忆，回忆的内容都集中于未成年时代，同时也是战争年代；他们身边都有一个观察员，随时可能干扰回忆并且与外界相比相对友善；主人公或多或少都有艺术天分，都具备独立思考和怀疑的能力，都见证过同龄人之恶也都擅长反躬自省；父子冲突都是主人公成长道路上的一条重要线索，并且随时代环境的改变而越演越烈；主人公都在不断地反抗传统的社会价值观，最后又都陷入迷茫和无助。

不过，《德语课》也有许多独到之处。它几乎不含任何魔幻色彩，而是一部中规中矩的现实主义小说，因此"更易于被

---

① 恩斯特·布洛赫认为小市民是易被理念感染的一类人（feuchter Humus für Ideologie），并在《纳粹与不可告人之事》(*Der Nazi und das Unsägliche*，1938)中使用大量诸如"杀人扯谎无所不为者""无耻之徒"、"乌合之众""脑满肠肥者""奸商""矮脚坏人"等词语，认为正是这些普通大众的捧场促成了纳粹的一场"动物展览"。布洛赫进而引用约翰内斯·R·贝歇的观点。后者把希特勒及其同党比作偏执狂堂吉诃德和无数个桑丘式的跟班，同台上演一场喜剧。

习惯以冲突情节为主线的传统小说阅读者所接受"。① 更重
要的是,小说在反思历史罪责与现实关系上首创性地提出了
三个问题。首先,通过小人物的具体言行和生活方式,小说揭
示了"义务"这个德国传统市民文化中的美德如何在第三帝国
时期被大肆扭曲升级,以此促使人们去反思履行义务、服从、
秩序等历来享有尊位的概念之真正含义,反思小市民社会的
道德僵化和思想狭隘与纳粹极权灾难的关系。

其次,小说对于实证科学尤其是二战以后直至六十年
代对德国精神文化发展影响至深的心理学及其研究方法,
进行了调侃与反诘;对科学和教育在实践中沦为工具理性
牺牲品从而背离人文精神的现象,进行了尖锐的讽刺。纳
粹时期的结束和联邦德国的建立,令某些学科得到了空前
的发展,为我们了解历史、反思罪责提供了各种理论渠道;
然而,如果科学研究脱离基本的生活实践,如果罪责分析脱
离对个体对象的人文关怀、转而以普遍和抽象理论为出发
点,那么就等于破坏了被研究对象的身份同一性和人格特
殊性,是将方法凌驾于问题之上的做法。在罪责话语中采
取完全价值中立、抽离情感的态度,本身就值得反思。小说
中的心理学家与少年犯就处于这样的境况之中。罪责话语
的展开需要沟通、了解各种主观动机和客观原因,它同时又
必须允许偶发的非理性原因存在。当研究者与被研究者成
为两个阵营,沟通与理解无论是在思想还是感情层面都无
法进行,罪责话语不再是连续的对话,而成了科学外衣下的
科学家们的自言自语。这也是《德语课》文本阐释中经常被

---

① Werner Schwan: Siegfried Lenz. „Deutschstunde". In: „*Ich bin doch kein*
   Unmensch." *Kriegs- und Nachkriegszeit im deutschen Roman*,Freiburg
   1990,S. 56—57.

提及却又极少被深入探讨的问题。

最后，这部小说对家庭成员之间，尤其是父母与子女冷漠关系的再现，不但具有反思意义，更有预言的功能：它预示了之后的六八学生运动和七十年代自传小说以及"父亲文学"的出现，也为父辈的"第二罪责"提供了有力的论据。

第一节 重审"尽职"、服从与传统美德

《德语课》这个名字有双重含义：一方面明指学校里正式的德语课，另一方面又暗指德国在希特勒政权及其垮台之后的历史形势，即纳粹及其后果，对全体德国人都是一记教训。故事从盗窃犯西吉的一篇作文开始。在为劳教人员安排的写作课上，西吉面对以《尽职的快乐》为题的命题作文交了白卷，并因此被罚重写。西吉在受罚的过程中回忆父亲在纳粹时期如何演绎"尽职的快乐"。回忆集中在父亲警察耶普森与画家南森的冲突、故乡的风土人情以及父辈与子辈渐渐分道扬镳。由于这篇作文一连写了几个月，引发了心理学家对盗窃犯、劳教犯西吉的研究兴趣。整个故事从"尽职的快乐"开始，落脚在对义务问题与尽职是否有罪的追问上。主人公没有从成年人那里得到一个经过深刻反思的答案，最后只能用家乡"茹格布尔的失败"收尾。

小说有两个叙述时间，一个是主人公西吉作文中的时间，从 1943 年纳粹警察对画家南森发出禁画令开始；另一个是1954 年，西吉作为劳教犯被罚写作，是小说的叙事时间。整个小说的主题和人物都紧紧围绕着 1943－1954 这段时间展开，交错于过去与当下。小说描述的是一个青年的个人命运，而这种个体命运又时刻缠绕在其所处时代的政治社会事件之

中,这就决定了小说的反思基调和批判视野——小说情节的发展过程不仅包含了历史和社会问题,而且还"融合了对历史和当下社会体制的批判性思考,对希特勒政权和现存的多元民主社会的思考";①而它的批判意义首先在于,把"履行义务"这个近代经由普鲁士发展而来的德国民族性中的美德,推上反思的舞台,为罪责问题提供了一个具体的文学范例。

一、"尽职"概念的历史变迁

对德国民族性的追问,并非始于二战结束以后的罪责问题讨论,它是"一个民族对自我进行身份定位的尝试"。② 对德国民族性格的各种阐释早在歌德时代就已有之。德国人的自我画像总是带有两重性、分裂性,如精神与权力,道德与政治,内与外等诸多方面的截然对立。然而,二战后的这场追问,在集体罪责说甚嚣尘上、个人罪责被一再回避的情况下,尤其在存在主义哲学的介入之下,要求对所有传统价值观进行重新审视。③ 从这个社会文化语境来看,有着悠久历史的市民美德"履行义务"首当其冲,亦不足为怪。

"尽职"即名词"义务"(Pflicht),在德国道德哲学和政治实践中曾扮演过重要角色。从 1813 拿破仑战争期间被占领国土的重建,到 1950 年代的经济奇迹,履行义务始终被视作保障国家秩序与安全的重要元素。不过这个词的词源却可以追溯到几百甚至上千年前。早在古代高地德语里,"义务"一

---

① Brigit Alt: Zeitgeschichtliche und gesellschaftliche Aspekte. In: Albrecht Weber (hrsg.): *Siegfried Lenz. Deutschstunde*. München 1974, S. 77.

② Barbro Eberan, S. 79.

③ 参见同上,第 96 页。

词就表示"服务"、"臣服"的含义。它最早用于工作范畴，而一个人通过他所从事的具体工作确定自己的社会地位和职业身份。因此，在中世纪，一个封建主对下属的保护，下属对领主的效劳，尤其在军事上的效劳，都意味着他们在履行"义务"。

经过十六世纪，路德的宗教改革之后，职业角色与义务成为密不可分的概念。这是义务向世俗要求转化的第一步，"履行义务"也随之变成了个人的美德：一个人只有遵从他内在义务的要求，才能被视为有价值的人。"个人道德活动所能采取的最高形式，应是对其履行世俗事务的义务进行评价。"[①]而路德把绝对顺从上帝的意志等同于绝对安于现状，为德意志后来的尽职和服从思想奠定了基石。在《新教伦理与资本主义精神》中，韦伯评价路德的思想观念缺乏"关于改造世界的伦理原则"，只是在教导人们"随遇而安，逆来顺受"。[②] 这种评价的主要依据，就来自于路德对德意志民族中尽职思想造成的决定性影响。如果说宗教改革时代，人们还是从听从上帝和冀望来世幸福出发，普及尽职思想来服务封建统治者，那么到了十八世纪，宗教、来世关怀这层金钟罩已然淡薄，取而代之的则是理性。经由理性这个新的工具，义务观念进一步内化为一种俗世的道德律令。启蒙思想家康德对"义务"的定义是"无条件的应该"，是一个道德范畴的律令。这是康德将形而上学转向世俗伦理的核心概念，是个人幸福的行为准则。康德的道德哲学将理性推上神坛，贬低个人喜好，"履行义务"也随之取得神圣地位。

十九世纪初的普鲁士改革（施泰因-哈登伯格改革），把康

---

① 参见马克斯·韦伯：《新教伦理与资本主义精神》，于晓、陈维纲等译，陕西师范大学出版社 2006，第 34、37 页。

② 同上，第 92 页。

德的义务思想树立为人性自由和道德的内涵,在理论上与旧的教育观念——"寻找自我"与"有用性"——告别。当时的国民教育,提倡摆脱目的性和功利性,而成为一种纯粹礼俗的教育。① 1812 年,黑格尔在《法哲学原理》中提出国家至上,认为普鲁士国家是他所倡导的"绝对精神"的最好的国家。他的"国家至上"思想仍是在教导人们安于现状,不要反抗和革命。② 黑格尔在他的国家哲学中,强调社会组织就是国家,将国家阐释为康德的义务伦理之核心内容,主张"为国家的个体性而牺牲是一切人的实体性的关系,从而也是一切人的普遍义务。"③十九世纪的德国尽管经历了不少有利于资本主义自由发展的经济改革和社会变动,但是在政治生活中,义务与服从观念却越来越严苛。"义务伦理令具有启蒙精神的人甘愿接受封建国家的专制,而这也是普鲁士君臣思想和人们乐于秉承的履行义务的根本土壤。"④威廉二世皇帝声称"我乃我国第一仆人",将尽职思想进一步标准化,使之成为普世守则,尤其成为帝国武装和国防军的指导思想,成为军队的道德准绳。义务与服从,同军队道德便从此不可分割。

经过几代统治者的努力,普鲁士官员的职业准则两百年来一直是"服从、尽职、守时、节俭、准确,这与对军队的要求相同,不合格者撤换或惩处"。⑤ 于是,在总结德国纳粹时代的

---

① Assmann & Frevert,S. 275.

② 参见丁建弘、李霞:《普鲁士的精神和文化》,浙江人民出版社 1993,第 208 页。

③ 黑格尔:《法哲学原理或自然法和国家学纲要》,范扬、张企泰译,商务印书馆 1979,第 342 页。

④ Dietrich Weber:Deutsche Literatur der Gegenwart. In:*Einzeldars-tellungen*,Stuttgart 1976,S. 84.

⑤ 丁建弘、李霞:《普鲁士的精神和文化》,第 98 页。

精神状态及其形成原因时，人们自然要追溯到普鲁士的军国主义传统。史学家梅尼克在《德国的浩劫》中这样总结军事传统对德国社会的影响："俾斯麦帝国的独裁、军事元素决定了我们的生活方式。许多人习惯了这样的生活方式，让自己的想法服从上级意志，从思想上不再自主。"①上级要求的，下级必须不仅仅从行动上服从，同时还要从思想上效忠。所谓的思想效忠，即是对职责的合理性不做追问，予以默认。履行义务与个人情感偏好之间的对立，由是渐渐演变成一种僵硬模式。义务不仅针对个人自身，也针对周围其他人——在义务面前，"人不仅要放下自己的愿望和要求，还要尽量敦促其他人跟自己一样。而这样做的回报是收获良心的平静，亦可称作幸福感；一个人无论面对什么样的诱惑，都要按照义务要求行事，并置所有批评声音于不顾。"②军队思想对日常生活的渗透，加剧了义务观念与个人喜好之间的对立，渐渐成了德国人的标签式特征。除了德国人之外，"几乎没有第二个民族将公共美德与个人存在如此持续分离开来。诸如爱国，德国式忠诚，德意志的勇敢等等美德，总是显示出民族性格的负面，在现实中成为负担。"③

《德语课》从孩童视角解释成年人义务与服从观的弊端，引发了德国人继 1945－48 年罪责问题大讨论之后对"履行义务"以及德国民族性的又一轮发问，"义务"这个词的负面意义越来越受到广泛关注。首先，人们多以"义务"这一概念为切入点，考察其在德国历史上的开端及流变。从路德提出的个

---

① Meinecke，S. 130.

② Assmann & Frevert，S. 275.

③ Manfred J. Foerster：*Lasten der Vergangenheit. Betrachtungen Deutscher Traditionslinien Zur Nationalsozialismus*，London 2006，S.150.

人当服从国家、义务至上,到康德和席勒的义务论题,再到威廉时代的臣仆思想,一直到 1934 年希特勒在平定罗姆叛乱、从兴登堡手中接过总统一职,从而对党内乃至全国实行全面的独裁统治,"如果元首认可,那么就去行动"①——德国人对尽职的热衷几乎到了扭曲的地步。《德语课》的研究者之一阿尔布莱希特·韦伯(Albrecht Weber)指出,纳粹时期对上级的唯命是从,为这一历史传统带来了质的改变,人们将康德的道德律令置换成了"无条件服从"上级以及"盲目、不过问前因后果的愚忠";尼克劳斯·莱特(Nikolaus Reiter)认为,"尽职"要求把个人喜好放在世俗法规之下,只有压抑个人的愿望才能获得人性的尊严。他同时指出席勒对这个概念的进一步发挥,只有出于喜好去履行义务,并且通过尽职而自然而然地获得内心喜悦,一个人才能成为一个高尚的理想的人。②

因此,《德语课》首先触及了德国传统思想的核心:理想的人必须是"乐于履行义务者"。③ 于是,贯穿小说始终的那篇作文《尽职的快乐》便包含了两层意思:首先是在行动上尽职,其次是在尽职时从内心感到快乐和满足。这也成了整部小说叙事的推动力,因为尽职的正或误本身受到了质疑;事实上,尽职带给主人公西吉的是迷惑和痛苦,他的回忆和写作素材无不由这两种情绪所主导。

今天看来,把"履行义务"本身作为审判对象,把罪责追溯到康德和席勒的思想上,同样存在两种问题。这样的阐释路

---

① 参见 Theo Elm: *Siegfried Lenz. — Deutschstunde. Engagement und Realismus im Gegenwartsroman*, München 1974, S. 31ff。

② 参见 A. Weber, S. 84。

③ Dietrich Peinert: Siegfried Lenz' Deutschstunde. Eine Einführung. In: *Der Schriftsteller Siegfried Lenz*, Herausgegeben von Colin Russ, Hamburg 1973, S. 160ff.

线，首先容易陷入一种为了证明先定结论而寻找论据所造成的障目现象。无论是康德还是席勒，他们在强调义务的同时，都提出了个人的内心成长，强调个人的道德自律以自由选择为前提。康德同时更指出，履行义务的具体内容"必须符合上帝的旨意"，[1]这从根本上是非功利性、非目的性（frei von Zweckbestimmungen）的。[2] 可是后来为市民所乐道的"义务"，已经没有了自由选择这个前提，而是直接用上级的命令取代上帝的旨意。另一方面，一些阐释者忽视了启蒙思想自身的普及程度和传播方式，即启蒙精神究竟是否传递给并惠及到下层民众。德国的精英阶层、有教养阶层与小市民阶层存在天然屏障，如果不深入普通小人物的生存环境和社会心理，是无法看清美德如何沦落为纳粹意识工具的。

实际上，真正对小市民的社会心理和群体性格产生影响的，未必是哲学家和美学教育家的优秀思想，而是具体的社会历史环境、政治运行机制；与此同时，往往是对理论和思想表述的断章取义，造成了美德渐渐变质并发展到被歪曲的地步。这种断章取义，有可能是统治阶级故意为之，也有可能源于小市民自身的局限性，最终导致基本的道德判断力为权威授意所取代。小说《德语课》尽管并没有给出"尽职"作为一种思维方式的具体成因，却通过主人公对少年时代的回忆，揭示了纳粹时代的"履行义务"既没有自生自灭也没有得到反思，并且对后代造成危害。这种危害的影响不仅限于彼时彼地，更延伸至人们后来的生活和思维方式，只是表现方式不同而已。从"尽职"概念的本身看，我们无法全面理解一个美德究竟如

---

[1] 转引自 Eberan, S. 124。

[2] Assman & Frevert, S. 276.

何蜕变成奴性,甚至成为造成犯罪的伪道德。因此,探究美德蜕变的心理和社会原因,也就成了这部小说留给后世读者的一个难以完成却又无法回避的任务。

在分析"为什么如此之多的德国人加入纳粹"这个问题时,政治学者格西娜·施万尝试从三个方面给出答案:第一是德国人的无思想性、恐惧和怯懦心理;第二是将犯罪场面与日常生活、执行公务与个人选择截然分开,以获得内心平衡;第三是德国人的情感僵化甚至彻底抽离感情。同梅尼克一样,施万也重视军队道德对人的思想和行动的全面控制;不同的是,梅尼克侧重历史和军事传统批判,而施万更加贴近现实和社会心理层面。她以希姆莱、海德里希等纳粹党卫军人为例说明德国人忽视传统道德的核心内容,即忽视人类的身心统一性,他们因此成为更加原始的反犹主义和种族主义思想的附庸。

另一个关键的问题是,大部分人愿意把纳粹观念中的"严厉"及纳粹所推崇的理想男性形象作为道德标尺并全盘接受,将"诸如牺牲精神、责任感、待人忠诚、服务他人以及工作热情等美德工具化、绝对化,脱离它们原本的道德内核",①从而忽视美德中的人文内涵。施万进一步指出,美德的锤炼本来需要个人艰苦的精神劳作,而纳粹的标准道德则简化了个人的思维和意志,以上级的要求和指令取而代之,以服务整体、服从命令的旗号抹杀了个体的情感和良知。美德在这里变成了不经反思、不经消化的符号,成为人们在犯罪时补偿内心不安的平衡剂,成了"使人暂时失去了对不公正的意识"(partiell suspendiertes Unrechtsbewußtsein)。牺牲个人良知,压抑对

———————

① Gesine Schwan: *Politik und Schuld*, S. 80.

他人的同情心，成就了变成凶犯所必需的"自我牺牲精神"。
这样一来，即便时过境迁，曾经的凶犯面对罪责拷问，也是首
先把应有的对受害者的同情，转化成了对自己的怜悯，因为他
们当年为保全职业道德而做出了牺牲。这样一来，对自我牺
牲的同情甚至强化了凶犯的道德。[①] 它也是战后德国人无力
哀悼过去的一个深层社会心理原因。

施万的结论是，传统道德伦理与纳粹意识形态在实践中
相关联的重要桥梁，便是"对美德的工具化和绝对化，对人自
身情感的僵硬化"。[②] 情感的封闭和僵化，不但成就了凶犯的
英雄主义情结，而且渐渐转化成一种思维定势，变成一种心
态、气质沉淀下来。首先，许多德国人的意识形态中有免疫力
低下的特征，也就是说他们愿意严格按照系统和类似系统把
复杂多面的现实简化成命令、服从模式。一旦有命令自上而
来，他们倾向于全盘接受。与此同时，他们习惯于迅速有效地
封闭情感和直觉，排除一切可能的干扰因素。人们可能会疑
惑，一个盛产诗人与思想家的民族怎么能够在纳粹时代犯下
如此可怕的罪行。也许正是思想家所追求的理论、哲学和社
会科学体系这些深深扎根于德国文化的东西，为纳粹意识形
态的蔓延提供了土壤。因为人与人之间的偶发性被抹杀，或
者至少被弱化了。施万发出感叹："难怪卢梭会将自恋的产生
和强化归罪于理性和反思，因为过多独立的思考会致人于孤
独之境，纯粹的理性会令人失去推己及人所必需的通感和移
情能力"。[③]

施万的分析并没有停留在社会心理层面，而是从史实中

---

① Gesine Schwan: *Politik und Schuld*, S. 80.
② 同上，第81页。
③ 同上，第82页。

进一步深化论点：把尽职、敬业作为残酷、野蛮的华丽外衣，这种做法在纳粹历史上屡见不鲜。她指出，奥斯威辛的纳粹医生们就为美德、职业道德向伪道德、杀人道德的转化提供了一个极端的案例："罗伯特·杰伊·利弗顿研究指出，这些医生从救人者变成杀人犯，首先因为内心的双重性，将职业与正常生活中的道德准则分裂为两套体系。而这种分裂的深层原因是感情上的冷漠。无情、冷漠并非犯罪的结果，而是在犯罪之前就已经存在的心理基础。"①这位政治学者的进一步总结是：抽离个人感情去服从职责义务，对己对人的严厉刻薄，在纳粹时代被视作道德高尚的表现。②

"义务"在战后成为敏感词汇，除了《德语课》的畅销之外，还有一个具体的诱因，那就是纳粹战犯审判和奥斯威辛集中营的公开。人们在探讨《德语课》的时候，也总是把那位愚忠的警察父亲同阿道夫·艾希曼联系起来，联系的纽带便是"尽职"。六十年代初，艾希曼在耶路撒冷的受审以及随后的奥斯威辛审判，③成为当时最具影响力的公众事件，它们将二战和纳粹历史再次推入公众讨论的核心地带。艾希曼在法庭上的"我只是执行命令"，既引发了德国人对"义务"问题的再度审视，又道出了无数老纳粹的心声：只服从命令，不问命令正确与否，也不问自己的行为是正确还是错误。④ 这样一来，即便将来追究责任，也应由发号施令者来承担。当时以美国时政

---

① Gesine Schwan：*Politik und Schuld*，第 95 页。

② 同上，第 97 页。

③ 1965 年 8 月 19 日，长达 181 天的"奥斯威辛审判案"审讯结束。这个审判原纳粹奥斯威辛集中营监管人员的案件揭露了希特勒政权残害人类的暴虐行径。许多德国人从中气愤地看到，必须对法西斯的蠢蠢欲动提高警惕。参见《联邦德国文学史》，第 259 页。

④ 参见 Assmann & Frevert，S. 280。

杂志《纽约客》特派记者身份亲临审判现场的汉娜·阿伦特，针对艾希曼这个例子提出了"恶的平庸性"，即没有道德反思能力、麻木不仁也是一种恶，尽管不是绝对恶，但正因它的平庸性，所以比后者更加可怕。阿伦特一方面击碎了被妖魔化的纳粹形象，还纳粹战犯以普通人的面目，同时她也尖锐地指出，每个人身上都有一个小艾希曼。如果说在1945—1949年之间的罪责问题讨论里，"执行命令"或"履行义务"只是作为诸多围绕罪责问题的论题中的一支而出现，那么在艾希曼审判之后，"尽职"的问题不可回避地成了认识普通德国人罪责问题之主要切入点。

二、官僚义务观、权威意识与个人罪责

《德语课》对尽职与纳粹时代罪责关系的思考，始自主人公西吉对父亲的回忆。西吉的父亲耶普森是北德一个偏远村庄茹格布尔的警察，和画家南森本是同乡，虽然性格上有很多差异，但两人多年来保持和睦相处。直到有一天，一则禁画令打破了这种波澜不惊的稳定关系。耶普森接到上级命令，禁止画家继续作画，他本人也正是命令的执行者。这位警察尽管表现出尴尬，但对于命令本身没有任何疑问，而是视其为一个普普通通的指令，照本宣科地传达给画家。随着时间的推移，纳粹对南森的制裁由禁止作画升级为没收这位画家两年内的全部画作。这项命令的实施者依然是警察耶普森。耶普森一如既往地既不理解也不追问画家受制裁的原因，他无法预料画作被收缴之后的去向，甚至天真地以为画作尚有退还之日。警察这种尽忠职守的姿态，令两人之间的所有分歧——不但是性格上，还有世界观、社会身份等方面——在执

行命令的过程中一点点显露出来。

延森·奥勒·耶普森，也就是主人公西吉的父亲，一战期间曾参军，退伍后当了警察。他的尽职意识和无条件服从明显带有军队纪律的特征：抹杀个人意识，以确保外在秩序为先。画家马克斯·路德维希·南森，是一个崇尚自由并坚持听从良知的艺术家。两个人的职业身份相反——警察必须遵守纪律，艺术家需要自由表达，但两则强制执行的命令却令他们不得不当面对峙。他们的分歧，实质上是"价值观的冲突"，①反映了更深层面的矛盾。画家为了捍卫自己的创作自由，同时也为启发老朋友真正的责任意识，与之先后进行了多次对话，从苦口婆心、好言相劝，直到最后的冷暴力、拒绝合作、束手就擒。而警察则从一开始就对质疑躲躲闪闪，实在无路可退便以"只是执行命令"搪塞。这又是两种截然不同的思考和表达方式。在围绕命令的五次对话中，两人之间从平心静气的交谈变成针锋相对，从友邻变成敌人，两种截然不同的职责观也随之浮出水面。画家所代表的艺术自由、崇尚自然、重视友谊，与警察的狂热尽职（Pflichtfanatimus）构成鲜明的对比。

警察耶普森身上首先体现的是官僚的义务观（Beamten-Pflichten）。这种观念一直被他身体力行，并渗透在这位警察父亲对儿子的教育理念中。自学校教育开始，当公务员就被认作一种令人向往的职业，通常看来，当公务员不仅可以令人衣食无忧，更可以提供社会声望；官员不仅是在为自己工作，也是在为整个社会、为国家工作。"官员体现了普鲁士精神中

①　A. Weber, S. 86.

的尽忠热忱：忘我，将个人利益推开，服务公众利益。"①这也正是警察耶普森试图说服儿子西吉帮助他监视画家时用到的托词。官僚义务观被包括警察在内的许多人奉为美德，于是以美德之名执法，便是天经地义之举。随着小说故事情节的展开，我们看到，在纳粹时代，以"义务"为名进行的自我约束，如何演化为对命令的盲目服从。在这个过程中更可见，以军事化的生活替代人性化的生活，其本质是泯灭个性，排除个人责任。这种律己的方式不但从军队扩散到公共生活的方方面面，甚至浸染到私人家庭领域，令父辈对待子女冷漠、刻板，令子女与父辈关系扭曲——西吉与哥哥姐姐，三个孩子从畏惧到叛逆，直到没有人愿意直呼父亲，而只是用父亲的职务甚或不敬的称谓。他们之所以这样做，并不是出于尊敬，而是对父亲僵化而专制的一种讽刺，因为"耶普森对命令就像对待那身制服一样"。②

　　警察父亲身上的愚忠和官僚义务观，为联邦德国学习纳粹历史提供了一例教材，实际上却揭示了德国近百年来乃至数十年后社会问题的一个意识根源。对于它的前史，前文已作了回顾；而它的结果，即尽职对现实造成的影响，不但是这部回忆体小说完成的动力，也是作者留给后人的一道思考题。警察的思维和行动方式，只是一个突出的例子；小说中不乏匿名然而数字庞大的同类，他们的身份从普通村民到艺术商人、科学工作者各不相同。无论是纳粹时期还是二战之后，除了画家和警察的儿子西吉，几乎没有人批评警察的所作所为；法律也没有对他非人道的做法进行惩罚。西吉在少管所遇到的

①　Assmann & Frevert, S. 277.
②　A. Weber, S. 86.

成年教师、专家们，仍然认为警察的尽职行为无可指摘，无须纠结于过去。可见，无论身份学识高低，即便纳粹的黑暗时代已经结束，把尽忠职守当作传统美德而不加反思的做法，在当时依然得到默许甚至公开支持。相对于心怀疑问和痛苦的西吉，成年人并没有把以往支配他们施暴的所谓美德与历史罪责联系起来思考。作者明确意识到成人社会中的这个问题，将愚忠与美德并置在一起，从而引发了一石激起千层浪的效果。

《德语课》里并未展示"义务"在纳粹德国哲学和政治层面造成的危害，却通过具体的人物形象对纳粹的土壤——小人物的盲目服从——进行了近距离写照和反诘，反映出普通人身上的愚忠和臣仆性格与纳粹罪责之间的密切关系。具体而言，这种臣仆性格便是对匿名的上级、外在权威的绝对服从。警察想把尽职思想灌输给儿子，实质是要儿子过一种有权势的生活；而他对权威的理解，则完全来自于一如既往的尽忠职守、对命令的言听计从以及对匿名权威的俯首相恭。这是一种典型的"权威型人格"：不质疑，不过问，不思考，只有执行，甘做权威的工具。就这种人格的成因，小说所提供的解释并非生物遗传，而是各种人文和社会环境共同塑造的结果。警察与画家体现了两种截然相反的权威意识：前者不问原委地尽忠职守，并以美德捍卫者自居，没有反思和判断力；而后者具有良知和独立精神，有抗拒权威的意识和勇气。

针对权威意识，心理学家埃里希·弗洛姆曾指出，人要为自己立法，要排除人以外的力量替自己立法，而与人相对的外在力量，即权威。人自身以外的那些力量分为三种，一种是超越的力量，亦即神、上帝；一种是世俗的非人格力量，诸如国家、社会等；第三种是有权威的他人。尽管权威这个概念通常被当作贬义,但是弗洛姆还是将其细分作理性权威与非理性权威。理性权威产生于能力,与没有权威的人的关系在人格上是平等的;因此,理性权威对于非权威不是一种威胁和强制,理性权威的存在,以帮助非权威发展自身能力为特征。理性权威是暂时的,例如师生关系,随着学生自身能力的增长,能力意义上的师生关系也就随之消失。从小说文本来看,画家正是这样一个理性权威。他技艺精湛,而且经常带着西吉一同作画,但是二者之间没有恐惧和威慑关系;西吉的洞察能力和辨识能力,在这种宽容的师徒关系中得到了很好的发展。画家这位理性权威对西吉的性格产生了至关重要的积极影响。

我们通常所说的"权威型人格",其实是指对非理性权威的膜拜。非理性权威的特征,首先并非源自自身能力的发展。非理性权威与依赖者的关系是统治与被统治的关系,两者之间是不平等的;非理性权威压制依赖者自身能力的发展,以此来表达对后者进行长期控制的目的。非理性权威涵盖范围非常广泛,既"包括了大多数教派中的上帝、神,远古时代的国家、民族,也包括诸如希特勒、墨索里尼、斯大林这样的领袖、元首"。[1] 警察对待禁画令和没收令的态度,就是在向非理性权威致敬。在非理性权威中,弗洛姆进一步区别了公开的权威和无名的权威。所谓公开的权威,是有名字有形象的权威。人类社会的一大成果就是推翻了这些公开的非理性权威的统治,为人类自身的发展赢得了条件。而随着社会的发展,一种全新的权威也发展起来,"它不再是公开的权威,而是无名的、

---

[1] 埃里希·弗洛姆:《健全的社会》,孙恺详译,贵州人民出版社 1994,第 120—121 页。

不可见的、异化了的权威了。没有什么人，没有什么观念，也没有什么道德法律来要求人们该怎样去行事了。但是我们全都一样地做某事，协同一致的程度类似甚至超过了集权社会。"①无名的权威优于公开的权威之处，在于它表明往往不会带来冲突，而是使人不自觉地趋同，和其他人保持一致。②这种不闻不问、心照不宣、保持一致的默契，渐渐发展成无法接受持不同意见者，对理性权威进行漠视和打压，对人的良知和个性施加束缚。所以，大量具有权威型人格的人，在极权政治时代，是统治者最得力的帮凶。

正是因为有太多人容易屈从于权威，造成警察与画家的力量对比十分悬殊。从外在力量上，前者占有绝对优势，因为警察代表了国家机器。事实上，警察拥有众多的同路人，不是命令的执行者，就是相信决策者已经处理好一切的自欺欺人者。西吉眼中的父亲谨小慎微、情绪不稳，做事情十分机械化，不擅言谈，不易接近。更重要的是，这位警察及其背后的广大小市民，在思想上呈现出冥顽与封闭的状态。这是最显见于纳粹跟风者的罪责表现之一。早在二十世纪三十年代，西班牙哲学家何塞·奥尔特加·加塞特在《大众的反叛》一书中便指出，普通民众心灵的闭塞，构成了今天人类所面临的重大危机，"心灵的闭锁，严重的自我封闭，这是一种典型的智识上的冥顽不化。"③加塞特认为，智识上的平庸之辈对公共生

---

① 埃里希·弗洛姆：《健全的社会》，第 121 页。

② 弗洛姆对权威型人格以及权威理论的论述，具体参见 Erich Fromm：*Man for himself：an inquiry into the psychology of ethics*，Routledge & Kegan Paul，1948，pp.9－10；埃里希·弗洛姆：《逃避自由》，陈学明译，工人出版社 1987，116－117 页；以及孔文清：《弗洛姆自律道德研究》，第 92－94 页。

③ 何塞·奥尔特加·加塞特：《大众的反叛》，刘训练译，吉林人民出版社 2004，第 64 页。

活的把持与控制或许是当前时局中最为引人注目的一个方面，也是历史上绝无仅有的现象。"平庸之辈从未相信自己对事物有什么思想，他们拥有信仰、传统、经验、箴言、心灵的习惯，但他们从未奢望对事物的实然或应然状态有什么理论上的观点……他们从未想过用自己的思想来反对政治领袖们的思想，他们甚至不敢从自以为拥有的思想立场来评判政治领袖们的思想。"①在法国社会心理学家古斯塔夫·勒庞的《乌合之众》中，群众被称为群氓，特点是"没有推理能力，因此它也无法表现出任何批判精神，也就是说，它不能辨别真伪或对任何事物形成正确的判断。"②

　　抛开近百年来欧洲各国文化、政治精英在相应的群众理论中对小人物、人民大众的妖魔化描写，普通民众的无思想、狭隘、平庸几乎成了一个至今仍然有效的共识。小说中，西吉周围的许多人不关心政事，不过问时局；他们目光短浅，闭目塞听，自满于眼前的安宁，殊不知他们的政治决策者正在以国家之名犯罪。而以画家为代表的持异见者、不合作者，则成了形单影只的少数人群。他所遭受的是双重迫害：不准作画，等于剥夺了创作自由；没收从前的作品，相当于切断了一个艺术家赖以生存的基本资料。对于这些人来说，普通的平庸的公务员不仅仅是国家机器，也是活生生的施害者。

　　然而，在人格层面，在对社会影响的深远程度上，警察与画家的力量对比又恰恰相反。画家为人正直、善良，他收养遗孤，知恩图报，同时嫉恶如仇。他的古怪只是相对于警察夫妇的墨守成规而言。两人各自的影响力，首先通过一个孩子的

---

① 何塞·奥尔特加·加塞特：《大众的反叛》，刘训练译，吉林人民出版社2004，第66页。
② 古斯塔夫·勒庞：《乌合之众》，冯克利译，中央编译出版社2005，第48页。

成长轨迹表现出来。西吉从画家那里感受到正面的人格力量，并以此完善自己的能力和修养。西吉的人生观是建立在对世界的独立思考之上的，这些决计不是从父亲和母亲那里学来的。因为他的警察父亲首先不能够对自己的言行负责，而只能对施加给他的命令负责。从警察父亲与画家的数次对话中可见，前者对命令言听计从，虽然在做极权政治的工具，却丝毫不理解命令背后的政治含义；而画家早已预见了画作被没收后的命运。画家的洞察力和思辨能力，说明他是一个真正懂得思考、关心政治的人。但与此同时，他并没有放弃对警察耶普森的劝导和启蒙。遗憾的是，这位智识平庸之辈拒绝与画家就"义务"的内涵进行思想层面的沟通，甚至拿出家乡人的气质做挡箭牌，拒绝言语交流和思想沟通；为了顺利完成他的任务，他宁愿闭目塞听。这种方式除了加重他的奴性和僵化的性格，不会带来任何积极的效应。对于民主社会来说，这种平庸之人可有可无；然而，对与专制政体而言，他们却是最好的螺丝钉。不过问来龙去脉，对制度和命令言听计从，就是在过一种无关联的生活，即剥离自己作为人的一面，只规规矩矩地服务于国家机器。如果这个机器的核心部位发生故障，也无关这些螺丝钉的责任。哪怕这台机器报废，螺丝钉仍可装在其他机器上继续工作。这便是纳粹时期无数普通市民得以苟延的真实写照。他们不关心自身规定角色之外的更多事情，甘愿被权威利用，并安于这种客体化的被动的生活方式。

画家对此心知肚明，但他没有因此把耶普森当作纳粹的工具，而是尽其所能对后者进行劝诫，想把他引向一条人性化的道路上来。一开始，画家在对话中用的代词是"他们"（24—

25)，①也就是没有将命令者与耶普森划等号。可是警察并没有意识到这一点，反而在责任问题上含糊其辞，隐身于命令背后，不说自己的想法，甚至害怕被问及自己的想法。他的尴尬与其说是因为对自己的同乡施暴而动了恻隐，不如说是因担心面对质问而惶惶不安。在与画家的对话中，凡提及责任和道德问题，警察一概将职业身份亮出来，强调自己只是在执行命令，"我只是在履行自己的职责而已"(62)，将个人角色完全隔离。这样做的结果可想而知：将来无论是谴责或是审判，都轮不到我这个命令的执行者头上，应该承担责任的是发号施令者，无论这个人是谁都与我无关。经过几次对峙，画家终于看出警察在思想观念上已经无药可救，不再用"他们"，而是直呼"你们"："你们疯了！""你们不能这样霸道！""你们一提义务什么的我就要吐。你们一谈义务，别人就得准备挨整。"(60—62)而直到此刻，警察依旧不说自己对命令本身的想法，因为他根本就没有想法，只要做被命令的那些事即可。

　　"我只是在履行自己的职责而已"——就是这样一句话，成了无数人回避罪责话语的经典辞令。无数跟风者乃至纳粹战犯都用这句话来回答罪责拷问，它再次证明了阿伦特所说的平庸之恶。平庸之恶的本质特征是不思考和盲从。这种自废思考能力的做法，并非肇始于纳粹时代，却在那个时代达到了一个顶峰。在历史进程中，无思和盲从多是小人物维持生存的一项基本策略；它多是无伤大雅、无碍大局的，所以它平庸，再正常不过；它处在善恶交界、责任模糊的地带。正是无思想，决定了人们的易被操控性、无原则性。尽管纳粹时期的

----

①　西格弗里德·伦茨：《德语课》，魏育青等译，文汇出版社2006。以下引文只在括号中给出页码。译文个别地方略有改动。原文参照S. Lenz: *Deutschstunde*, Hamburg 1968。

德国人也有自己的伦理主张,但那已然是一种扭曲了的价值观。因为所谓的美德、自律、规范,若放在一个善恶模糊的地带,被盲目服从的人所实践,那么美德就变成了任人操纵的意识形态工具;自律若脱离了自己的思考和判断,就成为权威发号施令的凭据。在政治和社会实践中,自康德以来所奉行的道德自律,只是将既定的外在秩序作为理性权威,而不是将人本身认作理性的把持者。因此,康德的道德自律,从根本上说,在实践中演化为一种他律。

在讲到平庸之恶时,我们必须提及它的参照——根本恶。这个概念来自启蒙思想家康德,并经由阿伦特再次引起人们的关注。阿伦特根据艾希曼审判的前后经历认为,与可见的、昭然若揭的根本恶相比,平庸恶的危害更大。法律所惩治的,都是有据可查的事实罪恶;而平庸恶的实施者们,因为没有一个明确的作恶动机,往往很难伏法。进一步说,在跟风者的队伍中,不进行思考和反思本身并不能作为犯罪行为而被审判,它更像是一种积淀已久的精神气质,一种心理文化的产物,属于道德罪责范畴。而道德与形而上之罪,只能通过内心的法庭得以宣判。

三、茹格布尔的精神危机与秘而不宣的罪责话语

如果说在关于群众理论的政论或史料中,难免存在对普通群众妖魔化的倾向,那么文学中的民众形象显然更生动、细腻,体现出的问题也更加直观。前文的分析充分印证了这样一个事实:德国人在政治方面并不成熟。表现在普通人身上,就是相信上级,顺应形势,依赖权威,乐于接受"管理体制乃神授"的说法,对上级决策不加思考全盘接受,对政治和执政方法不关心、不批评;内心的不自信令他们没有明确的立场和态

度，缺乏市民勇气(Civil Courage)；他们只有处于集体之中才有安全感，用外在的秩序补偿内心的不安全感。[①]　无论在纳粹德国还是战后德国，这些普通人都一成不变地自顾眼前得失。自然而然地，诸如尽忠职守、公正、秩序、安全等纳粹时代被滥用的坚固理念，也在大部分人的头脑中沉淀下来。

　　从《德语课》中具体人物的生活态度、道德准则、社会和经济关系以及社会地位看，除了个别人物如画家南森、布斯贝克博士和西吉之外，作者还以散漫的笔法描摹了纳粹时期德国普通的下层民众：小手工业者，地位低下的公务员和普通农民，没有什么出类拔萃的人物，没有上层工商市民或教养阶层。这是一群两耳不闻窗外事的普通百姓，不会对战争形势和政治时局有任何关心和思考，同样只是以尽义务为准，每天按部就班地生活，并且相信政府也同样在尽职尽责，无论如何都会做出正确的决策。他们不会独立行动，大部分人没有批判精神。他们有一套自我封闭的世界观和僵化的价值准则，无法批判反思并对未知事物做出新的判断，以至于政局瓦解或战争结束这样的事情，并不能引发他们的不安和危机感，更不会对他们生活和思想造成根本性的影响。尽管表面上开始了新生活，但跟过去相比，他们内心里没有什么变化。他们的"精神视域有限，只能看到眼前的环境。外界的政局和社会形势在这里被阻断，因为他们并不积极去认识了解外界"。[②]　而与此同时，他们内在的封闭和自卑感则要靠外在的、由他人决定的稳定秩序去弥补。他们缺乏真正的自我意识，通过服从他人意志来掩盖自身的无意识；他们不会自我审视，也不会与

---

① 　参见 Eberan, S. 84ff。
② 　Alt, S. 78.

不同于自己的人或事进行对话,达成妥协或和解。在我们之前对跟风者、尽职者的分析之上,这些与军事、政治没有直接关系的普通人,这些政治含义上的小人物,包括警察耶普森,把纳粹时代的精神面貌表现得更为丰满。

　　不过,也有些批评者指出,伦茨在表现战争的残酷和纳粹的野蛮方面力道不足,甚至怀疑小说对真实历史有美化之嫌。① 在此我们有必要重新思考一下,什么是真实历史。历史文献提供的战争伤亡数据和财产损失报告,以及集中营里成山的尸骨,固然是不争的罪行证据。但如果《德语课》也如当时读者所期待的,集中于对种族屠杀幸存者和盟军轰炸受害者的刻画,那么,这堂以文学形式上演的"德语课"恐怕会失去它今天的价值。因为小说所反映的恰恰是无法通过客观审判而得到定性的罪责。作为叙述者,伦茨首先要探究的是现代人在道德、存在、本体意义上面临的困境。"伦茨同莱辛以及维兰德一样,要寻找真相,但是对于这个真所带来的痛苦,他了然于心。"②对于伦茨而言,没有什么罪"比违背生命本身这项罪更深重"。③ 因此,他笔下的罪责更集中于道德与形而上之罪。伦茨与众不同之处,是他用平实的笔触,孩童的视角,波澜不惊地潜入看似和谐的表面之下,专注于纳粹给德国人自身造成的痼疾。伦茨笔下的每段故事/历史都是"在事件的复杂多

---

① 具体参见 Jörg Drews: Siegfried Lenz' Roman „Deutschstunde", in *Neue Rundschau* 1969, S. 362—366; Theo Elm, a. a. O., S. 115; Wolfgang Beutin: *„Deutschstunde" von Siegfried Lenz. Eine Kritik*, Hamburg 1970, S. 21; Werner Schwan: Siegfried Lenz, „Deutschstunde". In: ders.: *Ich bin doch kein Unmensch*, S. 69。

② Alber R. Schmitt: Schuld im Werke von Siegfried Lenz. Betrachtungen zu einem zeitgenössischen Thema. In: *Der Schriftsteller Siegfried Lenz.* Herausgegeben von Colin Russ, Hamburg 1973, S. 95.

③ 同上,第97页。

样之基础上加以选择的结果"。① 也许跟热战与种族屠杀相比，《德语课》的叙事广度和人物规模，对于展现历史罪责的横向维度不够壮观。实际上，尽管在情节上少了些跌宕，但小说中的国恨家仇、代际冲突和冷暴力，以一种独特的方式令人更加不寒而栗，它笔下的恐怖所针对的恰恰是最亲密熟悉的人。

小说描写的地点茹格布尔，不同于被战火蹂躏的但泽或其他德国城市或乡村，历史的阴影在这里尚未达到造成普遍精神创伤的地步。但是，是否这就说明这里不存在罪责反思的必要了呢？答案显然是否定的。西吉不止一次强调，他父亲的家乡格吕塞鲁普在德国北部石勒苏益格-荷尔施泰因的最北端，他父亲工作的警察哨是全德国最偏远的一个。这些措辞无非是在暗示，他们生活在一个距离柏林、距离权力中心十分遥远的边界地带，理论上享有相对宽松的生存环境。除了吉普赛人之外，犹太人（西吉的生物老师）在这里同样没有生命危险，这里是种族屠杀触不到的地方。从西吉的成长经历看，他十岁以后并没有被强制拽入希特勒少年团，他的姐姐希尔克也没有去希特勒少女团。这都说明茹格布尔不是一个纳粹势力猖獗之地，这里的军事管制也并不十分严格；除了克拉斯从部队出逃之外，没有任何来自军队方面的声音出现在茹格布尔。邮差是一战复员的伤残军人，平日基本不过问政治与战事。战争结束之前，警察拉上毫无军事素养的乡邻组成所谓的自卫队，对抗盟军的兵甲。这再次说明，这个边界地带根本没有了基本的军事防御能力，纳粹的军国思想在茹格布尔的现实生活中也很边缘化。综合以上情形，这一切更加

---

① Hartmut Pätzold: *Theorie und Praxis moderner Schreibweisen am Beispiel von Siegfried Lenz und Helmut Heißenbüttel*, Bonn 1976, S. 173.

反衬出,是父亲的存在让强权得以彰显,而父亲的冷酷和愚忠并非外界压迫所致,完全是其内心自动选择的结果。那种平庸已经渗透骨髓,因为他坚信"履行自己义务的人是用不着担心的,哪怕时代会变"(87)。就罪责话语而言,正是因为着眼于亲人,以及亲人身上的冥顽不化与纳粹罪行的关系,令小说在罪责批判上表面"力道不足",实则力透纸背。

伦茨并没有对个别人物的性格成因进行跟踪式地调查,但每个人物身上几乎都代表了某种典型的小市民特征。如果说在《铁皮鼓》中,小市民跟风行为的心理诱因主要来自软弱和孤独,那么在《德语课》中,我们可以看到政治盲从的另外一些心理动机,比如利益驱使、满足虚荣等普遍的人性弱点。善于钻营的酒店老板梯姆森,虽然坚持收听英语广播,但只盘算如何赚钱,建立鸡蛋加工厂。战后,梯姆森迅速利用时机,自己炼制烧酒卖给占领军。凭借广播,梯姆森在战争一结束就相机而动。另有大坝管理员布尔特约翰,为了表示忠诚,纳粹德国时期"不是只戴一枚党徽,而是同时戴三枚党徽:一枚在衬衣上,一枚在外衣上,一枚在大衣上。"(218)这两个人都是顺应时势的典型。无论外部局势发生怎样的变化,都不会对他们的观念带来任何本质上的冲击。他们并不参与政事,而是永远跟在政治风向标的后面。他们表面关心时局变化,实际目的是为了在政治变动中明哲保身,或投机发财。他们所怀抱的,始终是一副不问古今的世界观。无论是对过去的纳粹当政,还是目前的被占状态,他们都没有思考和批判的习惯,把这些任务想当然地留给大人物去完成。所以,"德国的溃败没有让他们学到任何东西"。[1]

---

[1]　Alt, S. 79.

　　小人物在政治动荡中求自保，人类历史上早已司空见惯。只是到了纳粹极权时代，当小人物的情绪推动希特勒执政、当小人物渐渐成为沉默的大多数时，每个人的态度都可能对事态的发展造成影响。正因如此，他们也酝酿着再度改变现状的可能。正是这种潜质令他们的存在在某些时刻给人以慰藉和希望。在目睹父亲与画家冲突日益升级的过程中，当地村民并非完全无动于衷。这说明小人物的良知依然存在，善意并未在每个人身上消失。只是，在表达意见的时候，他们总是谨小慎微，他们的市民勇气依然没有充分彰显。独臂邮差奥柯·布罗德尔森曾是警察耶普森一战中的战友，尝试劝服耶普森对画家手下留情，并用画家于警察有救命之恩一事刺激后者觉醒。不过，耐人寻味的是，在表达自己的看法时，这位邮差使用的主语从来不是第一人称，而永远是第三人称——"有些人"、"他们"、"大家"。这种表达习惯说明，小人物身上具有明显的两重性：一方面有不受制于外力的自己的判断，另一方面，在发表意见时又不够自信。这两种倾向的并存，使得德国普通人、小人物的历史形象得到了丰满，在表现真实历史的道路上又深入了一步。

　　尽管如此，《德语课》在罪责问题上的态度却始终是警醒并略带悲观色彩的。对不公正现象，警察耶普森和茹格布尔大部分村民，无论是以尽职为由视而不见，还是试图阻止但有所保留并最终归于沉默，都没有采取积极的抵抗行为。他们的不作为，成了纳粹政权的基石。这里不存在反抗也看不出压迫，人们是自然而然去成为极权工具的，并且没有任何道德焦虑或良心不安，自以为"有本事回答一切问题"。这种自以为是是建立在狭隘无知的世界观基础之上的——"为什么在我们老家，人们会羞于承认自己在某些方面和某些领域的无知呢？对故乡的偏爱造成的狭隘观念就是以为自己能回答一切问题。这是因无知而产生的傲慢。"（114）主人公西吉表面上在反抗父亲,实际上也是在反抗茹格布尔人体现出的一种精神气质。家乡人的死板、不善沟通、无知、自以为是、贪吃等等劣性,像一根根刺扎在西吉的心上。这里的人只有在吃东西的时候才做到完全的认真和投入,因为"吃东西可以让时间平平稳稳地过去"（53）。这里的宗教和人文意识相对单薄,所以才会在观看幻灯片时,用诗人克洛普施多克的《弥赛亚》作垫子。大多数人只顾着眼前的生活,不懂得政治与个人生活之间有何联系。这里的人有深厚的乡土情结（共同观看家乡和大海的纪录片）和英雄崇拜情结（对海军和新式军舰顶礼膜拜）,并且表现出排外甚至仇外之心（对美国生活方式的公然蔑视）。而这些或曰美德、或曰盲从的风气,并不是一朝一夕养成——对个别大人物的偶像化,英雄情结,对自由与帝王之光的美化,弗兰肯方言,早已被歌德称为 16 世纪的标志。①16 世纪是宗教改革以后近现代的分水岭。于是可以说,普通人的思想狭隘以及缺乏反思精神,甚至在数百年前就已经成型;它平稳地穿越启蒙时代而毫无改变,这本身就是一件令人深思的事实——对普通大众的启蒙远未完成。

　　除了借助茹格布尔地区的小人物群像,《德语课》中还通过一些分量微弱的角色,揭露德国现代知识分子层面的精神危机。这种精神危机的表现便是,个人良知在不断地倒退,社会正在以罕见的速度遗忘历史。在不具备反思氛围的社会之中,过去很快会被遗忘,罪责也一并被推脱给于己无关的匿名力量和无从追究的发号施令者。虽然人们打

────────────

① 参见 A. Weber, S. 102。

着矫枉过正的旗号，实际上却把责任推给了过去的时代；虽然人们不再振振有词地大谈尽职与责任，但却一如既往地将个人角色置之度外。这种现象与一个人的专业能力和职业身份并无直接联系，它只关乎个人良知。一度效忠纳粹并迫害过画家南森的艺术评论人伯恩特·马尔灿，战后见风使舵地来向画家讨求一睹其作品，遭到拒斥（292—293）。因为这位马尔灿曾经效力过的《人民与艺术》杂志在纳粹期间对画家及其作品进行过封杀。如果不是这些人，纳粹的禁画令也不会来得如此咄咄逼人。

> 《人民与艺术》的编辑部怎么对他（南森）这么重视？是不是搞错了？是不是看走了眼？马尔灿畏畏缩缩地强作笑容道：这是一份新杂志，刊名叫《永久》，向各方面开放，很想弥补一下在迷误的时代里耽误的事情，这是当前最迫切的任务。（291）
>
> 正像马尔灿过去看他那样，现在他（南森）也这么看自己：他的作品都是画出来的妖魔鬼怪和使人堕落的小册子。这曾经是马尔灿的观点，他曾经这么说过……（292）

回顾马尔灿今是昨非的言行，这位曾经的纳粹精神鼓吹者，如今又要与反抗纳粹的画家携手合作。他所说的"当前最迫切的任务"，是弥补而不是改过，更不必说知错认罪。这句话的真正含义是，顺应新的政治形势和时代精神，掩盖甚或抹掉过去的痕迹。而这恰恰是画家所不能容忍的。马尔灿的评论立场以及他的职业操守，完全随时代风向而动。这令画家和他的朋友布斯贝克博士最终不得不用"忘性大"、"恬不知耻"（293）来表达内心的愤怒。他们清楚，这个人之所以从画家的迫害者摇身成为追捧者，完全是因为画家的画作在新时代成了有利可图的资源。

我们无法追溯这个艺术评论家在历史上是否真有其人，但纳粹时代的御用机构对于反抗艺术家的迫害却是确凿的事实。马克斯·路德维希·南森这个名字虽是虚构，却融合了二十世纪初三位艺术家的名字——"南森"取自北德印象派画家埃米尔·诺尔德（Emil Nolde），因该画家原名汉森（Emil Hansen），而汉森与南森只有首字母之差；"路德维希"则令人联想到印象派画家恩斯特·路德维希·基尔施纳（Ernst Ludwig Kirchner）；"马克斯"则有可能出自犹太画家马克斯·利伯曼（Max Lieberman）。他们因不同原因在纳粹时代遭受了排挤和迫害。其中，诺尔德的印迹尤其明显。小说中南森那幅《看不见的画》，从画名上看便是对诺尔德《未画之画》（*Ungemalte Bilder*）[1]的模仿。埃米尔·诺尔德是二十世纪欧美艺术界公认的印象派大师。同小说中的主人公相似，诺尔德也出生在德国北部距离国境线不远的地方，来自一个说弗里斯兰语的家庭，跟小说中的画家和警察操着同样的乡音。诺尔德的家乡布尔卡尔在 1920 年之前归普鲁士管辖，后划入丹麦，所以尽管诺尔德的创作和生活都以德国为中心，但他毕生都是丹麦国籍。真实的画家与虚构的画家，在命运上也颇为契合。诺尔德早年坚信，日耳曼艺术高于一切其他艺术。1934 年，他加入了石勒苏益格国家社会主义工盟（NSAN），相当于丹麦的纳粹党组织。这段经历与《德语课》中画家南森的历史非常相似。一个最大的不同或许是，诺尔

---

[1] Werner Schwan, S. 67.

德甚至曾主动承认自己是个反闪主义者。而在南森身上，我们看不到狭隘的民族情绪。诺尔德与纳粹由亲到疏的转变，历史上也有记载。纳粹曾经在 1938 年举办过一个"颓废艺术展"，宣传部长戈倍尔亲自到柏林参观。令诺尔德出乎意料的是，纳粹把他的作品与犹太艺术家、超现实主义、未来主义、野兽派等划为同类，宣判其为颓废艺术并予以没收。诺尔德的抗议没有收到任何回应，结果失去上千幅画作，成了纳粹不再信任的人，甚至被禁止作画。1944 年，他在柏林的家被炸弹摧毁。不过到了 1945 年以后，诺尔德终于告别黑暗，一度获得无数奖励并一直坚持作画。

禁止作画并非纳粹的独家发明。波兰哲学家克拉科夫斯基(Leszek Kolakowski)曾指出，"在极权国家里，一切都被政治化了。如果执政党是艺术标准的唯一制定者，那么诸如抽象派绘画当然就是一种政治行为。画家在这种绘画中并不表达什么政治观点，然而他们的作品依然被认定具有政治含义并相应受到评判，受到驱逐。"①南森是纳粹政权的受害者，直接对他施害的却是离他最近的人；来自艺术评论界的诋毁和同乡警察的监视，令这位艺术家一度步履维艰。小说从这个角度揭示了纳粹时期的另一宗罪责：对不合作者、意见不同者（即便不是政敌）进行全面迫害。之所以说全面，是因为协助纳粹犯罪的警察耶普森，恰恰也是画家半生的友人。于是，这个故事里还包含了对友情的背叛与坚持。耶普森竟然轻易相信艺术家"脱离人民，对国家构成危害，不受欢迎，纯粹是蜕化堕落"(88)，而不是从自身的认识和经验出发作判断。他是一个曾与受害者有

---

① 克拉科夫斯基以波兰为例论及禁画令与极权政治的关系，尽管画家在艺术上的不顺从往往与政治阴谋无直接关系，但上却不可避免地成为专制的怀疑和迫害对象。引文见 Werner Schwan，第 66 页脚注 14。

亲密关系乃至生死之交的施害者。画家除了要承受这一层背叛的后果,还要应付那些有着专业知识但缺乏道德良知的知识分子。这些知识分子不但对纳粹时代的精神危机避而不谈,更因此加重了战后德国将道德罪责沉默化的趋势。

第二节 对"科学精神"的批判及情感缺失现象的反思

普通人对极权没有抵抗力,固然是小说《德语课》要集中反映的问题,不过这种倾向不仅仅遍及普通民众、小公务员阶层,而且还体现在知识分子、科学工作者身上,其指涉范围既包括纳粹时代,也包括后纳粹时代。小说在回忆纳粹时代之外,还通过西吉在少管所的经历,对后纳粹时代风行的"科学精神"进行揭露和讽刺。从本质上说,这种刻板的科学精神,也属于平稳走过几十年而不变的德国特性之一。定期来劳教所的心理学工作者,出于对学科研究方法的逡巡,一方面要与研究对象保持绝对的主客体关系,保持价值中立;另一方面,研究者过于依赖理论和概念,忘记了基本的人文关怀,从而无法触及研究对象的真实心理和情感状态,更无法达到对后者改造教育的目的,到头来不过是演绎了又一宗"尽职"的案例。

拥有专业知识的人,按照本学科的一套逻辑和方法,相信自己可以回答一切,殊不知对专业知识理论的过分信仰,反而令他们视野狭隘,脱离实际,将科学实践变得机械化、工具化。这已经是许多知识分子正在走的路。① 在小说所表达的罪责

---

① 参见 Rudolf Wolff（Hrsg.）：*Siegfried Lenz. Werk und Wirkung*，Bonn 1985，S. 84。

话语中,作为科学工作者的心理学家们也成了讽刺调侃的对象;他们把自己当作完全无染于纳粹历史的局外人,考虑不到研究对象经历过同样的阴暗背景。从这个角度来看,《德语课》还是一部对当代心理学和行为研究乃至心理分析采取严肃批判态度的小说。[①]

一、尽职之罪的变形——从心理学家说起

> 我看着这一张张绷紧的脸,听到身边还有轻轻的咯咯作响声,原来考尔布荣正在弄自己的手指。一大群人围着我眼睁睁地等着我作解释,我真受不了。……所长惊讶地也许甚至十分体谅地倾听了我的一番话,而那些心理学硕士生一面窃窃私语,一面向我靠近,他们互相抵抵胳膊,激动地咬起耳朵来。什么"瓦滕堡式的知觉缺陷"啦,什么"视觉错觉"啦,更可气的还说了一个什么"认知障碍"的字眼。我实在受不了啦,这帮家伙不看穿我的五脏六腑是决不罢休的,在他们面前我怎么也不想再多说些什么了。岛上的这段岁月已经给了我足够的教训。(8)

> 透过窥孔被他们看到的我的那副模样想必使他们十分激动,其中几位忍不住了,当场叫出了"布尔策尔征兆"或"客观性并发限"的字眼。要是我不采用强硬手段结束这场秀的话,天知道呐,没准这条一字长蛇阵现在还在窥孔前挪动呢。我受不了脖颈的

---

① 参见 Albrecht Weber: *Siegfried Lenz. Deutschstunde*, München 1974, S. 46。

骚扰和后背的针刺,就把电灯光聚到小镜子上,出其不意地反射到窥孔里。这一束光把窥孔清理得一干二净。只听到外面有支离破碎的喊声、半半拉拉的警告声和踢踢踏踏的脚步声。这队人马乱糟糟闹哄哄地离去了。我的后背轻松了,疼痛感也消失了。(28)

这位年轻的心理学系的大学生(马肯罗特)必须写一篇硕士论文。而写好这篇他称之为自找罚吃的论文,对他今后的学术发展很有用。他熟练为我和他自己卷烟,并揉了揉脖子向我建议做他的硕士论文的研究对象。他说,我将被他仔细的研究之后写进论文,也就是要对我进行一次第一流的学术方面的盖棺论定。他用令人欣赏的自我嘲讽的口吻建议,我的整个案例,包括个中的是非曲直,将全由他来加工分析,等等。……他说我当时行为的动机是一种罕见的恐惧感,他想把它命名为耶普森恐怖症。而这会给我一个机会,有朝一日自己这个名字将进入心理学词典。(67)

卡尔·小福查德突然问道:你是在给谁讲述这段往事呢? 我说:向我自己。他接着问道:这么做你是不是感到很宽慰? 我答道:是的,我感到很宽慰。那位瑞典人一句话也不说,他不时地用充满敌意的眼光看我,像是要把我打倒在地似的。那个叫波里斯·兹维特科夫的美国人问我,写作文时我有没有站在水里、涉水而过或是在清澈的水中游泳的感觉。我回答得很干脆:没有。他很满意。一个粗壮结实的心理学家,因为他的牌子挂反了,我不知道他的姓

名,但一听口音知道他是荷兰人。他的要求使我惊
异,他想知道我多大,后又想知道我的鞋码是多少。
等我回答了这两个问题后,他又问我在写作时是否
有出虚汗和产生恐惧感的现象。我不想让他两手空
空地离开,于是就承认有过恐惧感。(132)

在西吉与科学家之间,从一开始就存在沟通障碍。小说
的第一章,心理学家还未出场就已经成了西吉嘲讽的对象;随
后,他们对西吉的提问,显得恪守本位而又滑稽可笑。心理学
家把自己作为他者而置身事外,无法了解作文和回忆对于西
吉的意义。他们各自遵循一套公式,按部就班地用专业术语
分析西吉,忽视对方是个完整的、历史的人。对于科学家们看
似不着边际的问题,西吉仍然表现出合作的态度,即便他知道
这些人根本帮不了他。

这些有着专业知识、旨在改造他人的科学家、教育者们,
并不能与他们的研究和改造对象进行有效沟通;他们也不寻
求通过沟通了解并解决对方的问题,而只是套用专业术语中
的"缺陷"、"障碍"急于作出一个科学结论,将对方视为完全客
观的物体、科学论证的工具。这种以实证精神取代沟通互动
的研究方式,不但不会解决罪犯自身的问题,反而会摧毁他们
寻求帮助的愿望和向善的决心。所有针对心理学家的描写都
说明,他们缺乏基本的人性关怀;过分追求客观性和普适性,
反而造成了人们反思罪责问题道路上的隐形障碍。照此下
去,只会导致沟通的进一步封闭,无法促成开诚布公与休戚与
共(Solidarität)。虽然西吉没有像其他青少年罪犯一样放肆
无礼,但他的基本态度却很明确,那就是反对就这一切进行
定性定量的分析。因此,马肯罗特的章节也是一个"滑稽的控

诉"，①信息的丰富反而成了沟通理解的障碍——"他对我知道得太多了"。西吉对马肯罗特的观察和揣测，则将主客体的地位倒转，并且意识到双方都是在被迫完成任务的过程中彼此接触；因此他尽管不认同马肯罗特的某些结论，却对这位同龄人表现出一定的同情和迁就。这同时也揭示出，西吉无法满足心理学家和教育者们的好奇心，责任并不在这个劳教犯本身，而是成年教育者们的方式方法乃至思维模式出了问题。

　　通过时髦术语和精确数据，心理学者们不可能从西吉身上收获更多东西，是因为他们不关心也不了解他的成长历史。在作家伦茨看来，"历史不能被穷尽，它是总汇所有经验带来的双重价值的财富（der ambivalente Reichtum der universalen Erfahrung）。"②描述历史不是法律科学或运算公式，历史情景具有不可复制性，这决定了历史不可能成为一门通过万能法则得以确立的科学。小说通过这一层面试图说明，在履行义务这个美德之外，科学精神本身也有可能成为反思历史的障碍和回避罪责的托词。这一思考渐渐不证自明。二战结束伊始，德国知识分子曾一度担心，过多的直接经历令德国人无法客观看待历史和罪责；但是到了六十年代，人们对战争罪责的关注把问题又推向另一个极端——心理学在罪责问题研究中将自身角色抽身事外的姿态，在某种程度上阻碍而不是引导普通民众展开罪责讨论，并助燃了下一代深揭狠批父辈时的怒火。今天看来，这些都是值得再反思的现象。

---

① Kurt Batt：*Revolte intern. Betrachtungen zur Literatur in der Bundesrepublik Deutschland*，München 1975，S. 203.

② 参见 Siegfried Lenz：Geschichte erzählen — Geschichten erzählen.（1986）In：*Über das Gedächtnis, Reden und Aufsätze*，Hamburg 1992。

　　作为一门探究非理性的科学，心理学在二十世纪尤其是二战以后得到迅速发展。它在解释人类行为和社会现象上，曾起到非常重要的作用，对于帮助人们了解自己的深层意识也功不可没。然而，小说《德语课》以这门学科为例，揭示了现代文明的一大问题：科学精神与"义务"思想的结合，某种程度上可能是反人道的。以科学的名义，知识分子可能对自身之外的世界闭目塞听，形成一个戒备森严的堡垒，淡化服务社会的宗旨，疏远同人类问题的真正关联。在这种情况下，人们对科学权威的膜拜，同样是一种盲从。而西吉对心理学家们的漫画式描写，源于对他们的不信任以及他本人善于思考的习惯。心理学家的傲慢、自负、僵化、死板，令本来就丧失自由的少年犯轻易就产生出激烈的抵触情绪。从一个劳教犯的视角出发，小说审视的是这些没有罪责在身却并非完全无辜的心理学家、教育者，批判的对象是与警察耶普森如出一辙的冷漠和实用主义精神。科学家对于西吉的提问，表现出变态般的兴趣，正如警察父亲对尽职表现出的偏执与狂热。这些专家学者多数是纳粹时代的亲历者，但是从对西吉的提问环节可以看出，他们对于过去的历史完全置身事外。脱离关联的言行方式，同西吉的父亲尤其相似。值得一提的是，他们在西吉眼中不仅仅是专家，同时也是父辈。关涉到子辈具体的罪责问题，父辈根本束手无策，既不懂得联系社会历史全面分析、疏导西吉成长中的悲剧，更不理解西吉对回忆的痴迷实际上是由父辈造成的一种创伤后遗症。西吉看到了旧时代的意识形态始终没有改变，并且有更多人沉迷其中而不自知。这些人在小说中出场次数不多，对话篇幅有限，但却延伸了小说批判现实的维度。

　　心理学作为一门学科，在战后发展迅速，这跟整个社会对罪责问题的沉默有着直接关系。直到六十年代中期，心理学都是解析式的、中立的、而不是批判式的、反思式的。也就是说，它只是沿袭了弗洛伊德以来的生物—心理学路数，重在将人的行为与生理冲动挂钩，忽视社会历史环境对人性的塑造，从而弱化了社会批判和个人责任意识。这种做法对于解脱人们的负罪感十分有效，因为每个人成了生物决定论意义下的自然产物，受限于各种非主观所能掌控的因素，于是有主观能动性的人，从属于无力主宰自身行为的生物体。与此同时，生物学和进化论中所肯定的适者生存现象，为人的自私和软弱提供了科学依据。这样一来，人之为人本该有的良心、悔悟和责任能力，都大打折扣。

从结果上看，这种趋势顺应了战后初年联邦德国的政治文化，反过来又鼓励科学家们以科学理性的名义卸下人们的负罪感。但是，在弱化罪责的同时，它也简化了人的情感和思想中的偶然性和多元性。由此，当劳教所所长希姆佩尔评价西吉的父亲"只是在履行自己的职责"（391）时，尽管是一种抚慰的口气，但他无法真正抚慰西吉的心，因为这位成年人不能理解尽职给西吉造成的痛苦与《尽职的快乐》这篇作文之间的真正关联。科学，让专家学者的视界变得狭隘，让陈旧的价值观毫发无伤地保留下来。

在西吉看来，如果现状无法改变，那么至少需要人们对此作出判断。西吉的判断是，保留这种状态是一种失败，"茹格布尔的失败"正意味着狭隘的失败——狭隘的概念和思想的失败，不加反思的得过且过的失败，坚守一种生活方式的失败，也是德国的失败。① 狭隘，来自社会的方方面面，甚至科

---

① 参见 A. Weber, S. 91。

学理性领域也存在这样的弊端。如果人们不屈从于一种排除意志自由的宿命论，或者不再绝对依赖于生物学、地缘环境、社会条件，如果人们彼此的交往以人对命运的塑造为出发点，相信通过改变思想的力量可以改变人的行为方式乃至整个世界，如果人们对教育不是保持一种毫无疑虑的乐观，那么西吉就不会用"失败"来形容所见所闻。遗憾的是，这些"如果"都没有成为现实。"茹格布尔的失败"是茹格布尔教育的失败，是德国教育的失败，它表现了失败的持续性，也预言了青年一代与老一辈的进一步断裂。[①] 老一辈人已经没有了自我反思、自我更新的能力，那么发现问题又不安于现状的青年一代，必然成为反抗甚至革父辈之命的力量。

西吉所面对的心理学家和教育者们，与茹格布尔的警察对于尽职所持的共鸣，令他最终不得不以"失败"一语双关地表达他对历史和现实的双重失望。少管所一个很重要的任务是让人改过自新，而不只是限制人身自由、施与惩罚。西吉不同于其他人的一个显著特点是，他不拒绝沟通。这说明他有主动思考、主动交流的愿望，同时希求在同过去、同他人的交流中澄清并克服历史阴影。但是，现实情况却只有令他失望。科学家们并不能也不想深入到他的内心，更无法了解他坚持数月写作而不懈怠的真实动机，却只一味依赖所谓理性科学法则，忽视历史与情感层面，忽视造成西吉犯罪的深层社会原因。另外，身为教育者，不但认同纳粹时代僵化的职业道德，而且丝毫不觉得西吉父亲的"尽职"行为有何值得批判之处，这从侧面反映出，他们自己也在不加反思地践行着这种"传统美德"。这也就使得西吉在眼下的环境中更加觉得迷茫和痛

---

① 参见同上，第 92 页。

苦。从小说的人物、时间和地点设置上,可见作者对于罪责反思的独出心裁之处。伦茨此前曾写过一部名为《无罪者的时代》(*Zeit der Schuldlosen*,1964)的剧本,同样是以狱中囚犯、模糊的有罪者、无罪者的牺牲等作为主题,通过特殊的情境凸显出罪责问题的连带性和普遍性。如果说此前的作品中,伦茨关注的还只是脱离特定历史的、富于哲学意味[①]的罪责话语,那么《德语课》可谓是伦茨探讨罪责问题的一部回归现实之作。

在《德语课》中,故事的环境(不局限于监狱)相对宽松,冲突的节奏也相对缓和,但作者有意识在纳粹这段历史背景下,引导一种尚未被开启的罪责话语,也就是置于法律罪责的结论之中去探讨法律之外的罪责问题。小说把各种对立的身份、历史与现实统一在因"尽职的快乐"所引发的故事里。一方是罪犯,一方是希冀改造罪犯的拯救者。这样的人物安排,譬喻的是整个德国战后初年的社会现状。西吉从十岁起见证父亲与画家的争执,十二岁那年,盟军入境,纳粹溃败,父亲束手就擒;西吉偷画的时间正是战后德国社会文化生活刚刚好转之年,前奏则是父亲仍旧不遗余力地毁画,完成他的"任务";西吉在少管所里度过了二十一岁生日,也就是正式成年,此时西德已建立,人们正沉浸在物质丰收带来的喜悦和满足感中,对于过去的罪责无人问津。西吉回忆和反思的地方是少管所,这个由"清白无辜"的成年人来惩罚、管教少年罪犯的地方。结合德国战后重建这个时代背景,如此的安排颇具反

---

① 参见 Theo Elm: Siegfried Lenz, Zeitgeschichte als moralisches Lehrstück. In: *Gegenwartsliteratur und Drittes Reich*, *Deutsche Autoren in der Auseinandersetzung mit der Vergangenheit*, Herausgegeben von Hans Wagener, Stuttgart 1977, S. 69。

讽意味。

由于战胜国在德国推行的民主化进程,德国社会在法律含义上被简化成了纳粹和非纳粹两部分。根据纽伦堡审判之后的划分,除了跟风者和无罪者,其他所有德国人都要接受去纳粹化。但是,在1945年之前,纳粹是德国唯一的合法政权,纳粹罪行是全民参与的,因此是整个国家的罪责。在全民皆有染的国度里,除了公开反抗者或无行动能力的人,再没有人是完全无辜的。西吉的父亲之所以认识不到自己的罪责,很大一部分原因在于,他所效忠的政权,在政治法律程序上按照人们所公认的合法形式展开,因此无可厚非。作为国家机器,警察不承担这个政权所犯的反人道罪责。所以,法律没有惩治这些纳粹工具。但是,就西吉父亲是否是纳粹这个问题,即便在小说作者伦茨与小说的研究者之间,也不能够达成统一,①可见人们对于罪责问题的认识,至今存在许多分歧和模糊之处。

什么是法西斯?哪些人算纳粹?是不是"去纳粹化"之外的所有人都与纳粹罪责无涉?这些问题从来没有定论,但却不容回避;从小说来看,子辈显然不能够满足于对父辈身份的法律定位。父亲没有受到审判也没有得到提示反省罪责,而是继续重操旧业。应该反思的老一辈,全都道貌岸然地重又回到体面的生活中,当作什么都没有发生过。但是,这期间有些至关重要的东西流失了,亲情、信任、爱,在经历了畸形的政治时代之后,已经没有人再关心这些人之为人的基本特征。表面上的民主与实际上的愚忠,在后纳粹时代仍是一块顽疾;陈旧腐化却又无法通过法律来定罪的意识形态,不但泯灭了

---

① 有研究者认为,耶普森只是一个跟风者,不算纳粹;而伦茨则认为耶普森的纳粹身份不容置疑。

人之常情,也埋葬了人的基本良知和社会循环所需的情感动力。对此,父辈若非浑然不觉便是故意麻木不仁。我们甚至可以推断,如果这些人——无论是普通公务员、知识分子还是科学家——再经历一次纳粹般的黑暗,他们依然会像之前那样唯命是从。没有人认为有主动甚或被迫反思的必要,尽管反思最终必须发自内心需要,而当时的社会环境并没有提供这样的催化剂。

法律制裁了盗窃画作的少年,对于盲目愚忠的大多数成年人却视而不见;心理学者可以以一名盗窃犯为例写出一篇精彩绝伦的学术论文,甚至发明一套新的有推广价值的术语,却对犯罪者自身的痛苦及其行为背后的人文环境因素充耳不闻。其实从西吉的成长经历来看,他始终处于一种紧张之中。西吉的罪责意识驱使他回忆、写作,也使他不满足于环境致罪的科学结论。马肯罗特的报告最终目的不是要解释西吉无休止写作文这个现象,而是要证明西吉无罪。

当西吉初具辨别是非能力之时,并没有一个来自成人世界的明确指引:父亲的教条令他将信将疑,画家的以身作则令他耳濡目染。二者分别代表不同的权威,而该遵从哪一个,西吉必须自己做出判断。从十岁起,西吉就耳闻目睹两个人、两种人生观的对峙。他被迫早熟,脱离天真幼稚状态,尽管他童心正浓。他几乎没有享受过成年人的庇护,却过早参与到他们的纷争。他也过早具备了牺牲精神,为了保护画作与父亲决裂,最后甚至失去了画家的信任。所幸,西吉没有成为纳粹战争的牺牲品,没有走上战场,也没有认同父辈的价值观;不幸的是,他一直在摸索一条对自己负责的路,最终竟成了阶下囚。他的反抗是有理有据的,但是残酷的现实环境令他无法信任任何人,最终铤而走险,把保护画变成了偷画,把原本正义的掩护变成了触犯法律的偷窃行为。与同龄人相比,他聪明懂事,明白事理,不会冲动地随意发泄不满。这样一个天性健康的孩子,成为一个罪犯,这不能不令人深思:究竟是哪里出了问题?

二、情感缺失造成的罪责——另一宗道德罪责

小说《德语课》从头至尾都意在表明,青少年的成长悲剧既不源于他们本身、亦非宿命之结果,而是那个畸形的社会所致;而这个社会的共同塑造者,是每一个有行动能力有思考能力却不行动不思考的成年人,首当其冲的就是西吉的父母。他们对于西吉的成长负有不可推卸的责任,而他们的罪责恰恰在于因过于"负责"而疏忽了情感沟通,导致一家成员之间的关系十分扭曲:父亲和母亲罕有对话,父母与子女貌合神离。只有子辈之间在成长阶段形成了亲密感,可是到了战后,也各自为政,坐视家庭分崩离析。这个普通的公务员家庭内部呈现出的病态畸形之势,浓缩的是建立在无数家庭基础之上的整个德国社会。而自然情感的缺失,尤其通过后来六十年代末期的学生运动,被证明是纳粹时期遗留下来的又一宗未决之罪。

小说以西吉一家为例,管中窥豹式地揭示情感缺失的直接后果,即子女对父母失去信任。在这种情况下,父母想要驾驭子女的命运,结果必然是接二连三的失败。克拉斯·耶普森作为这一家的长子、适龄青年,像许多同龄人一样服兵役、上前线。从西吉那些起初贴墙缝用、后来贴得满墙的骑士画来看,当时的文化宣传中充斥着对民族战争的美化和歌颂,关于战争的残酷报道却未见有之。如果西吉不是只有十岁,应

该也会步哥哥克拉斯的后尘，入伍参军、参战。然而，真正见
识过战争的克拉斯并不是一个沉浸在军国和战争梦想中的无
知少年。他通过自残、逃出战俘医院等反抗行为，表达自己对
战争的憎恨。逃回家乡后，克拉斯并没有直奔家门，因为他确
信父亲会出卖他。由于父母亲的原因，家这个原本最安全的
地方，在子女心中成了最危险的地方。结合当时的史实，再来
看克拉斯逃回家时的情景，我们或许可以理解，母亲和父亲尽
管冷酷而愤怒，其实这背后更多的是对未知惩罚的恐惧。而
父母和子女的矛盾，体现的是两种观念的对立：服从和反抗。
结果，克拉斯对战争的抵制，最终导致他同父母断绝了关系。

在这出家变中，克拉斯和父母在某种程度上都是受害者。
在纳粹执政时期，具体说来，通过 1936、1939 年颁布的法令，
加入希特勒青年团成为青少年乃至其父母必须执行的强制义
务。如若违逆，会牵连整个家庭受到惩罚。[1] 纳粹德国后期，
童子军、青年团已经从战争后备力量直接越至前线，纳粹的一
个秘密武器就是被灌输了绝对效忠思想的青少年武装。[2] 实
际上，随着青少年义务兵役制的强制推行和战争形势的恶化，
不服从的人也渐渐多起来。克拉斯为了离开军队和战场，不
惜自断一只手，可见青年人对战争的厌恶到了何等地步。据
史料记载，很多当时受到蛊惑的青少年，后来即便认识到战争
的无意义、英雄主义的虚伪，也已经没有后路可退，而是被强
行推上前线。[3] 作为炮灰的孩子们永远没有机会对世界诉说

---

[1]　参见托尔斯滕·克尔讷：《纳粹德国的兴亡》，李工真译，人民出版社 2010，第
　　76 页。
[2]　关于青少年在纳粹时代的活动形式以及二战结束前后的战争经历，参见古
　　多·克诺普：《希特勒时代的孩子们》，王燕生、周祖生译，人民文学出版社
　　2006。
[3]　参见同上，第 87 页。

他们的无辜，而活下来的人，像克拉斯一样做了盟军俘虏的人，首先要面临身份和尊严问题。他们一时无法为自己定位。他们究竟算纳粹士兵还是独裁制度的受害者？没有人能告诉他们，过去这段经历的教训还来不及思考，他们只能先去自己反刍痛苦。可是，作为被迫早熟的未成年人，他们没能从中总结出教训，而是决定叛逆到底、疏远社会。真正应该反思的，是那些有能力保护他们却袖手旁观、有义务做自我检讨却闭目塞听的成年人。父辈不切实际的荣誉感已经不能成为支配子辈行动的准绳。于是，做了战俘的克拉斯并不会以战败为辱，反而为远离炮火而喜形于色，也为脱离那个令人窒息的家庭而倍感轻松。此时，一条巨大的鸿沟在成年的纳粹父辈与未成年的纳粹小兵之间已然拉开。这些纠结之下，爱与信任早已没有存在的空间。

子辈对父辈的抗议，经历了一个从信任、失望到不信任、反叛的过程。如果克拉斯的例子仅仅侧重于这个过程的后半段，那么通过西吉的故事，小说完整地再现了一个亲情分裂的过程。西吉本是一个天资聪颖、向往沟通、关心他人、心智健康的孩子，在对他如何变成盗窃犯的研究报告中，心理学专业硕士生马肯罗特首先认识到了西吉过于短暂的童年与成长环境之间的关系："孩子在家里的特殊地位也符合他在学校里的孤僻：因为他的哥哥姐姐已经成年，父母亲的职责范围又越来越大，无法给他特殊的关照，所以，常发生对他像对待成年人的情况。它成了某些谈判、争执、强制与重大事件的目击者。他参加了一些对他的认知能力不无影响的活动。"(233)马肯罗特的分析有一半是对的，然而父母的职责范围并不是造成西吉参与成年人事务的主要原因。父亲和母亲恰恰是过于尽职，导致家庭里缺少职责义务之外的自然关爱；亲人之间不亲,夫妻之间冷淡,父亲和母亲分别成为儿子眼中的公共权力和家庭权力的化身,令子女避之唯恐不及。由此可见,公共领域中的履行义务思想一旦渗透到私人领域,就会塑造一种杂糅而畸形、有亲却无爱的家庭生活,这是西吉一家感情断裂的症结所在。父母之间的爱缺少温情,吉普赛人阿迪和姐姐希尔克之间的爱很尴尬,克拉斯和尤塔、汉西和多莉斯的爱很前卫,但更多是一种抗议,"爱情、感性在这些关系中如同被冻结。"①令人惊讶的是,无论是教育者、心理学家,还是这位与主人公年龄相仿的心理学学生,都没有发现西吉整个成长悲剧中的关键因素,是关爱和情感的缺失。

用以补充缺席之爱的,是父母亲僵硬的传统教育观念。"这孩子早期的独立性可以解释为当时正在打仗,父亲找不出时间来完成所有的教育任务,而且毫无疑问,这个孩子也具备一种特立独行的意志。"(233)西吉的父亲对孩子的教育秉承的是一套官僚义务观:听话,出人头地,走父亲的老路。西吉如今坐在教养所里,恰恰是因为没有走父亲的老路,是独立自主的结果。这样看来,似乎是西吉因反叛自食苦果。然而,当我们用西吉的眼光去观察过去和现在的世界,便不得不对这个结论感到怀疑。究竟孰对孰错,需要重新审视考量。

西吉的童年被来自父辈的各种原因所吞噬。他过早卷入成年人的矛盾,过早担任两种力量斗争的见证者和辅助工具,过早失去了被爱的权利。西吉和父亲的矛盾,不仅仅是家庭生活层面的,更有思想和观念上的针锋相对。在这其中起重要推动作用的,则是西吉与画家的交往。在画家那里,西吉的心智得到了极大的发展。伴随这个成长过程的,是西吉与父

---

① A. Weber, S. 96.

亲之间一次又一次的由暗到明的冲突。西吉过早见证了父亲和画家的交锋，从朋友到路人再到敌人。对于西吉而言，警察耶普森在这场交锋中失去了父亲的权威，而蜕化成没有人格的匿名权力。西吉渐渐失去对父亲的信赖，经常以官职称呼父亲；对这位警察的描写，从头至尾都是陌生的、嘲讽的、冷漠甚至憎恶的。与之相对，画家则不但代表了一种理智和自主的意志力，还实践了爱的力量。画家与妻子的爱，对朋友的爱，对遗孤的爱，令西吉自觉地视之为成长过程中值得信赖的师长、朋友。而战争结束之际，画家离开茹格布尔，西吉目睹父亲仍在变本加厉地破坏画家的作品。这令他不仅对父亲而且也对整个社会失去了信任。

自然情感的缺失，是纳粹时代心理的一个特征，是纳粹精神反人性的一个证据，也是战后德国社会无力哀悼的前奏。通过小说可见，造成情感真空的是尽职与服从观念，它不仅催眠了人的思考能力，也僵化了人的感受力。西吉的痛苦有认知层面、道德层面的原因，但主要源于情感层面。在西吉眼中，母亲古板自私，父亲冷酷迂腐。在家庭中，西吉是一个不被重视的人，父母显然对长子克拉斯给予了更多期望。姐姐希尔克因为当了画家的模特被指有伤风化（那幅《波涛舞女》是有人向警察告密才被发现，而这个告密者是谁，小说始终没有交代），受到父母的挖苦和排斥。如果说父亲耶普森身上仍旧体现着传统父亲所扮演的威严角色，那么在母亲这个本该充满慈爱的角色面前，子女感受不到温暖和关爱，就令这个家庭显得更加不正常了。通过西吉的讲述，母亲并非一个无情之人，但她对儿子极力克制感情直至将其扫地出门。希尔克的恋人阿迪首先因为是吉普赛人，而遭到母亲的强烈抵触；后又因在聚会期间癫痫病突然发作，被母亲干脆轰出家门。可见,西吉的母亲是纳粹所宣传的种族净化以及优胜劣汰思想的继承者,甚或受害者(从整部小说看,母亲的内心并不快乐)。而阿迪相当于同时触犯了两个禁忌:作为吉普赛人他的血统不够高贵,而癫痫病又宣告他身体不够健康。

西吉的母亲古德隆对待阿迪的拒斥态度,不单纯是出自个人的喜好,更是复杂的社会意识形态和宣传工具共同作用的结果。在纳粹时代,即便是不受种族歧视的雅利安人,如果患有遗传病或身体残疾,最高刑罚亦可致死。在这里,我们再次看出科学理论与政治专制之间的从属关系。达尔文的生物进化论被纳粹断章取义地纳入种族理论,演变成"社会达尔文主义";弱肉强食、适者生存、优胜劣汰等等自然界的生存法则,被转移到人类社会之中,由此转变为专制压迫的工具。如果因此而将种族歧视乃至灭绝之罪追溯到生物学家,看似合情合理,实则是一种寻找替罪羊的做法。

必须指出的是,达尔文早已看出自己的学说被滥用的危险,并在他的理论中同时强调,人区别于其他生物的一个重要特征,是人的社会属性,人的道德本能。正是这一基本的社会本能,使得人们在生存竞争中失去最初的残酷,促进团结思想的形成,并创建保护社会弱小的体系。[1] 可是,在《德语课》中,在西吉所生活的时代,无论是家庭还是社会,保护弱小、尊重生命这些基本的道德本能都已消失殆尽。按照社会达尔文主义的观点,我们直接从自然中获得价值和准则,也就是说,天生不符合某种"自然"的人就要被排除在外。[2] 这个"自然",已经沦为纳粹统治者的政治资源;孰优孰劣,由民族主义

---

[1]　参见弗朗茨·M·乌克提茨:《恶为什么这么吸引我们?》,万怡、王莺译,社会科学文献出版社 2001,第 98—99 页。

[2]　参见同上,第 163 页。

者来定义。生物科学被断章取义，成为政治极权的辅助工具。西吉的母亲在行动上深受"社会达尔文主义"的影响，至少在情绪上为纳粹的种族清洗铺平了道路。

所以，母亲被儿子直接唤作古德隆·耶普森，"傲慢而又死板的模样：发际梳得又紧又古板，撇着嘴"(44)，"一副拒人于千里之外的脸色，古板的发髻，活像一条海鲈鱼"(51)；这是一个"万念俱灰的母亲形象"(69)，"她的步态让我联想到一个高傲、凶恶的女王"(280)。总之，无论是对家庭之外的人还是对亲人，这里都没有温暖、信任和爱，正如这个时代的整体氛围一般，在表面的和平之下酝酿着巨大的变数。每个人即使在家人面前，也要遵循优胜劣汰适者生存的法则，沦为意识形态的牺牲品。长此以往，作为子辈的西吉渐渐养成了一种自我保护心理，这也是他最后偷窃画作的深层原因。

西吉在写作《尽职的快乐》时，有几个习惯自童年起便保存下来。其中之一是用色彩去回忆家乡的自然风光，为故事作好气氛的渲染。这一方面由于自幼在画家身边耳濡目染，另一方面也反衬出当时的心理状态。父亲总是在狂风暴雨中前行，执拗而顽固地对抗着自然之力；儿子总是远远地看着父亲，战战兢兢。西吉的另一个习惯，是观察动物种群中的代际关系。在偷海鸥蛋、打小鸭子的时候，他尤其注意到海鸥的反击、老鸭子对小鸭子的保护功能。在西吉的回忆中，学校教育所占的篇幅只有"生物课"这一章。令人难忘的不是生物学老师普鲁格尔在惩罚学生方面"比别的老师动作更快，也更有效果"(253)，而是他传授知识与谩骂学生相结合的讲课方式，以及对纳粹思想的吸收：自然淘汰、"无价值的生命势必消亡，让有价值的生命存在下去"，"弱者在斗争中消亡，而强者生存下来。鱼类是这样，我们也是这样……一切强者都是靠弱者生存的。"(256)而让西吉念念不忘的内容中,还有一点是关于幼鱼的一段描述:"大多数的鱼根本不管鱼卵,既不关心幼鱼的成长,也不过问幼鱼的养育。"

这些无不折射出在西吉幼小的心灵中,乃至成年后的记忆中,家的意识始终很强烈却始终得不到满足。在自然界中,尽管弱肉强食是生存法则,但父辈对子辈的保护是一种本能。在这个五口之家中,为什么体会不到这种本能之爱呢?自然情感的缺失,反映的是人类社会中恶的蔓延与善的流失,是纳粹时期就已存在并延宕下来的另一宗道德罪责。亲情与本能之爱的缺失已成事实,没有可见的审判和惩罚,但它的破坏却显而易见,并且远未结束。

第三节　罪责话语的过渡

《德语课》是一部中规中矩的传统小说,尤其与《铁皮鼓》相比较,它的文学价值不在于叙事技巧、语言创新或光怪陆离的荒诞手法;不过从内容上看,小说的人物、情节和地点都平实到扎进泥土,伸入德国社会普通市民文化的土壤,与《铁皮鼓》可谓异曲同工。评价《德语课》的意义以及在反思罪责问题上的贡献,尤其要结合六十年代的社会文化和文学语境。这部小说无疑属于战后反思纳粹罪责的叙事作品之列,尽管它并没有涉及种族屠杀等爆炸性话题,却因表现纳粹时期父辈罪责对子辈造成的影响,而为后来联邦德国更大规模的父子冲突埋下了伏笔。在反映父子冲突和跨代罪责问题上,在罪责话语的重心转换上,这是一部过渡之作。

一、夹缝中的一代

主人公西吉与父亲的矛盾，是两代人的冲突，折射出的是有觉悟的子辈目睹纳粹父辈的罪责而无力弥补、救赎继而绝望、与父辈决裂的思想历程。米彻里希夫妇在探讨无力哀悼的深层原因时曾指出，许多纳粹父母在子女身上期待完成他们旧时的理想，不愿对纳粹时代的思想和行为方式进行反思，拒绝哀悼、羞耻、罪责；子女成为父母延续精神生存的工具，子女对纳粹思想、世界观和行为方式必须言听计从。这样的结果是，子辈的人格独立受到强烈干扰，父辈的罪责在子辈的生活中存活下来。对于下一代来说，自身并未参与的罪行和责任具备了创伤体验的性质。①

西吉是一个天性善良又有独立思考精神的年轻人。但是，即便这样一个出淤泥而不染的人，也很难健康成长，反倒在纳粹时代结束之后被送进了少管所。他过早参与了成年人的社会生活和矛盾冲突。无论是被他畏惧、鄙视的父亲，还是被他尊敬、爱戴的画家，都不能给他提供一个稳定、积极、渐进的成长环境。他经常被夹在两个人、两个父亲形象、两条道路之间，而被迫去选择一条。他过早意识到家庭冷漠、父母冷酷这一无可变更的事实。他从小收集征战的故事和日历、图片，但是并没有成为狂热的战争爱好者。这个在夹缝中长大的孩子，在战后依然生活在两种力量之下。

---

① 参见 Werner Bohleber: Transgenerationelles Trauma，Identifizierung und Geschichtsbewußtsein. In: *Fünfzig Jahre danach*，*Zur Nachgeschichte des Nationalsozialismus*，Herausgegeben von Sigrid Weigel，Brigit R. Erdle，Zürich 1996. S. 261.

　　小说不仅为纳粹一代的不知悔改而愤懑，更为青年一代的前景而担忧。从思想观念上看，他们是生活在夹缝中的一代。西吉在少管所的朋友有着和他一样的对父辈的厌恶和反叛。他们想脱离传统，走极端，拒绝过去和父辈有关的一切。他们并不认真思考历史以及与己不同的他者。西吉则不再是一个仰视成人世界的孩童，而是一个可以平视甚至俯视父辈功过的刚刚步入成年的人，①但是凭借他一个人的力量，能改变什么呢？小说中的"青年时代和青年人都成了牺牲品"。②西吉的姐姐一句话"你的脸真显老，西吉，看上去就像已经二十八岁了，"(277)道出了子辈的受害者形象。除了西吉之外，哥哥克拉斯自残为逃兵役，继而又逃回家。但他不敢回自己的家。父母没有表现出应有的同情和关爱，只有母亲压抑着对儿子的心疼，无声地表达自己的感情，一句原谅的话也不讲。这些无疑都是在以子辈的无辜，变相控诉父辈的罪责。

二、克服父辈之罪责

　　儿子追溯父亲在纳粹时期的所作所为，一度成为六七十年代一种文学现象。大量的传记、自传以父子关系为题材；父亲本人在世与否，对于父亲形象的塑造并不是决定因素，因为父亲的形象大多是通过旧时的日记以及故人的讲述被间接重组。

　　"父亲文学"的作者大都是六八一代的青年，他们出生的时候，德国已经告别了纳粹时期。正因在个人经历上完全脱

---

① 　参见 Peinert，S. 15。
② 　A. Weber，S. 52.

离那段历史，而实际身份上又是纳粹的后代，青年们大多怀抱
受害者心理——不是把父辈当作法西斯的受害者，就是把自
己看作父辈的受害者。在他们的叙事中，情绪发泄多于理性
思考，因此父亲文学只是在六七十年代卷起一阵旋风，其文学
价值并不高。不过，结合当时由上一代人撰写的纪实作品，对
纳粹以及犹太幸存者第二代的采访笔记，[①]可见后纳粹时代
的一个显著社会问题，亦是罪责问题之延伸，便是父辈的"第
二罪责"。

　　"第二罪责"揭示了罪责话语的历时性。这个概念来自拉
尔夫·乔达诺的同名专著《第二罪责》，它相对于父辈在纳粹
时期的第一罪责而提出，指父辈（在子辈面前）对过去罪行的
沉默。[②] 第二罪责是由沉默所造成，而沉默本身构成了罪，它
的直接受害者是第二代。沉默，字面意思就是不说话，不作
声。但在文化交往层面，沉默的含义跃出言语层面，引申为良
心的沉默（不反思）、行动的沉默（不作为）。第二罪责，以及我
们在第一章中提到的"对罪责保持沉默"，指的都是沉默的引
申含义。当然，言语和行动上的不说不做，是良心沉默的表
现。进一步说，在自我辩护的过程中，如果一个人不懂得推己
及人，没有同情心（阿伦特称没有想象力），以固有的封闭姿
态，推卸本该承担的个人责任，也是一种道德沉默，甚或称为
道德自阉（托马斯·曼）。尽管我们往往很难明确指出，对过
去的沉默究竟是人们知错犯错、将错就错的表现，还是由于认
识不到错误所致——这一度成为知识分子、政治学者解读战

---

① 　参见 Peter Sichrovsky：*Schuldig geboren. Kinder aus Nazifamilien*，Köln
　　1987。
② 　Ralph Giordano：*Die zweite Schuld oder Von der Last Deutscher zu sein*，
　　Hamburg 1987.

后德国社会的因素之———然而必须承认的是，对比关于沉默的具体内容和后果的研究，人们在追溯沉默，也就是不反思罪责这个问题时，的确投入了太少的精力。在父辈的沉默中，许多第二代人看到的是他们对历史的闪烁其辞，看不到这背后的深层原因。父辈借口自己只是在尽职，或以非本人所能改变的外部环境为由，回避反思，子辈蒙受纳粹凶犯后代的耻辱而感到委屈，他们无法理解造成这种现象的原因何在。

　　子辈对父辈的反抗，既包含家庭内部因素，即反对父权、反对专制，又包含时代问题、社会矛盾。换言之，二十世纪六七十年代的父子冲突，既有感性层面也有理性层面的原因。从感性层面上看，父辈在纳粹时期所执行的公务、以及二战之后对待家人的态度，给幼年的子辈成长造成了极大的负面影响。一种"无情"的气质遗传给了下一代。当然，这些父辈儿时也许也生活在他们父辈的阴影和权压之下；但是，这一辈父亲的特殊之处在于纳粹的历史特殊性，他们是经历过纳粹的一代，是纳粹专政时期的帮凶。子辈因此要求在父母与罪犯之间明确身份。即便父辈可以将私人生活与公共角色截然分开从而回避罪责，他们的后代却无论如何不再能满足这样的角色划分。

　　抛开一家之主的身份，从社会角色上看，即从公共层面看，父辈是以国家名义犯罪的那一代人。除非把纳粹历史重新置于德国历史的传统链条之中，否则，纳粹一代就如同纳粹历史一样，被抛出人类文明发展的过程，而成为一群不可理喻的魔鬼、突然间偶发的恶势力代表。在六七十年代，纳粹历史究竟是突然出轨还是历史必然，并没有得到有力的论证。从二战结束二十年德国公共话语表现出的"克服罪责"来看，至少在政界，仍然没有就纳粹罪责与联邦德国关系这个问题形成共识。大多数人无论从情感上还是现实需要上，都相信同纳粹历史分离是最简单、最见效的自保方式。而与历史分离的直接表现，就是同父辈分道扬镳。

三、暴力反叛的伏笔

《德语课》为联邦德国后来爆发的民主运动埋下了思想伏笔。在西吉看来，父母亲都是有罪的，对于子辈的不幸他们难辞其咎。通过表现父子关系来深化罪责反思，《德语课》堪称是一部过渡之作。尤其在战后德国整体社会文化以及文学语境中看，它都是一部承前启后的作品。六七十年代的父亲文学，基本上是要把父亲推上审判台。这种激进的姿态，在《德语课》中已经蓄势待发，但并没有彻底爆发。可以说，这部小说为后来子辈对父辈更大规模的反叛做了预演。

小说人物的身份具有过渡性质。主人公西吉不算真正意义上的战后第二代人。那些后来与父母决裂的六八一代，都是在战争结束前后甚或更晚出生。而学生运动领袖人物，在战争末期都是即将成年的未成年人。战争的特殊经历导致他们在看待罪责问题时，无法像后来的学生一代那样怀有完整的受害者心理。西吉这一代人，相当于中间的一代；他们与父辈决裂，也代表了与那段由父辈安排的经历决裂。而这种经历，在六八一代身上是没有的。因此，六八运动中，真正的精神领袖，其实都是西吉这一辈的人，是半个父辈、半个子辈。

代际划分从二十世纪初开始，就成为一种流行的话语模式。史学家以各自所处时代具有坐标意义的事件来命名不同的时代，这原本只是一种学科研究的习惯；然而，这种习惯渐渐不再局限在史学研究范围内，更蔓延至社会的方方面面，尤其是文学。一战期间以及其后的魏玛共和国时期，有威廉一

代、迷惘的一代之分。而在二战之后，首先，在德国国内文学
领域就出现了新老之分。老一辈中既包括纳粹时期的内心流
亡等意识形态保守的一代，也包括魏玛时期就已名声在外的
老作家；而新一代作家则不少是战场归来的年轻战俘。他们
大多生于二十年代中后期，都曾经是"希特勒的孩子"，是纳粹
战场上的最后一批牺牲品，是千年帝国梦想的炮灰。他们不
足成年而不肩负战争罪责，被称为受蛊惑的一代。但是到了
后来，随着联邦德国民主建设的深入，反思热情的高涨，纳粹
罪行的不断曝光，德国的代际关系又有了新的划分依据。纳
粹时期为政权服务过的人，都成了父辈，而四十年代及以后出
生的人，都成了子辈。子辈与父辈有血缘关系，父辈与纳粹有
亲缘关系，于是父辈的罪责，也就株连到无辜的子辈。在曾经
的新一代与后来的子辈之间，除了年龄之外，还存在许多差
异。前者身上集合了伤痛与对战争的思考，在某种程度上，他
们分享了父辈的命运；而后者则是革命的一代，他们要求父辈
反思，否则就与之决裂。

　　六十年代末的学生运动在当时许多国家都是一个流行现
象，只是各国青年追逐的主题目标不同。美国主要是关于公
民权利和越战，在联邦德国，首先是关于纳粹历史。当美国的
游行示威取得显著效果之时，德国的抗议活动却还在打着一
场无果之战。因为再多的抗议也不能让可憎的历史倒流，无
法使父辈顽固、保守的态度有所松动。联邦德国的"恐怖风
暴"从根本上说，是在表达一种绝望。从直觉的层面上，德国
的抗议所针对的只是对纳粹主义负有责任的一代人。① 而这

---

① 参见 E. Schlant 的专著 *Die Sprache des Schweigens* 对六七十年代文学的综
　述部分，第 106 页及下。

种绝望,恰恰是《德语课》中西吉对父辈失望情绪必然的发展趋势。

罪责话语就这样以不情愿的方式被传承下来。子辈身上肩负的与其说是罪,不如说是耻。他们有充分理由向父辈索求真相,卸除压在自己背上的黑锅。尽管这种索求,在后来被证明更多是出自一种补偿心理——子辈是为了证明自己的清白而与父亲划清界线、造父辈的反,并不是为了深入罪责问题去反思历史。其一,他们不能理解父亲的言行,痛恨父辈的沉默。越是无法走进父亲的内心世界,负罪感就越像一种难以摆脱的宿命,子辈就越容易陷入悲观失望、虚弱无力之中。其二,他们无法同情真正的受害者,这也就决定了他们无法跳出自己的尴尬身份,对罪责问题进行全面而深入的审视和分析。其三,德国六八一代的民主运动参与者与其他国家的相比,有完全不同的心理背景。正如作家彼得·施耐德所言,在美国,反战示威可以同父辈的民主传统相衔接,他们的父亲自始至终都反抗希特勒;而在德国,"我们只能通过反对父亲来表达抗议"。从一开始,我们就承担了"不要像父亲那样"的历史责任。伊丽莎白·多曼斯基(Elisabeth Domansky)认为,六八一代越是相信他们通过揭发父辈在纳粹主义中的来龙去脉可以阻挡法西斯在现今的卷土重来,越以为自己代表"正确的"政见,那么他们恰恰就越是继承了父母不置可否的传统习惯。①

总之,《德语课》以温和的外表,缓慢、甚至稍嫌拖沓的叙事,为一场更加激烈的革命提前做了注脚。对于小说揭示的尽职之罪与情感缺失造成的罪责,作者没有提供任何拯救的

---

① 参见 E. Schlant, S. 108。

希望,反而以父辈的胜利(继续从前的职业和生活)以及青年一代的失败(入狱劳教)扼杀了改变现状的可能。不过,这个结果也许恰好预言了依靠暴力改变现实秩序的新一轮尝试。无论如何,六十年代的学生运动,对德国社会产生了划时代的意义;甚至有人认为,其影响远远大于 1945 年战争结束这一历史事件。① 而人们针对那个时代所产生的洞见,在时隔二十几年后的另一部反思小说中,得到了印证。

① Eberan, S. 202.

第四章 《朗读者》(1995)：跨代之罪责与赎罪之可能

导　言

《朗读者》(1995)是德国当代作家本哈德·施林克的第一部严肃文学作品。对于此前的"塞尔博系列"①被冠以"侦探小说"并且被划入通俗文学之列，施林克并没有表示出不满。作家本人对于严肃文学和通俗文学的划分并不赞同，因为他的文学创作几乎历来都是围绕罪责问题展开。在主题上，《朗读者》与之前的三部侦探小说可谓一脉相承。施林克相信，通俗与严肃并不是评价一部文学作品价值的标尺，这样一来，自然也不觉得通俗小说这个头衔是一种贬低。②

尽管作家有如此的自信，但由于涉及纳粹大屠杀、忘年恋

---

① 以 1995 年《朗读者》为界，施林克前后共创作过四部侦探小说，分别为《塞尔博的司法》(*Selbs Justiz*，与 Walter Popp 合著，1987)，《快刀斩乱麻》(*Die gordische Schleife*，1988)，《塞尔博的骗局》(*Selbs Betrug*，1992)。2001 年出版的《塞尔博的谋杀》(*Selbs Mord*，2001)与之前两部构成塞尔博系列三部曲。

② 参见 Sieglinke Geisel：Der Botschafter des deutschen Buches. In：*Neue Zürcher Zeitung*，27.3.2000。

情、背叛、赎罪等敏感话题,《朗读者》从出版之日起便引发争论至今。小说最初并不是在德国发行,而是在美国连续数周保持畅销书冠军之后,才回归本土,继而得到来自专家和普通读者的一致推举。① 恰恰是这最初的保守策略和对本土受众的不自信,加之后来的一鸣惊人,反映出文学作品中纳粹罪责问题的历时性;无论斥责还是赞美,都说明纳粹历史以及罪责问题始终盘踞在德国人的公共话语之中。可以说,在经历了半个世纪之后,关于纳粹和大屠杀的罪责问题依然在持续发酵,甚至具有历久弥新的特质。

作为长篇小说,《朗读者》的身材略显单薄,但在战后德语文学中,它可谓独树一帜。这部只有二百多页的作品,②在表现和反思罪责问题上呈现出异常的复杂性。故事首先包裹在一段忘年的爱情之中,这就突破了以往代际关系小说的模式;其次,大屠杀这个特殊背景并非一开始就横亘于叙事之中,而是经过伏笔从模糊到清晰并始终挥之不去;最后,小说以第二代人帮助第一代人完成遗愿作结。这个故事中的情爱关系,增加了两代人在罪责问题上互相纠缠的密度,为二战以来众所周知的罪责话语提供了新的反思的动力。它以前所未有的方式再现了战后经典的罪责话语——德国人与大屠杀,将反思的维度延伸到每一代人身上,其中包括纳粹一代,战后第二代(六八运动一代)、第三代人(当下每一位读者),令人反复陷入同情与批判的两难,甚至被迫参与到判断、理解、再判断的连环。这种效果一方面得益于,小说在叙事策略上采用侦探

---

① 参见 Gabriele Kassenbrock 2000 年 1 月为基督教图书奖（Evangelischer Buchpreis）所做的演讲。2000 年的获奖者是《朗读者》,这也是该奖设立以来,观众投票与评委意见首次取得一致。
② 德语原版口袋书也不到三百页。

小说的手法，导致悬疑叠生，情节环环相错；另一方面，施林克巧妙利用了他的法学家与小说作家两种身份，把每一个人都卷入陪审员的角色中来，而不是让其仅仅充当虚构作品的看客。同时，作者并没有以知情者或法学家的姿态高踞在这个故事之上，而是借此表达自己百思不得其解的罪责问题和道德困惑，令结局呈现出开放性。带着多年来对历史与现实之关联的思考和体会，施林克抛出一个个未解的谜题。正是与罪责话语相关的诸多未解之题，引发人们不懈的思考与争论——当一个谜团解开后，紧随而来的是更多的疑惑。当刑事罪责通过量刑得到解决后，道德罪责却因没有一劳永逸的解法而显得更加复杂，尤其是置身于纳粹和大屠杀的历史背景之下。

　　从时间上看，小说的叙事时间跨越战后初年的五六十年代，直至八十年代，因此大屠杀并非《朗读者》唯一的叙事背景。但是，犹太大屠杀无疑是所有背景中最重要的一个；尽管那段经历仅仅是女主人公的一个生活阶段，却决定了她此后一生的走向。这就好比说，纳粹历史纵然是德国历史的一个阶段，无论此后发生了怎样的回避、拒绝、置身事外，它无疑都决定了此后德意志民族的走向：德国人整体活在大屠杀的后果当中。从这个意义上，《朗读者》不仅是对大屠杀主题的一个"文学贡献"，而且还引发人们对以下一系列问题的追问——"人们对彼此做过什么，并且如何成为对彼此负有罪责的人？不是魔鬼的人，如何能够犯下最可怕的罪行？政治和社会权力机构如何的失败，道德文化如何坍塌？最后还包括，人们如何去面对那些曾犯下最可怕罪行的人？"①小说以爱情

---

① 　参见 1997 年本哈德·施林克在明斯特接受法拉德文学奖时的领　（转下页）

为引线，牵出了一系列情爱关系之外的罪责纠缠。通过一段跨代的爱情，《朗读者》把个人的私密情感与社会历史问题糅合在一起，令纳粹一代人不再固着于政治和历史的平面身份，而是被还原为鲜活立体、个性丰满的人。这就令罪责话语不再拘泥于先入为主、非黑即白的意识形态，而是更贴近个人的成长环境和性格特点，引领读者潜入人物内心深处，探视罪责产生的原因以及罪责反思的艰难所在。

施林克借助爱情故事将个人罪责与集体罪责联系在一起，令个人命运在某种程度上折射出整个两代人的命运。① 女主人公在纳粹时期的经历以及战后的浪漫故事，给整部小说染上悲剧的基调。悲剧氛围引发读者的同情，而挥之不去的大屠杀背景，又令人陷入道德判断的两难之境。对于大屠杀这个历史伤痛，究竟能否附属于一段忘年恋带来的切肤之痛，没有一个标准答案。同样的困惑也蔓延到文学评论乃至学术研究领域。小说在欧美文学评论界引发了一场旷日持久的争论。② 反对者视之为"大屠杀庸俗小说"（Holocaust-Kitsch），支持者则奉之为感人肺腑的经典爱情小说，或作为重要的文学读物引入教材，或写入文学评论。③

（上接注①）奖词。转引自 Magret Möckel：*Erläuterungen zu Bernhard Schlink*，*Der Vorleser. Bange Verlag*，6. Auflage 2008. S. 92。

① Klaus Bahners，Reiner Poppe：*Bernhard Schlink*，*Der Vorleser. Königs Erläuterungen und Materialien*，Hollfeld 2000. S. 69.

② 参见 Fischer & Lorenz：*Lexikon der „Vergangenheitsbewältigung" in Deutschland*，S. 345—346。

③ 到 2002 年，德国中小学教材中已有五本针对《朗读者》的教学资料。仅 2001—2002年就有六篇关于《朗读者》的英文研究文献问世。参见 Helmut Schmitz：Malen nach Zahlen? Bernhard Schlinks Der Vorleser und die Unfähigkeit zu trauern. In：*German Life and Letters*，Volume 55，Number 3，July 2002，S. 298。

　　小说以三段式的相爱—分离—和解模式完整刻画了一个爱情故事。不过，只有拨开爱情故事并纵深到其背后的历史森林、两代人的沟通困境、个人自我启蒙、自我审判、认罪赎罪的艰难转变等等问题，这部被作者本人称作"政治不正确"的小说所提供的罪责话语，才会得到充分认知；而围绕小说所进行的那些争论，才显得有启示意义。

第一节　多重的罪责话语及其内涵

一、法律罪责与道德罪责的碰撞

　　《朗读者》是一部混合了多重罪责问题并侧重表现道德罪责的小说。它首先借助主人公的法学专家身份，从一个法律专业人士的视角，对法律在克服过去上的效力提出质疑，突出表现在法律罪责之解决与道德罪责之未决在小说中并存的状态。法律审判不能解决道德良知问题，这一点体现在罪犯表面上的伏法与事实层面的认罪过程之分离状态中。法律的预期是令人悔罪、不再犯罪，但与实际状况总是存在差距，而这并不是一个新鲜的论题。《朗读者》的新鲜之处在于，作者以法学家的思维方式去质问法律所不能解决的罪责问题，增添大量有利于辩罪的细节，对有罪者的态度在谴责与理解之间不断游移。正是在这个徘徊不下的过程之中，小说的叙事张力渐渐饱满，法律与道德层面的罪责话语也随之变得复杂。主人公逐层深入的独白，并非简单的自问自答，而是在疑问和反诘中思考与反思，从而接近那个令人绝望的真相：罪责问题中没有一劳永逸的回答。

　　小说内容分为三部，采用第一人称倒叙，叙事中穿插主人公的当下感受。为了论证的清晰，我们打破小说的悬疑风格和原有的叙事角度，采用第三人称转述，对故事情节做一个简要回顾。小说的女主人公汉娜·施密茨二战时期当过纳粹集中营看守，战后恢复市民生活，后来偶然结识十六岁的中学生米夏埃尔·贝尔格，并与之相爱。汉娜性情捉摸不定，令米夏埃尔又爱又怕，但是她特别喜欢聆听米夏埃尔为她朗读。于是，朗读成了两人约会时必不可少的一项内容。就在米夏埃尔犹豫是否要公开这段秘密的情爱关系时，汉娜忽然不辞而别。第一部到此结束。多年之后，米夏埃尔再次邂逅汉娜。此时她的身份是集中营战犯，是法庭上的被告之一。已经是法律系二年级的大学生米夏埃尔，不但全程旁听了审判，还悟出汉娜在法庭上受到不实指控而依然认罪的真正原因，是她不愿意暴露自己是个文盲。尽管米夏埃尔比其他人了解更多真相，但他保持了沉默。汉娜最后被判终身监禁。进入第三部，米夏埃尔成家立业又经历婚变，但对于旧爱和往事他却始终无法释怀。多年以后，他重拾当初的习惯，朗读名著录成磁带寄给服刑的汉娜。两人从此恢复联系，汉娜在监狱学会了读写，并寄信给米夏埃尔。在服刑十八年后，汉娜获得赦免即将出狱。可是，就在出狱当日的黎明，汉娜留下一纸遗书，自缢身亡。小说结尾，米夏埃尔帮助汉娜完成遗愿，在墓前与她做最后一次道别。

　　从故事的铺陈来看，米夏埃尔和汉娜的情感纠葛是小说的主要线索，但其中还伴随着另一个叙事动力，那就是跨越了时间和逻辑范畴的罪责问题。法律罪责和道德罪责在这个故事中彼此交汇，两个范畴之间界限模糊，甚至趋于消解。要梳理小说中彼此叠加的罪责问题，我们首先要回到"罪责问题"的概念本身。

雅斯贝尔斯在《罪责问题》中曾经指出，各种范畴的罪责彼此间并没有十分明确的界限。作为一个哲学家，在为罪责划分四个范畴之后，作出这样的补充说明，是不是在逻辑上自相矛盾呢？又或者，雅斯贝尔斯过分强调道德罪责，是不是会令刑事罪责流于空谈？这样的担忧和误解直到五十年后仍然没有消失。[①] 无论从雅斯贝尔斯本人的道德实践，还是他的哲学思想来看，这个系统分类之外的补充说明都在意料之中。首先，雅斯贝尔斯是一位并不避世的哲学家，这就决定了他与其他哲人的本质不同。他的理论更加驻足于现实，而不是纯粹的形而上学。其次，罪责一旦产生，罪责话语一旦提出，便打开了一个讨论和反思的闸门，永无宁日；任何在思想或行动上一劳永逸的尝试，对于罪责反思都有失客观和真诚。因此，承认罪责范畴的界限模糊，是对罪责问题复杂性和开放性的真实表达。

在《朗读者》中，道德罪责与法律罪责既暗合在一起，又彼此冲突。道德之罪不能脱离法律语境，但又相对独立于这个语境之外。然而反过来，如果我们只谈耻辱、自尊、身份认同等等（导致汉娜遭遇不公正判决的）刑事罪责之外的话语，那么对于大屠杀受害者以及作为第二代的米夏埃尔，同样显得不够严肃、有失公正。《朗读者》中首要的罪责话语，围绕纳粹

[①] Thomas Koebner 在《罪责问题——1945—1949 大讨论中对历史的回避和生存谎言》(1992)一文中曾质疑雅斯贝尔斯，进而提出道德罪责说的缺陷，认为道德唯心论忽视了社会力量可以由外向内塑造甚至控制一个人。参见 Thomas Koebner: Die Schuldfrage. Vergangenheitsbewältigung und Lebenslügen in der Diskussion 1945—1949. In: *Unbehauste. Zur deutschen Literatur in der Weimarer Republik, im Exil und in der Nachkriegszeit*, München 1992, S. 320—351.

大屠杀的审判展开；而法庭之外，战犯的多重身份又构成了一个复杂的道德罪责网络。汉娜除了战犯这一施害者身份，同时也充当了受害者。为了保守文盲身份这个秘密，汉娜在法庭上承担了本不应由她来承担的罪责，并因此失去终身自由。**我们必须在承认汉娜有法律罪责并理应受罚的前提下去分析她的自卑、自尊，才能通过这个纳粹战犯的故事获得新的反思空间。**这样看来，尽管汉娜入狱是基于一些事实遭到歪曲、一些不应由她承担的罪落在她头上，但是，至少对于更广泛的社会共识、公众良知而言，她是纳粹那一代人的代表、是符号，她的受审、受罚都不违背正义。于是，汉娜的审判不仅包含了法律罪责、道德罪责，同时还不可避免地涵盖了政治罪责。

另一方面，只有在重视女主人公汉娜心理弱点的同时，结合她的生活阅历、性格特点，我们才能比较客观地认识到这个故事对于理解纳粹罪责以及跨代罪责的现实意义。小说中的纳粹战犯首先是文盲，是主人公米夏埃尔的初恋情人，其次才是电车售票员、西门子职员、集中营看守。在汉娜看来，集中营看守这个身份，只用两个字来概括就可以："当兵"。也就是说，它与其他工作没有本质的不同。文字能力的缺乏导致知识缺陷，最终导向汉娜的道德缺陷。米夏埃尔和汉娜之间除了年龄这道生理鸿沟之外，存在另一道不可弥合的鸿沟，即对集中营看守这个过去的认知。与集中营女看守身份相比，汉娜认为更重要的是她的文盲身份以及暴露文盲身份可能产生的耻辱。她认识不到自己的羞耻心与施害于他人时所欠缺的人类基本的同情心，二者究竟孰轻孰重。这是她的道德盲点，也可以说是她的单纯无知。基于此，她在法庭上与法官对峙时毫不动容，既不畏惧也不敷衍；对于降临到她头上的过重的惩罚，她并不觉得委屈或痛苦。

过度自尊可能会令人类应有的良知和道德观发生扭曲。汉娜的内心没有因一个"终身监禁"的判决而受到触动，法律制裁与道德启蒙完全成了两回事。过分的自尊，导致汉娜把全部精力投入到维护自己的秘密上来；她不关心自己为此所承担的法律责任、时间成本乃至自由代价。从结果上看，她不能对受害者产生同情，而只是任人使用的杀人工具。于是，对汉娜的审判也包含着对一个职业身份的拷问。因为从法庭辩论环节看，汉娜除了照章完成工作任务，并没有做任何分外之事。这样一来，我们又不得不面对另一个两难：如果在国家罪责语境中讨论职业身份，那么纳粹罪犯一代的个人罪责就很难得到令人信服的清理和反思。汉娜在代表整个从事这个职业的群体以及有罪的国家体系而受罚。从这个意义上说，汉娜是替罪羊，一只有罪的替罪羊。

阿伦特在艾希曼审判之后曾发出这样的感叹：他的确该死，但不是这样的死法。这句话道出了这位政治学者在思考战后罪责问题时的两难体会。她所关怀的，并不仅仅是艾希曼这个人该如何受罚，而是，对于参与过大屠杀的人，是否存在一个公正的惩罚？一个协助屠杀过成千上万人的罪犯，是否可以被绞死千万次以维护正义？这也是纳粹留给我们的诸多难题之一。归根结底，阿伦特之所以困惑不满，是因为如果不能够唤起个人内心的道德反思，那么再严酷的惩罚都可能是历史败笔。艾希曼至死也不认为自己有罪，这就意味着，即便将他的身体消灭，也没有真正实现道德意义上的惩恶扬善。艾希曼的死也没有以令人信服的方式证明，大屠杀和纳粹罪行是错误的，个人理应对此负责。阿伦特纠结于艾希曼从被捕、受审到处决的过程的合法性，就是想保存或赢得这样一种可能性：以公平、公正的方式让公众（包括纳粹一代）联系自身去认识并反思那个时代的错误。而艾希曼被非法引渡、秘密绞死，这些举动只是帮助以色列实现了当时的政治诉求，[①]对于反思纳粹罪行本身，却是一宗操之过急的败笔。

同样地，汉娜的审判也堪称一宗正义的败笔。首先，通过米夏埃尔这个知情者，我们了解到汉娜性格中有诸多弱点和缺陷，这些却远不能叫作罪恶：她是文盲，又有着超强的自尊心和羞耻感。其次，她的认罪直接导致其他人脱罪，相当于自己在替人顶罪。这显然不符合法律精神和公正思想。最后，汉娜之所以甘愿放弃自由、甘愿替人受罚，仅仅是因为她想保守自己的秘密，而并不是基于认罪和忏悔。汉娜并没有意识到她的个人罪责与大屠杀的错误。另外，1949 年的联邦基本法第二章写明，"所有人"的"生命和身体权不可侵犯"；第三帝国时期对集中营犯人和犹太人"下等人"的法定身份，如今都不再具有法律效力。而汉娜相当于横跨两种法律体系，因此，从法律专业的角度看，对她的审判具有程序上的不合理性。贝阿特·M·德莱克（Beate M. Dreike）在分析汉娜这个角色时，指出了法律审判的捉襟见肘之处。她认为，"法律的意义与任务，首先是确保一个接近某种社会理想的客观秩序；相应的法律就是保障甚至缔造一个法治社会的工具。其次，法律是一个规范的联合体，它旨在消除或减少矛盾。最后，法律只是在某一个社会里适用的律法，它并非放之四海皆准。"[②]尽

---

① 由于以色列建国后发动两次中东战争，引发了国际社会的不满；而大屠杀幸存者迁居巴勒斯坦之后，也并没有很好地融入当地社会。因此摩萨德在六十年代初成功抓捕艾希曼之后，高调审判，导致德国反犹屠杀和纳粹集中营再次成为国际舆论的焦点话题，从而为犹太人、以色列赢得了国际社会的同情。因此，艾希曼审判有效转移了以色列在六十年代所面临的国内外矛盾。

② Beate M. Dreike: Rechtsskepsis in Bernhard Schlinks *Der Vorleser*. In: *German Life and Letters*, 2002, S. 122.

管米夏埃尔相信法律可以伸张正义，但是读者却获得这样一个印象："针对汉娜以及其他纳粹女看守的审判，目的是唤起战后一代的法律敏感，同时唤起他们与父母决裂的愿望。"①至于法律原本的功能，并未得到展示和声张。法律的惩戒意义和权威，在此也一并受到质疑。理由之一是，"汉娜在当下的社会里不可能再犯从前的罪行，因为社会环境、法制环境已经今非昔比，她的奉命行事也不具备重复的可能。"②

受到德莱克观点的启发，我们可见，作为法学家的施林克意图在《朗读者》里所申明的内容，应该具有两层含义。首先，法律判决与制造公正并非如我们所希望的那样保持一致。人的天性过于复杂多面，客观与主观的公正不可能在一个人身上同时实现。如果一定要让它发生，那么对法律来说，就是个苛求。对于这个两难，施林克早已熟谙于心。③ 其次，施林克揭示了这样一个古老的道理：法律判决并非反思或克服过去的恰当手段。④ 这是故意动摇法律在罪责话语中的权威地位——汉娜与集中营受害者的痛苦都不能通过法律得到解决，他们的命运也不能通过法律得到追补。⑤ 说试图维持法

① Beate M. Dreike, S. 121。
② 参见同上。
③ 施林克在谈到法学家和作家的双重身份时，指出法学家要对问题有明确的是非判断和惩罚，而身为作家，写作不能非黑即白，不能得到一个清楚明确的结果，但是却可以让一些事情变得更清晰。参见 Diognes Verlag 对施林克所作的采访，Gespräch mit Bernhard Schlink: „Ich kann auch sehr fröhlich sein."。
④ 同上，128 页。
⑤ 关于法律审判和服刑能否促进一个人认罪，施林克在这部小说中显然提供了一个偏向乐观的答案。事实上，这个问题自古以来就有一个更为现实也更为严酷的答案。惩罚不能治愈心灵，不能令人改邪归正，不能引起精神上的痛苦。在汉娜的故事里，作者没有直接面对惩罚对人的改造这个问题。施林克后来的小说，比如《周末》，则没有放过这个问题，并且以小 （转下页）

律的坚决和冷酷,同时注入一些人性化的关怀,结果以法官的
语塞和律师的好斗印象淡化了法律的权威。汉娜的无力,法
律的无力,都成了令人反思的对象。

　　尽管小说散发的人性关怀对于刑事判决结果并无影响,
但却可以促动人们对罪责问题进行道德层面的反思。阿伦特
追求法律和道德罪责的统一,纵然明知这是一个在现代社会
无法完成的理想;施林克纠结于二者分离所带来的不安,却制
造了一个褒贬不一的故事。我们也不妨套用阿伦特形容艾希
曼审判的那番话,来形容对汉娜的终身监禁:她的确应该受
罚,但不该是这样的结果。

二、第一代之罪与第二代之责

　　假如我们用一个显微镜贴近小说文本,可见其中充满了
各种各样的罪责。首先,女主人公汉娜身上就集合了多重罪
责。担任集中营看守期间,她参与挑选罪犯,对犯人施暴,在
关押犹太犯人的教堂遭轰炸失火之际,没有采取营救。这些
都直接构成了刑事和政治罪行。她对米夏埃尔一度轻视、冷
漠,甚至以皮带相向。对爱的人不够坦白、刻意隐瞒过去,在
爱人关系中也是一种过错。而由于这种关系发生在当时特殊
的历史环境下,过错就不仅仅是情爱关系那么单纯;它仍然属
于纳粹一代因对过去保持沉默犯下的第二罪责,是第二罪责
的另一种表达,属于道德罪责。最后,从通行的刑事法律层面
上讲,三十六岁的成年女性与十五岁的男孩之间发生性爱关

　　(上接注⑤)说人物之间对话的形式表达出来。惩罚所带来的形式痛苦对于
精神劳作不但没起到推动作用,反而阻碍了人对自身行为的反思。罪犯用
牢狱之苦抵消了对受害者的损失,却不能从根本上反思自己的罪责。

系，犯有诱惑未成年之罪。根据有关性侵犯的法律条文，未成年人不具备完全责任。因此汉娜与米夏埃尔的关系，亦可定性为一个成年女性利用未成年人满足自己的欲望。①

　　尽管如此，汉娜以及汉娜这一代人的罪责，其实并不是作者想要表达的主要问题。施林克的主要目的，是借助汉娜的故事表现战后第二代人对待纳粹罪责的困惑和茫然，以及欲罢不能的心情。米夏埃尔将汉娜彻底排除在生活之外，在得知她的战犯身份和文盲身份之后，几乎没有提供任何帮助；他多年来从不探视汉娜，却把汉娜的形象投射到其他人身上，对亲密关系经常表现出心不在焉，忽略对家人应有的责任与关爱；他冷漠、麻木不仁，拒绝与人亲近。虽然米夏埃尔儿时曾经犯过偷窃，但与为妹妹和汉娜偷窃衣物相比，情感的麻痹尽管并没有触犯法律，却从精神层面造成极大的伤害——情感的麻木不仁是对纳粹一代无力哀悼的延续。通过揭示麻木不仁的共性，通过反刍与家人的关系，通过反思六八一代人的反叛情绪，作者对个人身份与历史罪责的关联进行了再反思。从这个意义上说，《朗读者》延伸了六十年代以及《德语课》中就已出现的罪责话语。

　　借助米夏埃尔的成长经历，作者为战后第二代人在旁观者、批判者之上增添了一个参与者的身份。小说与其说在美化战犯，毋宁说通过跨代恋情对纳粹一代产生身份认同，从而弱化第一代人之罪，凸显第二代人之责。这第一代人之中，还包括米夏埃尔的父母、大学老师以及旅途中偶遇的老兵、司机。小说中，哲学讲师和法学教授都无法对罪责问题作出清晰的回答；而米夏埃尔的父亲，更是以一贯的疏远态度，在现

_____

① 参见 Bahners & Poppe, S. 70。

实问题上沉默不语。而这种沉默包含的不仅仅是逃避，还有发自内心的不知所措。上一代人的无力哀悼，与下一代人的无力负责，构成了一个历史的接力。

上一代人的羞耻心（害怕暴露文盲身份），与第二代人的羞耻感（害怕暴露爱过战犯），交汇在米夏埃尔得知真相却依然秘而不宣的时刻。米夏埃尔对是否公开与汉娜的关系犹疑不决，在得知汉娜文盲身份后保持沉默，这两点充分显示，他在逃避自己的责任。他的沉默并不是出于所谓尊重他人意愿，而首先是出于耻感。在羞耻和沉默许久之后，米夏埃尔克服了无力负责的状态，开始反思自己的自私和不诚实，并把负罪感转化成和解的行动。因此，虽然这种负罪感深深烙进他的性格，伴随他的一生，但是，与纳粹一代相比，米夏埃尔自揭疮疤以行动打破沉默的行为，是主动担负历史责任的表现，是在为两代人赎罪。

之所以说为两代人赎罪，是因为身为六八一代的大学生，米夏埃尔陷入了异于同龄人的罪责体验之中——汉娜这个纳粹战犯不仅仅属于米夏埃尔的父辈，而且又是他的情人。作为完全没有经历过纳粹历史的第二代人，四十年代出生、五十年代成长、六十年代反叛的六八一代人，之所以对父辈进行暴风骤雨式的批判和唾弃，是基于这样一个认识，即**纳粹历史是他们的，而不是我们的，罪责该由他们、而不是由我们来承担**。年轻一代从思维模式和情感结构上，沿袭了父辈的特征——替罪羊心理，逃避，以受害者自居。他们以清理父辈罪责为己任，将父辈从自己的世界中推开、隔离，包含着对血缘纽带的背叛以及对历史责任的恐慌。正基于此，六八一代的青年学生向父辈发出了最猛烈的进攻。对历史真相的求索之心，在声势浩大的学运和民主浪潮中，渐渐内化为猎奇心理；与父辈划清界限，把父辈当作敌人，成了流行一时的风尚。殊不知这种实践本身，也包含了道德罪责。

> 我们有些人的父母在第三帝国时期扮演的角色也完全不同。有些人的父亲参加了战争，其中有两位或三位是德国国防军的军官，有一位是纳粹党卫军兵器部的军官，有几位在司法、行政机构发迹升迁。我们的父母中也有教师和医生，其中一位同学的叔叔是和帝国内政部长共事的高级官员。我敢肯定，只要我们问起他们而他们又给我们答复的话，他们所要告诉我们的会是五花八门。我的父亲不想讲他自己，但是我知道，他哲学讲师的位子是因为预告要开一门关于斯宾诺莎的课而丢掉的。作为一家出版旅游图和导游手册的出版社的编辑，他带领我们全家度过了那场战争。我怎么能谴责他是可耻的呢？但是我还是这样做了。我们都谴责我们的父母是可耻的，如果可能的话，我们还起诉他们，因为一九四五年之后他们容忍了他们周围的罪犯。(82)

> 现在我想，我们在了解这段可怕的历史并在试图让其他人也了解这段可怕历史的过程中所表现出的热情，的确令人反感。我们读到的、听到的事实真相越可怕，控诉和清理的任务也就越明确。即使是令我们窒息的事实真相，我们也要胜利地高举着它们。瞧这！(82)[1]

---

[1] 本哈德·施林克：《生死朗读》，姚仲珍译，译林出版社 1998。以下引文仅在括号中给出页码。

　　大学二年级的米夏埃尔，也曾加入声讨父辈罪责的队伍。因为他们的父母同时也是经历纳粹的一代人，有太多无法回避的历史问题需要面对。从米夏埃尔所处的环境看，他周围的人也都来自有教养的市民家庭，他们的父亲在纳粹时期不是高级公务员，就是教师医生，都有一定的学识和社会地位，都曾在纳粹政府里高枕无忧。念及这些事实，子辈们无法再容忍父辈的沉默。在关于集中营问题的研究班里，米夏埃尔见识了同龄人的反叛和热情，也开始反思同龄人对待罪责问题的态度。米夏埃尔似乎参加这个研究班的初衷，仅仅出于好奇和逃避枯燥的学习内容，并不是真正有意识地去触碰历史。然而，正是这个偶然的决定把米夏埃尔带到了汉娜的审判上来。小说以狡黠的情节安排，表达了现实与历史不期而遇的必然性。

　　两代人的罪责问题捆绑在一起。如何面对这种挣脱不开的捆绑，如何共同克服过去，是小说集中表现的问题。在整个故事里，米夏埃尔似乎并没有法律意义上的罪责，他本人后来就是法律体系中的一员。米夏埃尔一生都在与罪责问题打交道，对他而言，上一代人的罪责就像胎记一样印在下一代的集体记忆之中，两代人之间的纠缠是历史发展的必然。这是作者施林克对罪责的基本认识之一。米夏埃尔一度躲进法制史的研究之中，这其实也是作者本人的真实经历。施林克的亲身经历，对这部小说的反思维度起到了至关重要的作用。他曾在研习古日耳曼的法律时，留意到一个历史现象。如果一个来自 A 宗族的人，杀害了 B 宗族的人，那么这个凶犯面临两种可能：被驱逐出 A 宗族，或者继续留下来。两种可能性决定了 A 宗族与 B 宗族的关系。如果是第一种可能，它表明这个凶犯的罪行只是他个人的行为，不伤及 A 宗族与 B 宗族的关系；如果是第二种可能，那么也就表明 A 宗族接纳了罪犯，同时分担了他对 B 宗族的罪责。[1] 如果与罪犯保持了团结，那么所有人就都要分担他的罪责。

　　这个服务于共同体的定律，对应了我们前文提到过的政治罪责；分担，是一个政治共同体存续的必要条件。人们对待政治罪责的态度，既包含了对他人罪责的理解，又暗含个人的道德观。对此，我们必须从两方面辩证地看。首先，1945 年纳粹战败之后，世界被分成了两个阵营，A 与 B 有了具体的名称，即施害者与受害者。1945 年以后的德国社会，相当于实践了上述的第二种可能性——接纳战犯的一代，几乎没有追究他们当初以国家之名可能犯的罪责。可以说，联邦德国建立的基础之一，就是对纳粹一代道德罪责和政治罪责的容忍。然而，到了六十年代，当第二代人成长起来之后，不再能够容忍这种沉默和"团结"。六八一代的人要从这个 A 阵营中分离出来。他们所实践的，正是第一种可能。

　　挪用这个类比主要是为说明，无辜的人以怎样的态度对待有罪的同胞，决定了法制和政治共同体的存续方式。作者进而反思战后德国社会（其成员大多数都不清白，抵抗者和流亡者只占少数）对纳粹一代（也就是对待自己）的态度，以及第二代人对待父辈的态度。第一代人建立的社会只把少部分重犯排除出去，大部分在上一个政治共同体中犯有罪责的人，在默许彼此的灰暗历史之后，同少数抵抗者组成了一个共同体。第二代人在逐渐获得政治主见和话语权之后，利用无辜的身

---

[1] 参见 Gunhild Kübler：Als Deutscher im Ausland wird man gestellt. Der Schriftsteller über die Empfindlichkeiten zwischen Ost- und Westdeutschen und Juden sowie seine Angst vor dem Beifall von der falschen Seite. In：*Weltwoche*, Zürich 27. 01. 2000。

份声讨父辈罪行,实质上是在分裂二战后重建的共同体。

对此,无论是小说主人公米夏埃尔,还是作者施林克本人,都是不赞成的。因为从长远来看,除了"团结"和"沟通",罪责问题没有更好的出路。这两个词与罪责问题同时出现在雅斯贝尔斯于 1946 年发表的一系列讲稿中,却并没有引起过足够的重视。在罪责问题面前,人与人需要放下戒备,打破沉默,开诚布公。而对于大多数第二代人来说,他们首先分担的是集体的羞耻,是秘而不宣的情感,是不被关爱的孤独。虽然米夏埃尔相对于其他人表现得更加冷静成熟,但他终究还是陷入因羞耻而导致的罪责之中——他对汉娜的袖手旁观,犯了道德和形而上之罪。不过,米夏埃尔最终自觉扮演起沟通者的角色,在历史与现实、集中营看守与大屠杀幸存者、死者与生者之间,实现了某种程度的团结。从这个层面上看,子辈在为父辈的过去承担责任,寻求和解。

因此,第一代人之罪与第二代人之责,是一个历史责任的传承。米夏埃尔这一代人无法克服的过去,不仅仅是父辈对其造成的伤害,也包括他们对父辈一度狂飙突进般的反叛。他所身体力行的,正是对于子辈当年置身事外并要求父辈反思罪责这一举动的再反思。米夏埃尔的赎罪之旅,具有双重的含义。克服过去对于他,首先意味着如何弥补自己的麻木不仁对他人造成的伤害,其次是去弥补曾经爱过的人对他人造成的伤害。米夏埃尔的一生经历了从逃避到反省,从坐视不理到主动参与的改变;他对汉娜从眷恋到排斥,从与她重新恢复联系,到最后帮助她完成遗愿,浓缩了个人心灵的发展史,也践行了通过沟通和团结来赎罪的方案。

第二节 跨代罪责的成因

一、先于罪的耻

《朗读者》的力量在于，它"暗中破坏了德语传统小说任何清晰的旨意"①。在多重罪责问题的包裹之下，《朗读者》还打破了我们对纳粹战犯的既定认识，但这并不意味就此否定纳粹的罪行。小说并未撼动纳粹罪行的历史定位（尽管从时间上看，《朗读者》的出版在历史学家之争以及两德统一之后），这个前提令主人公在理解罪犯的同时很难去谴责她，但是又不代表可以原谅她的罪行。小说在揭示法律存在的必要性及其在解决公正和良知问题上的有限性之后，将叙事重心置于如何启发个人突破心理禁忌，个人罪责如何能够由外而内地被认知并赎回。究竟如何在法律捉襟见肘的地带对一个人作出相对公正的判断，是小说向每一个读者提出的苛求。尽管如此，我们仍能通过这部小说加深对历史罪责的理解、对现实反思困境的认知，自觉分担主人公的道德两难，从而进入耻与罪相制约的语境之中。

汉娜的故事在某种程度上反映了审判战争罪犯的复杂和艰难，对她的特性与战犯的共性需要细致考量和辩证分析。首先，汉娜是一个非常特殊的人物，从性格上不具有代表性。为了掩饰文盲身份而加入纳粹，说明汉娜有超乎常人的自尊心，同时又有弱于常人的罪责意识。无论在哪个时代，她都是

---

① 参见 Bill Niven: Bernhard Schlink's Der Vorleser and the Problem of Shame. In: *Modern Language Review* 98.2(April 2003), p.389。

人群中的极少数；她只是个边缘人，不具有普遍性。汉娜一生
形单影只，居无定所，没什么朋友；但是她又能在长期生活的
地方（监狱）赢得他人的尊重，这说明她的与众不同。其次，无
论汉娜性格如何特殊，她的确亲身经历并主动参与了纳粹，成
为千万人中的一个。这便说明纳粹罪责所波及的并不是某一
类人、某一阶层，而是整个社会所有人。最后，也是小说最值
得深入探讨的一面，施林克"一方面不断让汉娜显得不那么格
格不入，另一方面又制造出一个复杂的汉娜形象，引发了读者
对汉娜的同情，并卷入其中。这种认同在小说结尾彻底宣告
瓦解。"①汉娜的故事启发我们去解答如下问题：如果道德良
知因羞耻而被蒙蔽，如果罪责意识因羞耻而被压抑，那么能否
通过逾越耻而抵达认罪乃至赎罪？ 在耻与罪之间，是否有转
化的可能？ 耻与罪是两种不同的心理范式，也是两种不同的
文化类型，它同时出现在小说的两位主人公身上。耻与罪各
自的特征以及二者的存在条件，涉及到两代人的内心成长，也
拓展了小说反思罪责问题的深度。

　　在结合文本论述耻与罪的关系之前，有必要回顾一下本
书第一章中对耻文化与罪文化的介绍。这是隐于战后德国社
会的两种文化无意识力量。早在四十年代，美国文化学者、人
类学家本尼迪克特就以耻文化定义日本社会，研究的时间背
景是二战日本法西斯战败之后。她在《菊与刀》中写道："在以
耻为主要约束力的文化中，即使当众认错，甚至向神父忏悔，
犯错误的人也不会感到解脱。只要恶行没有公诸于世，他就
不会感到任何烦恼，因为忏悔对他来说似乎是自寻烦恼。因
此，在耻感文化中没有忏悔，甚至对上帝也没有。真正的耻感

---

① Helmut Schmitz, S. 307—308.

文化依赖于外部的约束力来行善，而真正的罪感文化则借助于从内心确认罪恶。羞耻是对别人批评的反应。如果一个人被当众取笑或遭到拒绝，或者感觉自己被嘲笑了，就会感到羞耻。无论在哪一种情况下，羞耻感都是一种有效的约束力量。但这要求旁观者或者至少当事人幻想有旁观者在场。罪恶感则不是这样的。"①

　　在一个耻文化占主导的社会里，社会成为评判个人行为的核心机构。个体随时要将自己置于他人目光之下，力图不为人所察觉地按角色行事。在这个行为体系里，羞耻是负面的价值，荣誉、声名、地位是正面的价值。典型的耻是裸露，这种丧失权利和身份的感觉在许多更加细微的裸露形式里反复出现。尊重与荣誉，维护着人在社会中的地位；而裸露与耻辱，损害了人的社会身份。因此，对于一个社会人来说，一切行动都是为了维护脸面，维持好名声。尴尬的暴露在公众目光之下，名誉遭到创伤性侵犯，原因可能是失败或违法。在德国文化学者、文学研究者阿莱达·阿斯曼看来，耻文化的特征完全适用于战后的德国社会。这种认识带来的影响是深远的。它不仅包含了有良知的知识分子对于本土文化和罪责问题的深切关怀和自省，同时也可能破坏德国自二战以来在认罪问题上精心营造出的良好国际形象。可以说，阿斯曼这种判断本身，这种自揭疮疤、直面过去的呼吁，就是在践行一种罪文化。

　　罪文化指一个将良知（而不是面子）视作核心的社会文化。一旦个体内心的上帝，即超我，将普世的社会行为规范内在化，自愿服从良心的检阅，那么良知就成为一种"内在的声

————————

① 鲁特·本尼迪克特：《菊与刀》，第 351 页。

音"。良知以一种内在的声音及其语言为前提,表达感受和冲突。因此,在这样的社会里,罪责不再被理解为对社会之人的潜在伤害;相反,罪责成了有德之人的基本条件。在罪文化里,一个社会人实现自我的途径不是通过纯洁无瑕和服从,而是通过危机考验、个体经历和对罪责的反思。与耻文化相对比,罪文化是一种反思型的文化。耻辱损害了身份性,罪责构建了身份性,因为个体随着内在的反思而成长,而反思的核心就是罪责。在这种反思过程中,一种跨越时空的无所不在的道德得以成形。具体到纳粹一代和战后一代身上,每个拒绝罪责的德国人,同时也在个体和集体层面上为身份性的构建设置了障碍。

在《朗读者》中,成年后的米夏埃尔是一个罪文化占主导的典型。不过在他早年的生活经历中,羞耻与负罪感总是并存的,这也是他不同于汉娜的一个重要特征——他的负罪感伴随始终。米夏埃尔的羞耻心并没有停留在掩饰耻辱的阶段。对羞耻内容和自己的不诚实进行的不断反思,增添了他的罪责意识和赎罪的决心。没有一种社会文化不是耻与罪同时在起作用,①而通过米夏埃尔这个形象可知,耻文化与罪文化不仅并存于社会范畴之中,也贯穿于个人的成长历程,并且发生转化。那么,如何理解耻与罪在个体身上的表征和动态关系呢?人类学者和文化学者在解释耻文化与罪文化社会时,借鉴了大量心理学术语;借助心理学者对于耻与罪以及良知交互关系的研究,我们可以深入了解羞耻感与负罪感如何作用于个体,从而深入理解小说文本中的反思意味。

---

① 参见 Léon Wurmser: *Das Rätsel des Masochismus. Psychoanalytische Untersuchungen von Gewissenszwang und Leidenssucht*, Berlin1993, S. 26。

以羞耻为研究对象的心理学家莱昂·沃尔姆泽（Léon Wurmser）提出，良知代表了两套评价标准，也随之体现两种权利模式。一个人应该"既是坚强的，也是软弱的，既是某个团体中微不足道的一员，又是独立、自信、能干、自负其责的（个体）"。沃尔姆泽进一步解释，在第一种权利模式——公正模式（Skala der Gerechtigkeit）下，一个人会避免由于触犯法律或侵犯他人而成为罪犯；他要么远离惩罚，要么屈服于惩罚；他千辛万苦要争取到他人对自己的业绩以及舍己精神的认可。在公正模式下，一个人更重视社会的评价，他所得到的回报，从本质上说，是爱。而在第二种模式——荣誉模式（Skala der Ehre）下，一个人千方百计"要为自我确立（Selbst-behauptung）和自我确定（Selbstbestätigung）赢得他人尊重，要拥有自主的意志力、行动力、业绩和权力；他拒绝表现出软弱、依赖、被动、懒惰，他不可以成为失败者，他害怕陷入无足轻重、不被尊重、不被承认乃至失去荣誉、丢掉颜面的危险。"①在荣誉模式下，一个人更重视内心的需要。对比前一种公正模式，这种人所期待的回报，从本质上说，是权威。

以上两套评价标准对应了两套价值体系。第一套价值体系的惩罚核心，是剥夺一个人的自由以及剥夺其身体的完整性（Körperliche Integrität）；第二套价值体系的惩罚核心，是责骂、侮辱、使人蒙羞、丧失名誉。尽管从内涵上看，两种标准彼此对立，但它们通常却可适用于解释同一个人的行为或态度。一个行为既可以被打上罪孽和名誉扫地的烙印，同时又会被当作弱点、恣意犯下的罪行（eigenwilliges Verbrechen）而受到（实质性）惩罚；这个行为可能既触犯了他人权利，又

———————
① 参见 Léon Wurmser：*Das Rätsel des Masochismus*，S. 25。

"玷污"了本人荣誉以及自我的理想形象;它"既导致了罪责,又带来了羞耻"。①

　　这种粗略的对立可以被进一步细化:一方面,我们发现了一个内在性与内心价值的领地,这里不允许被外界其他人、更不能被自我人格中的其他部分所侵犯。如果有谁破坏了完整性(Integrität)与自尊,那么通常会导致对方羞耻以及激烈的报复反应,即暴怒和复仇,同时还伴有无能为力感。从根本上说,人的权力领域与动物的生存领地相似。在人类社会,一种内在的界限重塑了这一私属领地,这一块是人们所不愿暴露的,是个人有权控制的。另一方面,还有一块人的权力所不能左右的外部领域,这个外部领域将他人的或社会的权利塑造成一个整体。如果你逾越并损害了这个整体的统一性、公共声誉和权力,那么就会对其造成伤害,为其带来痛苦。内在的领域可被称作私属领域,外部的则叫做权力外延和效力。负罪感能够阻止我们借助权力的外延而侵犯其他人的领域,而羞耻感则阻碍其他人进犯我们的内心领域。总而言之,"负罪感为强势设限,羞耻感则为弱势提供掩护;负罪感随权力的外延而至,并制约着权力的蔓延,羞耻感则产生于权力的削弱,并试图中止权力的流失。普遍地看,一个侵略性的举动,如困扰或制服他人,都可以也应该唤起我们的罪责(感)。"②

　　依照上述的价值领域分析,我们可以在米夏埃尔和汉娜身上找到耻与罪的相应模式。汉娜的温柔与坚硬,米夏埃尔的敏感与冷漠,分别对应内心领域与外部领域。汉娜为了掩盖文盲缺陷而参与集体屠杀;她的大半生时间里,没有稳定的

---

① 参见 Léon Wurmser: *Das Rätsel des Masochismus*, S. 26。
② 同上。

人际关系，甚至不惜为了保全自己的秘密放弃爱情。在汉娜身上，荣誉模式战胜公正模式而居于主导。为了不被嘲笑、不蒙羞，汉娜不惜放弃个人自由，因为她的选择太有限，而甘愿做备选的杀人工具。这个过程中，她已经侵犯了他人的权利，已经"玷污"了人之为人的名誉，既犯了罪，又蒙了耻。与此同时，缺乏负罪感的汉娜，并不知道自己侵犯了他人的权利；羞耻感过剩，又令其他人无法走进她的内心，了解她的苦衷。可以说，汉娜前半生的努力，都是在掩护她的弱点。

羞耻感不仅体现在文盲的汉娜身上，也体现在法律系学生米夏埃尔身上。汉娜是文盲，米夏埃尔是未成年人，两个人都有不成熟、不健全的特征，这也是各自羞耻感的渊源。两个人都需要被启蒙。汉娜是一个心智处在未成年状态的成年人，米夏埃尔则是心智发育超前的未成年人。汉娜羞耻的原因只有一个，即害怕暴露自己是文盲，而米夏埃尔的羞耻感则随他的成长发生变化。米夏埃尔在克服了青春期的焦虑之后，又经历了心灵的焦灼——他首先因为背叛爱人而感到愧疚，后发现自己爱上了一个战犯，并以此为耻。在法庭审判前后，不能公开的恋情，与不能公开的知情，构成了耻感与道德感的针锋相对。

> 我对由于羞耻而去回避、拒绝、隐瞒、伪装并伤害他人的这些行为有亲身体会……(119)
> 她必须要使出全身解数来。她不仅仅在法庭上要争要斗，她必须要永远奋斗，其目的不是为了向世人显示她能做的事情，而是向世人掩饰她不能做的事情。这是一种其起步意味着节节败退，而其胜利隐藏着失败的生活。(120)

> 如果说我没有什么责任的话,是因为背叛一名
> 罪犯不必负什么责任;如果说我负有责任,是因为我
> 曾经爱上过一个罪犯。(121)

> 如果把用于掩饰真实谎言的精力用于学习,她
> 早就能学会读和写了。(124)

米夏埃尔过重的负罪感与他的羞耻心混淆在一起。与汉娜的相爱和分离,根本无关纳粹历史,因此,这里所说的背叛一名罪犯,实际上是在偷换概念。他背叛她并不是因为她的过去,而他爱上她也不是因为她的过去。因此,米夏埃尔所感受到的罪责,其实更多是羞耻甚至怨恨,并非真正意义上的罪责。上述引文中,第一段是真实意图的表露,而第三段话是米夏埃尔用罪责意识掩盖真正的心理动机,即耻于揭开自己的历史。同样的证据,还可以从后来同父亲谈话这一幕中找到。米夏埃尔只是期待父亲能从学理上为儿子的不作为提供支持,当父亲以自由和尊严开场,令他"如释重负"(128)。米夏埃尔想"既道德又负责任"(128),既想将一个战犯绳之以法,又不承担对旧爱袖手旁观的罪责。但是,他的哲学教师出身的父亲,将暂时得到缓解的气氛又推向了反面——

> 当然了,如果你所描述的情况是一种责任重大
> 的情况的话,如果一个人知道怎样做对其他人有好
> 处,但他却闭上了眼睛,视而不见,这时,人们就必须
> 努力让他睁开眼睛,正视此事。人们必须让他本人
> 做最后的决定,但是人们必须和他谈,和他本人谈,
> 而不是在他背后和其他什么人谈。(128)

　　这段话包含了两层意思。首先，无论之前处于何种考虑，如果"责任重大"，那么就必须按照自己的判断去行事，而不能把决定权拱手让人或对他人坐视不理，那是不负责任的表现。米夏埃尔分明已经判断出，汉娜的缺乏策略正是由于未启蒙、未开化，她可能由于固执而受到法律的不公正对待；他也知道，只要突破羞耻这关，将实情和盘托出，就会改变庭审结果。汉娜的个人意志固然重要，但眼下他更应该努力让汉娜"睁开眼睛"，正视自己的缺陷以及罪责。这些思考都在促动米夏埃尔去打破沉默。但是，最后一句话又发生了转折——"必须和他本人谈"。这无疑提醒米夏埃尔自己所面临的困境，结果导致他继续保持沉默。因为他正是由于不敢直面汉娜，所以才来求助父亲。最终，理性思辨没能使米夏埃尔突破羞耻感。

　　可以说，《朗读者》本质上是一部关于羞耻的自传，是典型的"后统一"小说；汉娜的替罪羊形象，恰恰是"作者对六八一代的自我批判"。[1] 虽然汉娜从羞耻到认罪是小说最令人振奋的情节，但是作者更着重表达的，是主人公米夏埃尔从隐瞒到面对自己的羞耻，从逃避到反思自己的责任、采取行动的过程。他为这个过程所付出的代价，是破碎的家庭、颠簸的感情生活乃至孤独的事业——远离法庭辩论遁入学术史研究。无论是耻占主导还是罪占主导，两种心理并存的局面无可非议。如果说这部小说提供了一丝乐观的信息，那就是提醒人们应不断寻找动态平衡的方式，思考自己与世界的关系，而不是停在原地堵截自我价值的流逝；人应把精力用于自我启蒙和内心成长，而不是逃避弱点，掩耳盗铃。

---

[1]　Bill Niven, S. 390.

二、克服羞耻与克服过去

米夏埃尔对羞耻的剖析，关系到自己和汉娜两个人。在交叉的自问自答中，米夏埃尔的负罪感渐渐占上风。这是因为他在回顾、辩护和沉默之后，最终选择了反思和行动。汉娜具有典型的羞耻型人格，是一个"荣誉模式"下的人，一个抵御外界进犯内心领域并且为了掩饰自己的弱点而不遗余力的人。米夏埃尔在同情、疑惑的同时，也没有忘记基本的谴责：如果汉娜把精力用于学习，也就可以脱离文盲身份带来的羞耻，从而培养自己的罪责意识。汉娜从目不识丁到学会读写，这个过程具有深远的含义。它囊括了一个人的自我启蒙。此前的文盲身份不只是宣告她认知能力、社交能力的匮乏，解释她的自我封闭、不断逃避乃至盲从于纳粹，更意味着她在个人成长与社会责任方面存在缺陷甚至盲区。汉娜过分的羞耻感阻碍了她的移情能力（想象力），而移情能力是道德敏感的先决条件。[1] 她的主动学习，不只是一个获得读写技能的过程，还是一个摆脱羞耻、塑造良知、克服过去的范例。

文盲限制了汉娜的认知能力，而掩饰文盲身份，又限制了她的行动能力。在这个过程中，一个人成长中本该有的良知和道德冲动，也完全被害怕暴露身份的羞耻感所覆盖。汉娜对经典文学有天然的感悟力，这说明她具有敏感的天性以及通感能力。这些天性与汉娜的性感、粗鲁、无常共同烘托出一个既匪夷所思又令人同情甚至喜爱、外表成熟而内心简单幼稚的矛盾形象：这些天性并没有阻止她成为一名纳粹集中营

---

[1]　Bill Niven, S. 391.

的女看守。汉娜的天真无知和她的道德麻木，曾是米夏埃尔面临罪责问题时的最大困惑，也是小说引发的对纳粹战犯进行道德审判的困境所在。汉娜真的是一个道德败坏的人吗？纳粹真的是十恶不赦的魔鬼吗？答案不言而喻。米夏埃尔当初与汉娜相识，恰恰是因为汉娜的善良。她没有嫌弃他黄疸病发时的呕吐，甚至在他哭泣的时候拥抱安慰他。这些铺垫，为后来集中营女看守身份的公开制造了紧张，导致汉娜在米夏埃尔眼中的形象，几乎被彻底颠覆。

小说在揭开羞耻面具的同时，还罪犯以人性。那么，以过分的自尊来解释战争犯罪，这是否是可以被容忍的"政治不正确"？文学对历史罪责问题的补充，是否可以修改我们对已成定论的史实的判断？一个文盲的个案，是否有助于理解整个纳粹战犯刑事审判的尴尬？

为了回答以上的问题，我们不妨先回到一个此前已被熟知的问题：像德国这样一个崇尚文明、笃信文化的民族，怎么可能接连成为人类历史最大规模人为灾难（两次世界大战以及种族大屠杀）的炮制者？二战还没有结束的时候，这个问题就已经成为某些仁人志士思考的焦点。他们有的以德国是纳粹受害者的论点出发，如五六十年代的联邦政府领导人，将纳粹与德国人民分而言之；有的将德国的晚近历史与德国的传统文化相分离，认为德国历史文化的精华依然有生命力，可以成为拯救德国精神的良方。上个世纪四十年代，对纳粹德国以及战后德国的经典分析层出不穷，其中当时已过八旬的历史学泰斗弗里德里希·梅尼克在《德国的浩劫》中，发出以文化复兴德国的呼告。无论这个主张是否有助于反思德国的罪责问题，它的确得到了政治决策者的支持，同时深得民心。弘扬歌德精神，推广德意志民族文化，不但加速了德国在战后残破的现实基础上实现经济振兴、推行货币改革,也有助于人们尽快从全面失败的阴影里走出来,重新树立文化大国的形象。虽然这种趋势一度帮助德国人在战后迅速恢复民族自信,但它在战后社会心理发展史上是否是进步的,近年来越来越受到质疑和批判。① 沉浸在文化的温柔乡,实际上是在支持人们停止追问晚近历史的政治责任和当代人自身的道德责任,是在以美妙的理由逃避个人反思。

汉娜的经历则从上一个问题的反向引出另一个问题:首先,一个没有文化的德国人能否代表纳粹去接受历史的审判?其次,依靠经典文学、依靠歌德席勒是否能够提高一个人的道德水准,从而提高一个民族的政治素养? 问题的答案显然为否。

汉娜学习读写之后,从原先自发的出于审美兴趣的聆听,到怀着求知欲的选择性阅读,从满足于个人想象的私密的文学世界,进入到真实的融入个人命运的宏观历史,她终于摘下了文盲这层羞耻的面具,成了一个"有文化的"、有良知的人,脱离道德的蛮荒之地。这个转换的必要媒介并非经典的虚构的文学作品,而是集中营纪实文学、纳粹战犯的审判报告等新近史料。文学故事可以算作汉娜一生的爱好,这个爱好甚至与她在集中营执行死亡任务不相矛盾。于是问题就变得更加尖锐:文学作品不但没有帮助汉娜塑造人格、提升道德,不但没能指导她基本的世界观,反而成了与道德麻木并行不悖的兴趣爱好。单纯出于审美需要去靠近经典文学,不可能成为推动这个文盲成长发展的关键力量。这就把我们的问题引向

---

① 参见沃尔夫·勒佩尼斯:《德国历史中的文化诱惑》,刘春芳、高春华译,译林出版社 2010,第 155—159 页。

另一个层次：审美情趣与道德修养之间是否存在一条难以逾越的鸿沟？为什么会存在鸿沟？

汉娜要摆脱的不仅仅是读写认知能力上的文盲，而且还要摆脱思想道德上的盲点。这两次雪耻的过程里，难度递增，令人同情敬佩的程度也在递增。她在狱中完成了成长道路上两次质的飞跃：从不识字到识字，从只知个人缺陷之耻，到意识到个人与历史罪责之关联后获得的罪责意识。伴随认知能力发展而形成的第二个飞跃，令她从自闭敏感的羞耻型人格中获得了有道德责任感的成熟人格。乍看上去，这一系列转型过于顺利，又过于理想化，假如不去想这一切浓缩的实际是十八年的牢狱生活。

在完成自我启蒙之后，汉娜最终留下一纸遗嘱，自缢身亡。如果她实现了自身的文化转型，走上忏悔和克服过去的道路，为什么还是选择了自杀？自杀是否就是赎罪的体现？

综合汉娜此前的经历来看，只有自杀是她完全自主的选择，是自我审判的形式。选择在出狱当天自杀，包含着多重含义。它不仅是对生的拒绝，首先还是对法律效力的讽刺。汉娜的前半生堪称反向地"为承认而斗争"，为不被揭穿而斗争。当年站在法庭上接受审判，她承认了自己的罪，但是她的真实意图是害怕暴露自己不会写字；她害怕被嘲笑，所以如果不能被社会所承认，那么至少也不要被贬低或唾弃。这是一个小心翼翼的守法公民，哪怕是报名做集中营女看守，也是在合法的程序下进行。然而，现实却是，曾经给她以承认的法律，转瞬成了非法；而今的法律，既不承认她过去的合法性，也不能够帮助她理解自己的行为如何成了非法。在法律还给她自由之际选择死亡，是对这种不近人情、不以理解为前提的决断方式的蔑视和讽刺。她的死，是要同牺牲的受害者和解，也是自动放弃了来自生者的原谅。当年，法律判她含冤入狱；如今，她以自杀回应了法律的宽恕。

其次，汉娜的自杀是对米夏埃尔和文明世界的拒绝。米夏埃尔多年来给汉娜朗读、寄磁带，但是从未对她真正说过一句话、写过一个字。这个唯一来自外界的声音是机械的，不带任何私人好恶。在朗读的过程中，米夏埃尔就像一个执行任务的机器，对汉娜没有感情流露，没有互动和交流。文明世界对于汉娜来说，是一个完全陌生的世界，而米夏埃尔是她同文明世界沟通的唯一桥梁。过去，她生活在文明世界之中，但由于认知能力的匮乏却又如置身其外。汉娜曾经在米夏埃尔父亲的书房里像个"闯入者"，她不懂得沟通的策略，只会用皮鞭来发泄痛苦和恐惧。如今，她靠自己的努力获得进入文明世界的渠道；但是，念及多年来的牢狱生活，米夏埃尔为她小心营造的生活距离，这些都宣告，她依然没有找到有效与外界沟通的方式，始终是个边缘人，外来者。那些看似谨慎得体的安排中，缺少温情和爱，缺少发自内心的接纳。

最后，自杀是汉娜高贵的归宿。如果要追寻纳粹战犯的归宿，无非两种：一种是逃亡，在无人知其历史的环境下更名改姓，以新的身份开始新生活；另一种则是被法庭审判，剥夺人身自由乃至生存权以赎罪。逃亡不只是空间上的逃离，更深层意义上，是对过去、对历史的逃避，是切断以往生活的连续性，割断当下与历史的关系，主动变更身份的同一性。这两种生活构成了汉娜的一生。只不过她的逃亡早在成为集中营看守之前就已经开始。然而，特别需要指出的是，汉娜一度频繁搬迁、换工作，并不是为了逃避罪责和法律追惩，而是出于一个过于单纯的原因：不愿公开文盲的身份。强烈的自尊心，导致她害怕暴露弱点、害怕出丑而去逃亡。成为纳粹集中营女看守，与在西门子公司做职员、当电车售票员，对她来说都是服务于同一个目标：在不被揭穿的前提下，维持生计。她不去判断工作的性质和职业本身的道德性，屡次逃离、屡次突然改变生活、屡次与过去切断联系，都不是出于逃避罪责和惩罚的考虑；因为她根本意识不到自己作为一向守法的公民，会有什么错误乃至罪责，更谈不上负罪感和赎罪的意愿。她怀有的只是对自己短处的巨大羞耻心，可悲的是，这羞耻心驾驭了她的良知。在认知能力停滞不前的岁月里，汉娜是个盲从者，要不停地奔走逃离；在学习读写、了解历史罪责与个人所为的来龙去脉之后，汉娜打开了良心之眼，无须再逃跑。

三、罪责话语的历史转向

施林克曾这样表达他的小说与所处时代的关系："我们这一代人与父母一代人的对话，受到六十年代初的一系列大审判的强烈影响，之后的学生运动来得并不意外。可是对我而言，五十年代同样重要。"[1]《朗读者》中，米夏埃尔的回忆也正是从五十年代风平浪静的日常生活开始，汉娜受审的背景是六十年代初展开的一系列针对集中营看守的审判。从这个角度看，这部小说也包含了某些历史小说的色彩，它聚焦战后德国罪责话语的公共转向，即对纳粹战犯的定义从少数高级战犯扩大到大多数普通战犯。

二战结束之初，纽伦堡审判将纳粹罪责的承担者规定为

---

[1] Peter von Becker：„Mein Erfolg bleibt ein Traum. Bernhard Schlink über sein Doppelleben als Jurist und Bestseller-Autor und die Spannung vor dem Erscheinen seines Buches *Liebesfluchten*." In：*Der Tagesspiegel*，Berlin. 5. 1. 2000.

个别高官、野心家,最初的二十三名高级战犯相当于代替整个德意志民族受审,后来也追讨了集中营医生、法律界人士等的罪。随着六十年代初的艾希曼审判、奥斯威辛集中营等系列审判的展开,承担纳粹罪责的人,不再只是发号施令者,也包括命令的执行者。罪责问题的指涉对象从少数的精英变成了多数的普通人。如果说纳粹是魔鬼,纳粹罪责就只是一小撮魔鬼作恶的产物;但是,如果有罪的变成了普普通通的大多数,这就等于修正了纽伦堡审判对德国人的五类划分——因为在跟风者与有罪者之间,已经很难辨清界限。

奥斯威辛审判的前奏,是五十年代末的乌尔姆审判。当时,一名曾经在东部射杀过犹太人和游击队员的前集中营看守良心发现,坚持认为自己的罪行不容忽视。于是,一个中央委员会成立并开始专门进行调查。① 这名前纳粹集中营看守的主动认罪,揭开了奥斯威辛审判以及一系列针对集中营看守的审判序幕。

从纳粹德国的历史看,女性一直扮演着从属地位。纳粹对女性的定位十分保守甚至颇具封建色彩,女人的职责是为优秀的日耳曼民族传宗接代。直到战争的最后时刻,希特勒才勉强同意让德意志少女团的成员走上战场。而联系二战结束后德国的性别结构,就更可以相信,大多数女性可能在精神上支持了纳粹,但并没有染指战争。尽管女性在纳粹政治结构中扮演了从属的角色,但是并不能因此而忽视她们的罪责。在所有书面以及口头证据中,纳粹时代的女性最为人熟知的罪责,就是积极参与到党卫军女看守的行列之中。

---

① Gunhild Kübler: Als Deutscher im Ausland wird man gestellt. In: *Diognes Verlag Archiv.*

以拉文斯布吕克集中营为例，在 1942 至 1945 年间，这里大概培训了 3500 名女看守。拉文斯布吕克集中营性别监管十分严格，而贝尔根-贝尔森在人手不够的时候，会由男性看守监管内务。一项数据显示，1945 年 1 月 15 日，拉文斯布吕克共有 1008 名男看守，546 名女看守，贝尔根-贝尔森有 277 名男看守，12 名女看守。根据集中营囚犯的报告，实际数字要更高些。预计有百分之十的纳粹集中营看守是女性。① 根据史料的描述，担任党卫军女看守(SS-Aufseherin)职务的人，经常跟男性看守一样，在集中营里行为野蛮粗暴，尽管她们在纳粹的等级秩序中只是很低的阶层。②

伴随着纳粹专制势力的壮大，出于各种原因(种族、信仰、政治派别等)失去自由的人越来越多，监狱里的女囚犯数量也在增加，这导致女看守成为普通女性就业的一条出路。党卫军集中营第一次设置女看守，是在 1938 年的利希滕堡女子监狱。战争期间，越来越多的妇女以看守囚犯为职。女看守们都有严格的纪律意识，遵守基本规章制度，她们自身属于纳粹法律机器的一部分。从 1940 年起，集中营女看守开始统一穿制服：灰色的服装，配有帝国徽章(而不是骷髅头)，靴子和水手式的帽子，棍子，手枪，鞭子。然而，大量女性之所以参军，满足对秩序、威严、归属感等等的心理需要，还只是一个次要原因；况且，看守犯人也并不是一条让女性获得与男性同等就业机会乃至升迁发迹的好出路。其实，吸引如此众多的女性加入纳粹集中营女看守之列的最重要一条是，它能提供优厚的俸禄，从而满足普通百姓在战争年代的基本经济需要！ 一

---

① Claudia Taake：*Angeklagt: SS-Frauen vor Gericht*，Oldenburg 1998，S. 30—31.

② 参见同上，第 11 页。

个 25 岁的女看守,每月净工资 105.10 帝国马克,而 1944 年,一个初级纺织女工月工资只有 76 帝国马克。① 如此高额的薪水,对于未受过教育的独身女性来说,无疑是巨大的诱惑。当时的纳粹女看守有三种报名方式:自愿报名,征募,履行兵役义务。综合来看,只有很少一部分人是自愿报名的。征募的渠道,一开始是通过报纸和就业部门登广告,应征者多为失业、独身、未受过教育者,有过医护和社会服务经验者优先考虑。于是可以设想,当汉娜面临晋升机会进退两难之时,集中营女看守就成了一棵无法忽视的救命稻草。汉娜的顺利参军,也从侧面说明,这门工作对人员素质的要求并不高,只要遵纪守法就可以服务纳粹机器。

　　在机械化运转模式下,集中营看守的普遍匿名化,成了一个很自然的现象。历史上,尤其是民间,以真名记录在案的集中营女看守非常少,可她们的代号却广为流传。这是因为所有囚犯从一开始就必须称呼女看守为"看守女士",所以几乎没有人知道她们的真实姓名。在集中营里,囚犯和看守之间不允许有私人往来。大部分看守的名字已经随着集中营的覆灭而永远石沉大海,但她们的形象却在受害者的记忆中保存下来。当时的囚犯通常通过起外号来记住她们,这些后来都成为有力的呈堂证供。时至今日,许多集中营女看守以囚犯给起的绰号而出名。《朗读者》中,犹太幸存者在出庭作证时,曾提到某个有特殊癖好的女看守外号叫"牡马"。虽然这里的"马"与小说在故事情节上形成呼应(米夏埃尔与汉娜相爱时曾用马来形容她),而米夏埃尔始终也没有确定这个人就是汉

---

① 　参见 Claudia Taake,S. 32。

娜本人，但是，这个绰号在历史上却并非虚构。①

除了不暴露文盲身份，有观点认为，寻找归属感也是汉娜当纳粹女看守的原因之一。汉娜对制服的偏爱表现出对融入集体的向往。甚至可以推测，认知能力的缺乏促使她盲目加入纳粹集体。② 汉娜的受操纵性格以及强烈的集体归属感，表现在她执行杀人任务、单调的售票工作以及跟米夏埃尔一如既往的做爱仪式中。③ 这在某种程度上印证了阿多诺在《奥斯威辛后的教育》(*Erziehung nach Auschwitz*)中对受操作性格的论断。他指出，受操纵性格以迷恋组织、无法收获直接的人性体验、情感流失、高估现实为特征；有这种性格的人不能够想象这个世界还有其他可能性，对周围的世界和人保持一种全面的冷酷，行事偏执、僵化，对任务的具体内容

---

① 前奥地利人赫尔米娜·莱恩（Hermine Braunsteiner Ryan，1919—1999），19—21岁曾在多个纳粹集中营担任女看守，绰号"牝马"，后来被判刑、释放、移民美国，若干年后又被追查、遣送回德国，再度经历审判、监禁、释放。她晚年生活基本不能自理，丈夫矢志不渝地陪着她并坚信，妻子是个天使，是无辜的。关于此人的记载有很多疑点，其中之一是，她曾挑选精疲力竭的女囚，继而送进毒气室处死。这个细节也出现在《朗读者》之中，对应的是历史上的玛伊达奈克审判。这场审判被当作蓄意拖延和重罪轻判的典型。1975年11月26日，玛伊达奈克集中营审判案在调查开始十三年后终于开庭，并于1979年4月宣判。结果九人被判有罪，其中只有莱恩一人被判终身监禁，这也是当时最重的量刑。1996年，德国政府大赦，77岁的瑞恩重获自由。参见冯存诚：《正义之剑——全球追捕审判纳粹战犯史鉴》，中国海关出版社2008，第194、320、323页。

② 米夏埃尔和他在研讨班上的同学作为第二代人，同样迷恋于盲目的集体主义。关于制服与集体归属感方面的阐释，详见 Ke Li-Fen：*Poetische Gerechtigkeit?Die literarische Darstellung der Gerechtigkeit in der deutschsprachigen Literatur von Schiller bis Schlink; mit einem interkulturell vergleichenden Blick auf die chinesischsprachige Literatur*，Frankfurt am Main 2008，S. 103。

③ 同上，第102页。

毫无关心。①

　　这些论断符合汉娜行动的表征,但并没有深入到其性格形成的深层原因。在面对罪责问题的时候,罪犯是主动作恶还是被迫行凶,是一个重要的考察条件;而在集中营系列审判中,最令人困惑的一点便是,我们知道的越多,考察的立场反而越模糊。在汉娜的案件中,包括法官在内的所有人也遇到同样的困境。匿名执行任务的集中营看守,基本上是在机械化地完成任务,不掺杂任何情感和道德判断;而回到法庭上,每个匿名的执行者首先要还原个人身份,以个人的名义接受审判。这个转化是由外力强行完成的。回到当时的情境下,如果看守在执行监管犯人或防盗任务时,因"与囚犯有任何私人接触"或"疏于防范"而违法,那么她们将会受到严厉的惩罚乃至被开除。无论是谁,一旦穿上制服,就要完全服从于职务需要,不能带有任何个人色彩。这种情况下,对囚犯进行有选择的屠杀,似乎就表露出某些看守人性化的一面。② 那么,这是否就抵消作为协助谋杀的罪呢? 当我们提出这个问题,就已经将匿名的穿制服的人,还原为有名有姓的真实个体了。

　　换言之,从事集中营看守,意味着对命令的绝对服从和对个人道德责任的放弃。这也就解释了,在法庭确认其没有对教堂里的犹太人施救的时候,为什么汉娜不认为自己有什么

---

① Theodor W. Adorno: *Erziehung zur Mündigkeit. Vorträge und Gespräche mit Hellmut Becker 1959－1969*, Frankfurt am Main 1970.

② 在六十年代的审判中,以同样的借口面对罪责指控的例子层出不穷:"我们这些是……坚守岗位以防止更糟的事情发生的人;只有那些身处其中的人才有机会缓解势态并至少帮助一些人"。在艾希曼审判之后,阿伦特就曾指出,这个不是法律责任那么简单,因为"他们通常是国家公仆",坚守岗位总是更"负责任",从法律和政治含义上无可厚非。参见汉娜·阿伦特:《独裁统治下的个人责任》,载于阿伦特:《责任与判断》,陈联营译,上海人民出版社2011,第27页。

不对。按照一贯的工作逻辑，她的确没有犯错，甚至是在严格坚守职责。汉娜将问题抛给审判长："我有……我认为……要是您的话，您会怎么做呢？"后者一时无法回答，最后说了一句："有些事情人们根本就不该做，如果不去做不会要命的话，人们就必须回避。"（100）在之后的叙述中，米夏埃尔表达了对这个回答的失望和不满——

> 假如他说汉娜或者他自己如何做，也许就足够了。只谈论人们必须做什么，不允许做什么和人们做什么要付出什么代价，这与汉娜提出的问题的严肃性不相符。她想知道的是处在她当时的情况下，他应该怎样做，而不是有什么事情人们不可以做。审判长的回答显得无可奈何，毫无分量。在座的人都有同感。（100）

汉娜与法官的对峙，在情理上都令人无法裁决。而法官的回答虽然在理论上无可争议，但是在汉娜所处的情境下，就失去了指导意义。只有面对一个纯粹单一的、明确的、非道德的无理要求，人们才会呼唤对抗权威、拒绝服从，才会被视作可嘉的市民勇气。① 但汉娜既不是没有人性，也不是凭良心行事，这就使我们习惯的判断模式失去了效力。过去，她是纳粹德国独裁和法律的牺牲品，因为她的所作所为在当时合法；而现在，她又成了联邦德国民主与正义精神的牺牲品，她必须为过去犯下的非人罪行接受惩罚，不是代表任何权力机关，而

---

① 参见 Beate M. Dreike：Rechtsskepsis in Bernhard Schlinks *Der Vorleser*，S. 121。

是作为个人接受审判。汉娜就这样陷于双重悖论之中——合法/犯罪，非人/人道。

除了法律和公共舆论层面，小说反映的罪责话语的另一个转向，发生在心理层面。爱情令米夏埃尔产生了与汉娜的身份认同，这在当时社会是不可思议甚至荒谬的。然而也正是这样，小说才突破了以往反思罪责问题的方式，让下一代人换位思考。米夏埃尔跨越了传统的代沟问题，直接承袭并分担了父辈的沉默之罪。不过米夏埃尔并没有甘于沉默，而是从被动到主动地去理解战犯。这种做法在六十年代也是与青年思想主流相悖的。施林克通过一种背景复杂的情爱关系，为贴近历史创造了一个新的可能，代价是背负了"政治不正确"的"罪名"：主动选择的后天的情爱关系，取代被动的先天的父子关系，移情的心理动机和道德判断的艰难性便跃然纸上。这种道德两难恰恰成为小说的独到之处，因为主人公、作者的两难也传递给了读者——纳粹后的第三代、第四代人。

我们在面对罪责问题时所表现的两难状态，非常近似于一种道德模糊。而道德模糊，又是后现代伦理的一个表征。尽管在当时还没有人系统提出后现代理论，但是在今天看来，"对历史的多元化阐释，人在道德上的善恶并存，正是后现代伦理的突出特征。"[①]汉娜的罪责，纳粹的罪责，固然不容否认反驳，然而，这个罪责的承担者却被悬空了。由于知道汉娜加入纳粹的心理动因，我们承认对汉娜的判决有失公正，但又不知该用怎样的惩罚去抵消她的罪。这正是纳粹种族屠杀留给世人的一个普遍难题：集体屠杀没有合适的量刑，因为罪行本

---

① 　齐格蒙特·鲍曼：《后现代伦理学》，张成岗译，江苏人民出版社 2003，第 12 页。

身超过了法律所能承载的极限。所以，通过法律达到公正的目的，本身就缺乏合法性。

没有合适的惩罚是否就等于罪责可以不了了之？对于没有适当量刑的罪行，是不是就可以坐视不理？是否因为人性的恶不可避免，就可以原谅曾经犯下的罪？如果对以上问题作出肯定回答，那么我们就陷入了道德相对主义。汉娜除了在集体屠杀的惩治问题上令人感到无力解决，她先天的特殊性格令读者不自觉地换位思考，以同情、尊重等个人情感影响对她做出的道德判断。这是因为我们所处的时代与纳粹相比，依然有很多共性。工具理性和国家权力的支配地位不但没有受到撼动，反而对日常生活蔓延渗透得更为猛烈。时代的相似性迫使我们理解并接受了这样一种无能为力：伦理规范的约束力降低，道德底线模糊，罪被理解成一种宿命，承担责任的信念和勇气也变得不再清晰。

在急于原谅、急于惩罚、急于一笔勾销的迫切心情之下，罪责问题的复杂性被压缩，而与此同时，人类的原有尊严渐渐遭到忽视。早在五十年代初，阿伦特在论述极权主义的起源时，曾指出"人类的邪恶如果被社会接受，就会从一种有意行为变成一种固有的心理特质，人对此无法选择或拒绝，它是从外部强加于他并且加以控制，就像药物控制着有毒瘾的人一样。"[1]因此，只有尽可能全面地了解纳粹一代参与犯罪的社会原因，才能在洞悉罪犯心理动机的同时，在保持基本的道德判断基础上，不至于作出一边倒式的棒喝。归根结底，施林克的小说并不是说"理解一切就意味着原谅一切"，而是在启发

---

[1] 汉娜·阿伦特：《极权主义的起源》，林骧华译，生活·读书·新知三联出版社 2008，第 130 页。

人们，一个人永远不可能理解一切，因此，在谴责之中理应有所保留。①

四、麻痹现象的遗传

通过一个爱情故事，《朗读者》表现出跨代罪责的心理基础以及罪责话语的时代转向，同时也反映出两代人所共有的心理结构和弱点。羞耻感可以成为犯罪的主观动机，外部的法制和社会环境又为小人物的跟风犯罪提供了客观条件。我们借此可以试着理解，为什么纳粹时期德国的大多数人参与犯罪之后又不去反思。可是，第二代人分明是主张反思的一代，反思就意味着想去理解父母的历史。这个初衷为什么最终会促成子女对父母的反叛？

这是因为，在反叛的内容中，除了父母过去犯下的罪行以及沉默造成的第二罪责，更重要的是"凶犯后代"这个身份令人难以接受。由于无法一方面谴责父母的罪责，另一方面又认同父母的爱，无法做到既主张谴责又要求理解，于是断绝血缘关系就成了道德净化的一种方式。第二代人在罪责话语的两难之中选择了一条捷径：与父母为敌。在轰轰烈烈的反叛热情褪去之后，第二代人需要冷静思考自己对父母的所作所为，于是陷入更深的负罪感之中。可以说，这部小说探讨了六八一代混乱的根源。② 对跨代罪责原因的讨论，从耻与罪的内容和关系，到罪责的社会话语转向，最终又回到了社会心理层面——麻痹现象的遗传。

---

① Tilman Krause：Keine Elternaustreibung. In：*Der Tagesspiegel*，Berlin 3.
9. 1995.

② Helmut Schmitz, S. 298.

从激进到反思，人们经历了一段漫长的心理过渡，这就是小说所揭示的另一个重要现象，即两代人在生活中流露出相似的麻木不仁。跟同龄人相比，米夏埃尔在汉娜的审判之后，很快从热情退入麻木不仁的状态。然而，第一代人的道德麻痹（moralische Betäubung)）[1]与第二代人的情感麻痹，同样阻碍了罪责反思。对两代人麻木不仁现象的反思性再现，成为小说对深化罪责问题作出的另一个重要贡献。

对于第一代人而言，造成道德麻痹的原因，除了羞耻，还有社会环境的作用。由外部因素导致的各种身份角色关联性的丧失，进一步造成完整人格的缺失。个体在家庭生活中的角色同在社会历史大环境里的角色之间，存在巨大反差。文化学者加布丽埃·施瓦布将施害者后代的羞耻感归咎于父辈没有及时对暴力历史进行哀悼；她认为，第二代人的愤怒和反叛，都属于创伤的代际间传播的表现。她指出："德国战后的一代不可能将少年时期极端个人的身份之争与民族身份分离开来。……大屠杀无处不在，又无一处存在。"[2]对于第二代人而言，将父辈的沉默视作可耻、与父辈保持距离甚至反目，成了子辈摆脱羞耻身份的普遍策略，因此他们表现出对清理真相的极大热忱。汉娜的羞耻在米夏埃尔的羞耻中找到了对应，而这"正是米夏埃尔同龄人急于加在父辈头上的羞耻感"[3]。第二代人急于了解的真相，急于揭露的家丑，都是为了保持自身的清白。他们的行动不是在认真分析原因，更多是带着受害者的报复情绪，而不是以同胞同族等"接近者"的

---

[1] Thomas Klingenmaier：Eine Liebe in Deutschland. In：*Stuttgarter Zeitung*. 22. 12. 1995.

[2] 加布丽埃·施瓦布：《文学、权力与主体》，第 169 页。

[3] 参见同上。

身份去反思历史。以疏远的姿态去挖掘父辈之罪,抽离感情因素,结果只能是新一轮的道德昏睡症,是另一种形式的无力哀悼。[①]

　　战后第二代人的家庭生活大多蒙在纳粹历史的阴影之下。他们可以说是"第二罪责"的牺牲品。受害者口述回忆,曾作为纳粹战犯的法庭审判所采用的证据;在追溯跨代罪责的过程中,第二代人的口述实录也成为一个重要依据。奥地利著名记者彼得·西科洛夫斯基(Peter Sichrovsky)在采访过犹太幸存者第二代之后,又对纳粹战犯后代进行了集中采访;以此为素材出版的专著《生来有罪》(*Schuldig geboren*),题目本身就表达了对这一代人的身份认定。事实上,绝大多数受访者都表示无法与父母谈论纳粹历史;除了少数来自抵抗者家庭的后代,大多与父母关系僵化,甚至对死去的父母怀恨在心。即便在为数不多的打破沉默的家庭里,父母也总是带着辩解或自怜的姿态回顾过去,对待个人历史动辄闪烁其词,更无从谈及反思。

　　父母的做法不但不能满足子女的好奇心以及摆脱纳粹阴影的愿望,反而加重了他们与家庭决裂从而证明自身道德纯洁的决心。六十年代的社会心理学专著《无力哀悼》是战后对德国普遍道德昏厥状态最有力的论证和批判,从思想上辅助了六八学生运动,但它也从另一方面反映出当时的一个心理趋势:纳粹历史是他们的,而不是我们的。来自知识分子、专家学者的调查报告,同样反映出摆脱替罪羊身份、划清历史界限的心理诉求。这种现象成为二十年后心理学者反躬自省的

---

① 　Ernestie Schlant 的《沉默的语言》(*Die Sprache des Schweigens*)对此有较为精辟的论述。

内容之一。玛格丽特·米彻利希在1983年出版的专著中就批评了心理学工作者在罪责问题研究工作中表现出的冷漠。无法与上一代产生身份认同，最终导致隔岸观火的心态，不可能理解并解决两代人所面临的道德困境。而从另一个角度讲，过分科学的专业精神、置身事外，又延续了我们之前在分析《德语课》时所谈到的问题，它的结果只会把罪责讨论的出路堵死。因此，对于六七十年代的德国人而言，反思历史罪责时遭遇的最大难题并不是不认罪，而是以无辜者自居的第二代砸向凶犯一代的道德大棒。

刻意遏制感情投入，是第二代人无法摆脱第一代人历史罪责的一个重要原因。第二代人继承的不仅是父母们没有被悼念的心灵创伤，而且还继承了阻碍这些哀悼工作展开的心灵结构。米夏埃尔与同龄人最大的不同在于，他很快从激进退入麻木，在经历了漫长的麻木不仁之后，再次投入反思。在汉娜的审判之后，米夏埃尔一度生活在麻木不仁的状态中，"不需要任何人也不打扰任何人"，对任何温暖和亲近拒之千里。心理的不正常状态，甚至发展到一种生理的病态："当我开始发烧时，我反倒觉得那是一种享受。"(152)对冷与热的颠倒反应最终导致他生了一场大病，而高烧之后，"一切问题、恐惧、控告、自责，所有在法庭审理期间出现而后又麻木了的惊恐和痛苦又出现了，并在我心里停留下来。"(152)生病回应了小说的开篇：米夏埃尔就是在黄疸病发的时候遇到了汉娜。而一对恋人的爱情、两代人的罪责都是从此开始。米夏埃尔的这场病，为他带来了婚姻。但仍然以失败告终。由此可以看出，在任何一段亲密关系中，米夏埃尔都以一种被动的姿态参与其中。更糟糕的是，米夏埃尔将第一段感情和汉娜的形象也带进了婚姻，导致家庭破裂，并给女儿（第三代人）造成生活的不安全感。当米夏埃尔发现自己的负罪感随时间的推移和生活阅历的积累,不但没有减少,反而左右着他最基本的生活需要,这时他开始尝试与汉娜恢复联系。在此之前,米夏埃尔曾两次亲自参观集中营,想象、重构纳粹时期的具体情境,在现实中邂逅纳粹的阴影——奔驰车司机和酒馆里的木头腿老人。真正遭遇纳粹幽灵的时候,看到第一代人的麻木和虚伪,无论从情感还是理智上,米夏埃尔均感到无法忍受。

由于汉娜隐瞒自己的战犯身份,米夏埃尔其实一直都没有努力启蒙自己,没有思考汉娜以及严肃地探讨汉娜对他的意义。[①] 而由于同汉娜的情侣关系,米夏埃尔在感情上又不可能像其他人一样作出黑白分明的指控。黑与白所针对的不是概念本身,而是对待个人罪责时所表现出的态度。

必须指出的是,非黑即白的态度不是反思罪责问题所应有的,更不是文学作品所要表达的。它甚至可以说是文学创作的死敌。然而,一部好的文学作品又绝不是混淆黑白、颠倒是非之作。它的意义应在于,引导人们打破思维惯性和意识形态的束缚,去展示人为什么能在善与恶、黑与白之间转化;启发人们去反思,即便有众多的偶然因素,每个人是否应该承担看似不属于自己的责任,以及如何对自己的选择负责,而不仅仅为一时的趋利避害放下过去。文学探讨的不是如何惩治恶,而是如何避免恶和保全善,如何联系自身追溯历史,促使人们将内心的活动转换成行动的力量。

在《朗读者》里,作者提出了许多问题,又引发读者继续提问题。但小说无法给出明确的、令各方面都满意的答案。这当然不是施林克写作的无能,反倒是作者通过主人公的无能

---

① 参见 Helmut Schmitz, S. 308。

为力，表达自己对罪责问题的一种态度。这个无果的结果，是由于问题本身"在哲学和道德上的多面性和复杂性"。① 米夏埃尔尽管参与了同龄人针对罪责问题的讨论，而且显然是对实际案情了解和思考最多的一个，但他始终没有一个道德意义上的明确立场。他知道汉娜有罪，但却无法忽视汉娜的无辜——法庭的指控和其他证人的诬陷，对汉娜不公平。在米夏埃尔看来，这种不公正背后又有一种正义的力量在支撑。从汉娜的故事来看，正义的力量也有可能堂而皇之地令一个人蒙冤受屈。施林克尽管一直在寻找解决米夏埃尔与汉娜的道德困境的办法，结果却表明，在复杂的现象基础之上，没有明确的答案，用一个惩罚也根本解决不了问题。

第三节 赎罪的可能性

一、返乡母题与赎罪之旅

《朗读者》不仅仅深入剖析了法律罪责与道德罪责，还对罪责问题的出路进行了探索，包含着对传统文学中旅行与返乡这个古老母题的借鉴和反思。借用荷马史诗奥德修斯旅行—返乡的母题，作者延伸了罪责问题的思考向度，并且为赎罪的行动作了思想铺垫。罪责问题与返乡主题有相似的结构，二者都是循环式的，充满偶然与必然，都没有一劳永逸的居所，都是在离开与到达、完成与未完成之间游移。小说用《奥德赛》标示了主人公在人生不同阶段的心灵成长，对奥德修斯的故事的重新解读，促成了米夏埃尔在思考半生之后开

---

① Beate M. Dreike: Rechtsskepsis in Bernhard Schlinks *Der Vorleser*, S. 118.

始赎罪之旅。

　　《朗读者》中反复出现荷马史诗《奥德赛》,反映出主人公对罪责问题所作的伦理层面的思考。奥德修斯是希腊荷马史诗中典型的英雄人物。希腊时代道德思想的主要载体就是英雄故事,每一个英雄故事都依赖于一个英雄社会结构。关于英雄社会的叙事,"不仅为当代有关古典社会的讨论提供一种道德背景,一种有关道德秩序的说明——这种道德秩序现在已被超越或部分被超越,但其信念与概念依然具有部分影响力,而且还在古与今之间提供了一种发人深省的对比。"①在当代伦理学研究中,古希腊史诗是一个重要的参考。我们要联系史诗中的责任话语来理解个人罪责和伦理困境,就不能忽视史诗所依托的英雄社会结构;而这个古代的社会结构,正是当下社会所缺失的。这也就注定了对于相似的个人经历和伦理困境,当代人在判断和选择时的标准会更加模糊,无所皈依。

　　在英雄社会中,要印证有关一个人的美德与罪行的判断,就要看他在特定境遇中所表露的具体行为。英雄社会的美德包括勇敢、荣誉、友情、忠诚。对于这些美德的任何说明,都不能脱离英雄社会这个语境。在伦理学经典著作《追寻美德》中,麦金泰尔指出,道德与社会结构在英雄社会中是一回事,评价的问题就是社会事实的问题。因此,"荷马总是提起关于做什么和如何判断的知识(现代社会叙事中则没有这样的指导了)。这种问题在英雄社会中总是简单明晰的,因为社会结

---

①　A・麦金泰尔:《追寻美德——伦理理论研究》,宋继杰译,译林出版社2003,第153页。翻译文字略有改动。

构规定了人们应尽的义务和相应的约束方式。"①换言之，英雄社会结构的合法性不会受到质疑；在英雄社会中，除了外在的陌生人，再无"外在"的东西，对这个社会结构和秩序本身人们无须反思。"一个人若试图脱离他在英雄社会中的既定位置，那么就是试图使自身在这个社会中消失。"古希腊英雄主义社会与现代社会的一个最大的区别在于，古代的英雄只需完成其规定角色和规定动作，无须换位思考，在道德选择中可以排除偶然因素的干扰。他有先定的身份，有明确的使命感。这些都决定了他无涉现代的人伦困境。

与此同时，身份在英雄社会中又包含了特殊性与责任性，这种责任意识为后世的集体责任提供了一个范例。"对于是否履行了处在我的位置上的任何人对他人都应负有的责任，我是有责任的，而且这种责任只因死亡而告终。一直到死我都必须做我不得不做的事情。这种责任性是具体的，正是对特定的个人，为着特定的个人并与特定的个人一起，我必须做我所应当做的事情；而且，正是对于这同一些人和其他的个人（他们乃是同一地方性共同体的成员），我才负有责任。"②因此，在古代的英雄故事中，具体而言就是在奥德修斯的返乡故事中，涵盖着个人责任与集体责任的交集，以及个人从思考到行动的必要性。这些都为《朗读者》中米夏埃尔所陷入的伦理困境以及可能的出路做了铺设。

从时间段上看，《奥德赛》在小说中被集中提到过两次。第一次是在米夏埃尔的中学时代，与汉娜相识相爱的岁月。在与汉娜交谈后的第二天，为了让她知道古希腊语"听起来是

---

① A·麦金泰尔：《追寻美德——伦理理论研究》，第 155 页。翻译文字略有改动。
② 同上，第 159 页。

什么样",米夏埃尔朗读了《奥德赛》中的一段。米夏埃尔在学校接受的教育中,包括阅读和翻译经典,这强化了荷马史诗给他的印象,史诗中的人物形象瑙西卡又在米夏埃尔的想象中与现实中的人相交错,令他在同学苏菲与情人汉娜之间产生错觉。而他对奥德修斯返乡故事的喜爱,更是为后来重读《奥德赛》埋下伏笔。

　　奥德修斯与瑙西卡公主的故事,"堪称荷马史诗中描写最为优美的一段"。① 它发生在奥德修斯在一系列冒险之后、返乡之前的最后一站。瑙西卡是淮阿喀亚人国王阿尔喀诺俄斯的女儿。雅典娜托梦给她,让她清晨带婢女去海边。正是这一行,令她发现了遭受船只遇难之苦的奥德修斯,救他脱险,并帮助他进入父王宫廷。美貌的瑙西卡希望这位英雄成为自己的丈夫,无奈后者回乡心切。与奥德修斯告别之时,瑙西卡提醒他铭记自己的救命之恩。

　　在这个故事中,奥德修斯怀着强烈的返乡意识以及对妻子的忠诚之心,放弃了他已经拥有的爱情和权力。对于瑙西卡公主来说,奥德修斯的忠诚宣告了她的悲剧。米夏埃尔用瑙西卡公主去对应自己的同学和情人,说明他对这个形象怀有喜爱之情,但是他并不清楚那种感情究竟需要付出多少责任。瑙西卡公主提醒奥德修斯记住她的恩情,实际上是在提醒奥德修斯履行道德责任。如果后者一去不返,就是在伦理道德上亏欠了公主,负有道德罪责。这个公主与英雄的美丽邂逅,终究因为后者要履行对另一个人的承诺而有花无果,变成一段爱情悲剧。这个时候,在年轻的米夏埃尔心里,忠诚与

---

① 　鲍特文尼克等编著:《神话辞典》,黄鸿森、温乃铮译,商务印书馆2004,第89
　　—91、第214—215页。

责任是令人不安而又非常模糊的概念。

> 我当时又重读了《奥德赛》。我在中学时就读过
> 这本书，在我的记忆中，它讲的是一个返乡者的故
> 事。但是，它讲的并不是一个返乡者的故事。相信
> 一个人不可能再次过同一条河的希腊人怎么能相信
> 返乡之事呢？奥德修斯回来不是为了留下，而是为
> 了重新出发。《奥德赛》是一部运动史，这个运动是
> 有目的的，同时又无目的，是成功的，同时又是徒劳
> 的。法律的历史与此有什么区别呢？（164）
>
> 当我的大脑处于杂乱无章的回忆和梦幻中时，
> 当痛苦在我脑中盘旋时，当我在似睡非睡的状态中
> 对我的婚姻，对我的女儿和我的生活进行反思时，汉
> 娜总是在左右着我，我干脆就为汉娜朗读，为汉娜在
> 录音机上朗读。（165）

事隔多年，重读《奥德赛》时，米夏埃尔已经是一个离了婚
的中年法学研究者。之前，出于对现实的无奈和逃避，他离开
法律实践领域，转而投身学术世界。在研究法制史的过程中，
他渐渐克服逃避心理，反而通过了解古代而更加贴近现实真
相，在古代返乡母题与现实罪责问题之间发现相似的结构，设
问"法律的历史与此有什么区别呢？"对文学母题的反思，反映
了主人公的思维方式和世界观的变化。所谓的返乡，其实是
一种周而复始的运动，是偶然与必然、特殊与一般交织的过
程。米夏埃尔把这种想法带入到对法律的理解中。职业生活
中折返于古今，改变了他现实的生活习惯。这些情绪和思想
的曲折反复，令米夏埃尔开始重新思考曾经的罪责问题，重读

儿时的经典,并最终迈出了主动沟通和解的那一步。至此,他
已经做好了准备,以一场现实的赎罪工程实现道德的返乡之
旅。与此同时,正是通过寄磁带恢复与汉娜的联系,他知道了
汉娜已经在狱中为自我启蒙所作的努力。我们不能忽视汉娜
的赎罪对于米夏埃尔的激励作用,这令米夏埃尔之后的赎罪
之旅变得更加义不容辞。

二、赎罪的部分实现

小说接近尾声,米夏埃尔找到了当年审判时出庭作证的
犹太母女中的第二代幸存者,并带着汉娜的积蓄去见"那位女
儿"。这是一次赎罪和告别之旅,也是小说对返乡母题的最后
一次回应。米夏埃尔对犹太幸存者承认了自己同汉娜的关
系。这是他平生第一次向人承认这段历史。此前,米夏埃尔
至少三次被问到同汉娜的关系或有关汉娜的话题:第一次是
被中学同学苏菲,第二次是被他的父亲,两次都是间接问及,
而第三次则是被阔别多年的大学同学直接问及。米夏埃尔无
一例外地选择了回避。另外,他从没有对妻子讲过汉娜的事,
却在离婚后,对不同的女人提及汉娜。可是,"那些女人不想
听太多"。真正需要了解真相的人,一直蒙在鼓里;无关痛痒
的人则对真相不感兴趣。米夏埃尔故意找错交谈对象,表面
想坦白,实质上仍在逃避。最后,在犹太幸存者面前,在历史
罪责的见证人面前,米夏埃尔终于放下从前的戒备,第一次开
诚布公地承认与汉娜曾经有过情爱关系。尽管犹太女人的语
气咄咄逼人,但米夏埃尔的回答并不是逼问的结果,而是在他
上路之前就已经做出的决定。他已经从心里接受了同汉娜共
有的这段历史,放下她带给他的伤害与不公,并试图在犹太幸

存者面前为汉娜的行为提供解释,哪怕这解释迟到了数十年。唯即如此,他的负罪感才能得到释放,精神才能得到解脱。这个决定属于他精神回归的一部分:实现汉娜的遗愿,分明是在远行(在空间上是要远行),却感觉像是"回家"。

开诚布公的另一个结果,是犹太幸存者——"那位女儿"与米夏埃尔这个纳粹后代,达成了某种共识。首先因为,大屠杀这段暴力历史以及德国人对这段历史的沉默,已经将暴力创伤化作文化无意识,在代际间传播。① 从心理视角看,米夏埃尔与"那位女儿"都有受害者身份。不过,作为与纳粹有过亲密关系的人,米夏埃尔从一开始就陷入身份困惑之中。普遍看来,德国战后一代不可能将少年时期极端个人的身份之争与民族身份分离开来,②而犹太人恰恰没有这种身份忧虑,因为大屠杀只是加重了他们历来的受害者身份,只会加深他们的政治团结。于是,在米夏埃尔与"那位女儿"之间的共识,注定要伴随一些隔膜。与此同时,犹太幸存者对米夏埃尔的同情,部分建立在对汉娜的否定之上,而这显然违背了米夏埃尔登门造访的初衷。

> "不饶恕她您就不能承认她吗?"
> "一个多么残忍的女人。您一个十五岁的孩子
> 就和她……您能承受得了吗?"(192)

"那位女儿"在米夏埃尔同汉娜的故事里,首先肯定了米夏埃尔的受害者身份,认为汉娜是一个"残忍的女人",进而意

---

① 参见施瓦布,第 141 页。
② 同上,第 169 页。

识到米夏埃尔的一生都受到汉娜的影响。通过这位仅存的历史见证人,作者道出了米夏埃尔郁积已久的痛苦和困惑,因为这些想法也曾伴随米夏埃尔多年。一个未成年人与一个成熟女性的交往,究竟是否以一方的牺牲为前提? 是否是受到诱骗的结果? 米夏埃尔不幸的婚恋经历,是否该由汉娜负责? 实际上这些问题已经伴随米夏埃尔多年。如此,它们从受害者口中说出,表明米夏埃尔已经度过了反思的痛苦期。因为,把自己当作完全无辜的受害者,把责任全部推给汉娜,并没有减轻米夏埃尔的负罪感。如果没有达成理解和原谅,米夏埃尔又怎么可能帮助汉娜完成遗愿? 因此,他平静地为汉娜解释、辩护,认为"汉娜想要赋予赎罪本身一种意义",而且"想通过这种方式使它的意义得到承认"——这个结论是米夏埃尔思考半生之后所得。他对汉娜的判断是:她已经赎罪,而她为此付出的代价,应该得到别人的认可。此时,"那位女儿"虽然没有被立即说服,却在态度上明显发生了变化。

> 她站了起来,在房间里来回踱着大步:"那么涉及到多少钱呢?"(193)
> "关于怎样使用这笔钱,您有什么建议吗? 把它用于任何与大屠杀有关的事,这对我来说,的确就是我既不能又不想给予的一种饶恕。"(194)
> "如果有什么社团,那么您可以相信,也就会有犹太社团。不过,文盲问题不是犹太问题。"(194)
> "如果得到承认非常重要的话,以史密茨女士的名义寄。"(195)

无论是从小说结构本身来看,还是对比作者后来其他几部反思罪责问题的小说，在赎罪的可能性这个问题上，《朗读者》都是一部持积极态度的作品。通过最后出场的声音，小说向半个世纪前雅斯贝斯在《罪责问题》中的解决方案——沟通与团结（休戚与共）靠近了一步。近年来，也有学者提出，情感的关联政治对于跨越受害者与施害者的界线十分重要。①这实际上表达了一种希望：通过沟通对历史创伤进行哀悼和补偿。所谓情感的关联，不仅体现在汉娜与米夏埃尔、米夏埃尔与犹太幸存者之间，还体现在汉娜与犹太幸存者之间。小说中一直暗藏着这样一种趋势，就是将不同身份的人融合在一起。汉娜这个名字，本来就是一个常见的犹太女名。作者给一个纳粹战犯取名为汉娜，有意模糊德国人与犹太人的身份界线。这个趋势以犹太女儿收留了汉娜的茶叶罐作结。犹太女儿看到汉娜存放积蓄的茶叶罐，勾起了她的童年往事。她留下茶叶罐这个举动，意味深长。那是汉娜的遗物，也是连接集中营回忆的重要物件，它包含着凶犯一代与受害者共同的记忆。犹太女儿收藏这个茶叶罐，就跟曾经的凶犯再次建立了关联。也正是基于这种情感上的关联，两个身份和经历完全不同的人，也可以共同完成一次暗含政治意味的合作。

汉娜的捐赠，并不是一个单纯的个人行为，它包含了三方面的努力。首先是汉娜本人赎罪的意愿，其次是米夏埃尔的执行，最后还需要犹太幸存者的配合。说"文盲问题不是犹太问题"，也是在提醒米夏埃尔捐赠与宽恕的区别，不能对汉娜的赎罪作夸大处理，因为任何人都无法代表死去的人去原谅。此处道出了犹太幸存者在克服过去的问题上，也有其苦衷与困惑。尽管如此，"那位女儿"还是做出了和解的姿态，试图找

---

① 施瓦布，第 173 页。

出一个让大家都释然的方法。犹太人与文盲的确不同,但二
者都属于偏见铸造的弱势群体。汉娜的积蓄最终被捐给了两
个弱势群体的结合体——犹太反文盲联盟。她的赎罪被赋予
双重意义:一个过去的大屠杀帮凶对犹太人的谢罪,一个曾经
的文盲对所有同病相怜的人的关怀。而这第二个意义,实际
上是米夏埃尔与"那位女儿"共同创造出来的。这不能不说是
一个令人安慰的结局。

三、重返"集体的罪责"

　　历史学家约恩·吕森(Jörn Rüsen)曾把纳粹大屠杀、回
忆、认同视作代关系实践的三种形式,并将战后划分为三个阶
段,分别以 1968 和 1989 为分割点。① 这个划分比较客观地
反映出,战后德国在以纳粹历史为坐标塑造现实身份的过程
中,经历了怎样的改变和纠结。在战后的第一阶段,纳粹历史
仍驻守在民众的意识当中,既包括施害者也包括受害者。在
这段时期,大屠杀和纳粹成为一个历史事件的开端,它构成了
战后德国的集体身份同一性。对德国人而言,这个阶段是与
德国的全面溃败联结在一起的。它不仅指军事的失败,也体
现在集体自尊(kollektive Selbstachtung)和民族自我认知
(Selbsterkenntnis)的萎缩。吕森认为,历史学家梅尼克所谓
的"德意志灾难"(deutsche Katastrophe),实际上也是一个深
层的身份破裂状态。每个身份所需要的自尊,将不再得自于
传统国家里的文化资源,因为这些资源已经被纳粹高度挥霍、
消耗,随着纳粹的覆灭而挥霍殆尽(工业除外)。为了从思想

---

① 　参见 Jörn Rüser: *Zerbrechende Zeit*, S. 286—298。

感情上求得生存,德国人必须把断裂的历史认同再度衔接起来,必须克服这种根本的认同危机。[①] 梅尼克提倡文化重建,也正是出于这个考虑。

然而,在纳粹与战后德国人的关系问题上,历史学界的阐释经历了很多极端的反复。仅举一例。在1948年第八届德意志社会学者大会上,雷奥珀德·冯·魏泽(Leopold von Wiese)就将纳粹形容为"瘟疫",认为纳粹不是"我们的历史",而是与许多外因相关、具有一定前提条件的偶然现象。值得推敲的是,这些条件是否存在、以何种方式存在,却无人问津。吕森认为这里仍然缺少一种可以通向自我批判的内在自由。而一旦丧失了自我批判,也就失去了通往过去的桥梁。吕森指出,德国人克服身份危机主要通过以下方式:公众讨论把大屠杀和相关罪行搁置一旁,压抑和否认尚不在话下。罪行发生了,但没有成为广泛关注和探讨的对象。然而,它的影响依然存在,并且总是以暗示性的方式浮出表面。对罪责"不做讨论"(Nicht-Thematisierung)有一种特殊的症状,对它的最佳诠释莫过于"集体性沉默"(kollektives Beschweigen)。这种集体性沉默,是联邦德国初期政治民主建设史中不可或缺的组成部分。不谈那段历史和罪责,一定程度上有利于稳定初生的联邦德国的社会心理。令人震惊的是,这种沉默以迅雷不及掩耳之势扎根下来,成为大部分纳粹体制下的精英们成功融入新的联邦共和国的一个先决条件。

这种融合有一个心照不宣的精神基础——这些精英跟纳粹专政的纠葛以及它们的罪行都被当作事实一并接纳,也就是说,精英自身的历史既没有被否认,也没有成为研究的课

----

① 吕森:《纳粹大屠杀、回忆、认同——代际回忆实践的三种形式》,第181页。

题,而只是被"守口如瓶",成就了所谓的"心照不宣策略(die Beschweigungs-Strategie)"。① 这种心照不宣虽然在政治上大获成功,但是它还有一个不成功的内心思想感情层面,而这个方面持续要求人们付出昂贵的文化代价。吕森认为,人们固然可以对过去心照不宣,但过去却不会因此而消失,那些心照不宣的东西,还存在于人们的思想感情之中。人们在舆论沉默中对它进行了这样的处理,尽量不让它们干扰表层意识。这种做法说到底是一种自欺,与我们前文谈到政治学者施万的观点不谋而合。

总之,在第一代人里,纳粹时代的恐怖特征被指向罪犯的另一面,自身界限的另一边,纳粹被妖魔化,被排除在德国历史之外。心理学上把这种通过排斥他者的另一面来塑造历史身份的做法,称作转移(Verschiebung)或颠倒(Verkehrung)。及至心理层面,对于联邦德国而言,更为重要的是那些"致力于重新解释过去的思想感情过程"。这个过程只有通过反思性叙事,才能得以充分展现。迄今为止,人们对这些过程研究甚少,而它们又是一个民族的精神延续不可或缺的环节,它使过去变得比较能被承受。甚至可以进一步认为,正是缺少必要的反思性叙事,才造成一种顾影自怜的、"回忆和忘却相混合的格局"。六八一代人觉得"这种格局是一种沉重负担",并在不断克服过去的努力中,发现自己与历史越来越紧密。这导致代际回忆体的分崩离析,标示了德国人的历史认同发生了严重紊乱。②

于是便有了第二阶段的特征,批判集体沉默,解构德意志

① 吕森,第 180 页。
② 同上,第 183 页。

精神。解构意味着在道德疏远的基础上将历史现实化。第二代人对大屠杀的了解和想象存在两个矛盾：一个是有意识地把纳粹放进集体记忆之中，从而构成德国身份同一性；另一方面，纳粹与大屠杀却是通过否定性的划分、隔离而成为身份同一性的组成部分，纳粹从反面成了自我身份的一部分。德国历史在这个阶段失去了连贯的传统，第二代人把道德基础置于脚下，不再依托于精神遗产。他们在打破上一代沉默的同时，又力求与之拉开距离，于是，"他在(Anderssein)"成了自己历史的一部分。[①] 与第一阶段相同的是，人们依然采取妖魔化另一方的姿态保全自己；不同的则是，这一次排除在外的是所有经历过纳粹的一代人。

到了第三阶段，即历史化与融合阶段，人们把与凶犯的谱系关系当作客观事实予以尊重和接受。他者，同时也是跟这一代人一样的德国人，一种跨越代际的沟通露出端倪。[②] 在这个阶段，纳粹一代的声音已经十分微弱，第二代人的反思成为构建集体责任的重要基石。彻底改变德国人自我认同的那种关键性的新要素，是敞开德国历史文化的大门，准备接纳与犯罪者的谱系关系。[③]

---

① 吕森，第 184 页。

② Jörn Rüsen：*Zerbrechende Zeit*，S. 294.

③ 吕森尤其提到这样一个事实，就是参加关于德国人如何对待纳粹大屠杀事件的公开辩论的许多知名人士，纷纷有意识地有时甚或是挑衅性地用"我们"来称呼那些事实大屠杀的罪犯。例如克里斯蒂安·迈尔就宣扬，应该把纳粹大屠杀纳入形成德国人自我认同的德国历史视角，就毫不含糊地提出了"假设性地试图把从 1933 年到 1945 年的所有德国人都纳入历史上的'我们'的范畴"这样的主张。迈尔还亲自迈出了从纯粹假说到正面陈述这一步：1997 年 4 月 11 日，他在《时代周报》上发表文章，评论人们在建立柏林纳粹大屠杀纪念碑问题上的意见分歧，并将纳粹大屠杀说成"我们的罪行"。赖因哈特·科泽勒克也有类似的言论；蒂尔曼·莫泽在为迪纳·（转下页）

　　在二战结束后的几十年里，文学、历史、社会学、心理学等学科在研究方法上都采用过疏远甚至魔化凶犯的策略，这种做法渐渐受到质疑和批判。战争刚刚结束的时候，无论是"另一个德国"、"更好的德国人"还是"纳粹不是德国人民"、"我们也是受害者"等声音，都秉承了二元对立的思想。这正是第一阶段与第二阶段的共同特征。不过与此同时，认为希特勒就在我们中间、小人物恰恰推动了纳粹历史、不存在一好一坏的德国、每个人都负有责任等声音，尽管微弱，却也从未间断过。托马斯·曼的《浮士德博士》，汉娜·阿伦特在五十年代初的

（上接注③）瓦尔蒂斯《密封的回忆》（*Siegel der Erinnerung*）一书的德文版撰写的前言中说道："我们德国人……组织和实施了纳粹大屠杀。"克劳斯·冯·多纳尼（Klaus von Dohnanyi）在就瓦尔泽—布比斯论战撰写的一篇文章中，把这个"大我"说得的最为淋漓尽致："今天，谁要是真想让自己从属于这个有着自己的悲剧和自己的全部历史的国家，谁要是认真而诚恳地理解自己身为德国人这个事实的话，他就必定会说：是我们把种族主义变成了民族大屠杀；是我们屠杀了大量犹太人；是我们在东部进行了灭绝人性的战争。因此，用瓦尔泽的话来说，这些罪行也是我们个人的耻辱，而不是'德国'这个抽象的国家的耻辱；不是'德意志帝国'这个国家组织的耻辱；也不是别的德国人的耻辱——不，不是的，这是我们自己的耻辱，是我们自己犯下这些罪行的。……今天，德国人的认同不是通过别的东西，而恰恰就是通过我们都是来自这个耻辱的时代这个事实而得到定义的……"吕森认为，客观给定的时代接替的家系链条，已经成了新的历史视角的一个结构性要素，而德国人正是从这个视角来形成自己认同的。这样，德国人就开始"把自己理解为一种历史变形（historische Transformation）的结果，在这种变形中，纳粹大屠杀的犯罪者、获益者和旁观者，都成为历史经验的不可分割的组成部分了。同时，这种变形作为一面自我反思的镜子，还显示出德国特殊性的全部轮廓。"在第二阶段，德国人曾超时代地从道德上对纳粹时代和纳粹大屠杀保持距离；但是到了第三阶段，这种超时代的道德距离（überzeitliche moralische Distanz）正在变成一种特定历史距离（spezifisch historische Distanz）。在构成德国人自我认同形态的那些事件的长链中，纳粹大屠杀似乎正在获得一种地位价值。在这个新历史位置上，纳粹大屠杀没有失去自己作为德国人从感情上集体认同的那种价值体系的对立面的性质。可是，这里的关键事实是：通过这种新的历史定位，纳粹时代和纳粹大屠杀这种另在，变成德国人的自我的一部分了。参见吕森，第186—188页。

旅德日记以及她后来针对艾希曼审判提出的"恶之平庸性"，都对处理罪责问题时的二元对立思想作出质疑和回击。

在破除二元思维的同时，接近凶犯，还原其人性的趋势也越来越明显。历史证明，为施害者与受害者划清界限，既无益于解决道德罪责问题，在实际操作上也是不可能的。既然每个人身上都藏着一个小艾希曼，那么去了解那些促成普通人从无辜到有罪、从平民变成纳粹的背景和条件，就具有迫切的警示意义。这些都为《朗读者》中汉娜这一文学形象的接受作了积极的铺垫。

然而，在还原纳粹一代的多元形象时，新的问题又浮出水面。我们发现，绝大多数人成为纳粹帮凶看似都是一个"被迫"的过程，于是便没有人主动去反思个人罪责。对于"道德麻痹"（Apathie）的产生，也的确没有一个具体的权力机构来负责。如此一来必然导致人们对罪责原因的追问陷入一个无解而又无望的境地。从这个角度看，《朗读者》不但宣布希望的破产，反而以逆向的叙事、丰富的细节，模糊了罪责问题的公共性和法律审判的权威性：汉娜的文盲身份可以作为她为纳粹服务、协助杀人的理由吗？这个理由是不是过于简单了？这正是每个读者面对罪责问题最终要陷入的困境：当一个人对凶犯有了同情甚至爱情，又如何能保持道德清醒？

这些问题之所以无解，是因为它包含了不同维度的罪责，也触及到人类文明传统中一些约定俗成的现象。在纳粹之前，这些现象并非不存在，只是尚未造成如此巨大的文明倾覆和人伦灾难。比如，每一种组织都要求服从上级及其国家的法律，服从是政治的首要美德，如果否认这一点，任何政治体都无法存续。①

---

① 汉娜·阿伦特：《独裁统治下的个人责任》，载于阿伦特：《反抗"平庸之恶"》，上海人民出版社 2014，第 70 页。

每一个生活在政治共同体中的人,都必须同时服从它的法律
与秩序。当作为凶犯的人受审时,他尽管只是在服从集体准
则,但他永远是以个体身份受到惩罚。当凶犯的人性得到还
原,读者的道德判断也在经受严酷的考验。我们的理性思考
因受到感性的强烈干扰,甚至会不自觉地默认"平庸之
恶"——我们潜意识更愿意原谅这样的罪犯,与罪犯有更多亲
缘性,对罪犯产生同情。当罪犯作为"我们中的一个"被承认,
这便有了凶犯视角叙事难以避免的后果——读者无意识地拉
开同罪行受害者(具体而言就是犹太人)的心理距离,将关注
重心愈益偏离受害者一方。由此,"大屠杀庸俗小说"的头衔
被赋予《朗读者》,也不乏一定道理。

尽管如此,如果我们跳出施害者与受害者的二元对立,就
会发现,小说揭示了一个更加具有反思价值的客观现象:德国
战后公开的战犯审判与德国普通人对待罪责问题的实际态
度,存在着极大的反差。首先,普通人其实也包括了战犯,或
者说,战犯和大多数普通人没有太大的差别;其次,个人不能
通过一个由国家权力所赋予的公共仪式去认罪和忏悔,更何
况四十年代后半段集体罪责争论中的那些推诿心态,在联邦
德国数十年的公共生活中仍然屡见不鲜:多数人表面的良心
有,真正的反思却无。1983 年,赫尔曼·吕伯(Hermann
Lübbe)在一次公开发言中,就激烈否定了德国人在战后怀着
压抑心理的说法。他认为德国人并不是想象中的那么纠结于
历史罪责,并没有意识到自己的错误,也没有忏悔。1985 年,
德国的政治实践再次验证了吕伯的结论。① 由此看来,《朗读

---

① 参见 Jürgen Habermas: Entsorgung der Vergangenheit. In: *Die Neue Unübersichtlichkeit. kleine politische Schriften V*, Frankfurt am Main, 12. Aufl. 2011, S. 261。

者》恰恰印证了吕伯的结论：战犯可能出于各种原因而意识不到罪责所在，更谈不上压抑和回避罪责。这就更加凸显出罪责问题的症结和反思的艰难。

与此同时，施林克的这部小说还暗含了这样一个思考，即社会文化心理的转型究竟如何实现。汉娜自杀所发生的时间是 1980 年代，西德开始更广泛地在公共和政治领域承认大屠杀罪责。这是否暗示了一个整体文化的转型？[①] 汉娜所代表的是一种耻文化，而米夏埃尔则是罪文化的代表；汉娜的耻感一方面体现了她人格的高贵和坚定，另一方面也因缺乏移情能力和共同体意识而变得狭隘。这仿佛也喻指了整个德意志民族的高贵与狭隘。我们在之前的论述中多次提到由此引发的介于理解与谴责之间的两难，与作者本人的成长环境有直接关系。施林克来自一个道德气息浓郁的新教家庭。母亲信奉的是加尔文宗，父亲是路德宗，这就决定前者比后者在对待罪责问题上更加严厉。施林克曾将路德宗比作新教中的天主教，将加尔文宗比作新教中的犹太人，并且坦承母亲对自己的影响更深。[②] 小说中，主人公米夏埃尔被塑造成一个罪感深重的第二代人，通过回忆唤回过去的经历，细致地审视、评价自己的行为和过失[③]，并且通过沟通和行动完成了赎罪，这不能不说是一种宗教拯救情怀的体现。施林克曾说："团结的共

[①] 有观点认为，汉娜身上从耻感到罪感的转化，符合战后德国知识分子所期待的文化心理的转型，参见 Bill Niven, S. 391。

[②] Petra Kammann: Der Erzähler. Buchjournal, Frankfurt am Main, Frühjahr 2000. Diogenes Verlag 复印资料。

[③] Charles Cornu: Verabredung mit der Vergangenheit. In: *Der Bund*, Bern, 12.01.1996. Diogenes Verlag 复印资料。

同体,也必然是一个罪责共同体(Schuldgemeinschaft)。"[1]**拯救情怀和共同体的思维模式,是施林克在处理罪责问题上与格拉斯和伦茨最大的不同。**

　　尽管小说制造了众多困惑和疑难,但秉承着共同体思想去反思罪责问题,可谓是一个较为明确而有效的解决方案。这个方案的思想前提,是对集体的罪责(kollektive Schuld)的承认。集体的罪责,并非对战后初年炙手可热的"集体罪责(Kollektivschuld)"的翻版,而是在纳粹一代人即将退出历史舞台之际,纳粹后的一代人甚至几代人恢复历史记忆、实现政治责任的必经之路。什么是集体的罪责? 就是集体的责任。当我们生来的环境赋予我们衣食住行等生活必须以及精神文化等食粮,与此同时,我们也担负着它所遗传下来的罪与责。集体的罪责在政治层面更像一种集体责任。集体责任的存在是先天的,也是政治文明的产物。集体的罪责又不仅仅是政治含义上的,也是伦理道德层面上的。一个人可以不为任何私利或政治目的去帮助、影响、信任他人,也会伤害、惩罚、牺牲他人,这些都是人在共同体生活中所不可避免的人之常情。我们必须将集体责任与集体罪责、父债子偿等说法区分开来。履行集体责任,不仅对于维护人类整体意义重大,往往也是个人自我实现的方式;它意味着承担前人未竟的责任,包括哀悼、补偿、忏悔、赎罪。

　　《朗读者》并不是对"集体的罪责"之全新阐释,而是对前人思想的继承。早在战后之初,雅斯贝尔斯在《罪责问题》中就曾以集体的罪责或共同的责任回应"集体罪责"说,[2]并提

---

① Bernhard Schlink: Dankesrede, Neumünster, 16. 01. 1998. Diogenes Verlag 复印资料。

② 参见第一章第二节。

出了沟通和休戚与共的解决方案。小说中，文盲与道德缺陷令人同情，但不能作为无罪的证据；第二代人的确与纳粹罪行无关，但不能作为对历史责任袖手旁观的借口。对于第一代人的罪，小说中的第二代在经历了道德麻痹、情感麻木之后，以个人的方式象征性地进行认罪、忏悔和赎罪。发生在第一代人身上的罪责事实，已经随着时间远去，两代人的罪责纠缠也终究会被历史的尘埃所覆盖，最简单的原因是，没有人可以长生不死。但是，留给生者的责任却并没有就此而消失。

第五章　未完待续的思考

　　二战结束不久,汉娜·阿伦特来到了废墟中的德国。她亲身感受到,罪责问题在德国并没有随战争的结束而得到解决。她在《德国之行》中这样写道:"在废墟上浮动着一种无所谓(Gleichgültigkeit),没有人为死者哀悼;它折射出一种漠不关心(Apathie),人们对流亡者命运的反应,根本就是没有反应。这种普遍存在的情感缺失,实际上是公开的冷漠无情(offensichtliche Herzlosigkeit),并且常常为廉价的多愁善感所掩盖。但那只是暴露出一种深层的、顽固的、有时甚至是野蛮的拒绝姿态——拒绝面对已成事实的东西,拒绝作出任何补救的努力。"①阿伦特继而指出,同样的回避姿态还表现在对待废墟的态度上。最常见的问题就是:人类为什么要打仗?人们不问纳粹德国的具体罪行,而是把罪过一并推到了亚当和夏娃的头上。这种从自身影响力之外的地方去找罪责原因的做法,在欧洲很常见。无可否认,人们的各种抱怨、推脱都有合理的部分,不过这背后掩盖的是顽固的拒绝姿态,即不愿

---

① Hannah Arendt: *Besuch in Deutschland*, Nördlingen 1993, S. 24.

意放弃德国的野心,将矛头指向国际,坐视占领军犯错误。①
纵然言辞激烈,但一针见血。与此同时,阿伦特又是一位秉承
辩证思维的观察家,她对战胜国在德国执行去纳粹化、再教育
等措施中遇到的问题同样不姑息。总之,在罪责问题上,我们
很难看出她的政治立场,取而代之的是一个独立的知识分子
不断探索、求真的精神。这位在德国出生、成长、接受学术训
练与滋养,后来不得不逃离德国的政治哲学家,对自己在欧洲
尤其是德国本土的眼之所见,虽然感到非常失望,但是她几乎
一生都在思考与德国有关的问题,德国是她所有著述的第一
出发点。无论以个人身份,还是以集体政治视角,这个国家的
历史和现状都激发她不断去思考、反思,并以她难以想见的影
响力与未来对话。

　　阿伦特对罪责问题的思考,与她的导师雅斯贝尔斯的观
点从分歧到弥合,留给我们许多启示:罪责问题是一个动态的
话语探讨过程,它既不是人们从开始就认定的无法解决,也不
是一度乐观以为的可以一劳永逸地解决。如果从一开始就认
定无法解决,那么也就是为思考的意义判了死刑,是自我封
闭;如果一定要找到一个最终的解决方案,同样是不科学也不
现实的,因为那样就意味着,必须有一个普适的判决结果,从
而抹杀了罪责问题在具体条件下的特殊性。这位政治哲学
家、思想家的长期观察和深刻洞见,并没有通向一个一般学术
意义上的结论。从这一点上看,罪责话语本身似乎包含了后
现代的意味:多义性,解构式,开放性。对于文学作品中折射
出的罪责话语,我们同样无法做出一个定性的结论,取而代之
的,只能是一些开放式的思考。文学所关怀的,终究不只是发

---

① 　Hannah Arendt: *Besuch in Deutschland*, S. 26—27.

生了什么，而是如何会发生；而文学研究所关注的，也不应只是文学究竟是什么模样，而是如何拥有那副模样。

罪责问题小说无一不是以下面这个论断为出发点：德国社会在战后对罪责问题的反思是一个不彻底也不全面的过程。战后德国社会的未成年状态（启蒙的未完成）决定了罪责问题的开放性，而罪责问题的开放性反过来又推动了社会向成年状态的过度，即启蒙。研究战后德语小说中的罪责问题，既不是清算战争前后的刑事罪责和政治罪责，也不是论证宗教含义上的原罪思想，而是通过纳粹历史阴影在社会现实中的阴魂不散，回溯人性的弱点和启蒙的盲点，理解罪责话语的历史传承性，从而寻找现实承担的可能性。

本书研究的三部小说在战后德国的思想史和文化建构中具有重要地位，是战后关于罪责问题最有代表性的作品。它们集中再现罪责问题以及诸如无力哀悼、克服过去、沉默、耻与罪等衍生话题，折射出罪责反思在战后不同阶段所遇到的障碍以及可预见的危害，不仅丰富了政治历史等宏观叙事对罪责问题的定义和阐释，令罪责问题不再停留在高谈阔论的学科领域，而且通过具体而生动的文学形象为纳粹历史去魔化，令罪责问题触手可及、深入人心。

三部小说围绕罪责问题进行批判观察，从揭示德国民众跟风、拒不认罪，到自我怜悯、保持沉默，实际上是在对德国人的"辩罪"（Schuldabwehr）[1]进行揭示和思考。这些一再印证了阿伦特、雅斯贝尔斯等政治哲学家在战后初年的思考和判断。本书第一章对罪责话语中常见概念的梳理，为文本分析

---

[1]　Joachim Fest：*Ich nicht. Erinnerungen an eine Kindheit und Jugend*，Hamburg，4. Aufl. 2010，S. 342.

提供了思想史的参照。对罪责的拒绝，具体而言就是"为罪责辩护"，简称为"辩罪"。无论是沉默还是遁入耻文化，其背后都是以拒绝认罪为出发点，为摆脱罪责纠缠寻找理由和依据。《铁皮鼓》中奥斯卡对待个人罪责半推半就的态度，表现了一个特殊跟风者的行为逻辑，它以拒绝个人的道德罪责为前提。《德语课》中警察耶普森凡事以尽职为由，在国家机器和纳粹专政之下抹杀个人角色和个人罪责。《朗读者》中的汉娜在法官面前不认罪，在于她是一个道德心智未开的文盲，有迫不得已的原因成为集中营女看守。这些都一再证明，战后德国要从根本上认识并反思罪责，具有重重障碍；这些障碍既有社会集体层面的，也有个人心理层面的，在分析的过程中不能顾此失彼。个人罪责与集体责任的制衡，道德罪责与政治罪责的交叠，决定了作品所反映的立场和态度并非黑白分明；它们一方面要从理性出发对纳粹时代的意识形态进行批评谴责，另一方面又揉入直观的感性因素，细化并同情普通人所面临的道德困境。因此，辩罪之音往往既是作品本身所批判的，又部分包含在作者的创作意识之中。

　　文学作品对跟风者罪责的反思，早于法律和政治领域，《铁皮鼓》便是这样一个文学范例。小说一方面揭示了理性启蒙者的反思却不行动，另一方面批判了平民的不反思或无力反思、安于现状。两种人都是纳粹时期的跟风者、战后一度被法律所赦免的人。小说围绕罪责问题展示了战后小市民社会和平民的真实心理，为塑造立体的战后反思提供有力的补充。此外，在《铁皮鼓》中，格拉斯表现了战后联邦德国迟未展开的哀悼工作。纳粹时期的意识形态在联邦德国初期并未发生根本改变，长期积累的小市民性、种族思想乃至理想主义情绪并没有随战争结束而消失，反而变换形式隐藏在社会表面秩序之下。受害者与施害者身份兼而有之,对于德国人尤其是普通小市民来说,是个不争的事实。在这样的情况下,认罪与哀悼就无法绕过自我哀悼这一环节。于是格拉斯有意模糊身份标签,受害者既包括德国普通百姓,也包括犹太集中营幸存者。小说对于受害者身份的扩大,某种程度上给人造成"罪责防御"或"辩罪"的错觉。反思罪责并不意味着非黑即白地批判。要认定一部文学作品究竟是反思型的还是自辩型的,不在于其中对施害者一边倒式的声讨,而要看它是否诚实地反映出个人罪责与集体责任的成因(主观与客观)。从这个角度来看,格拉斯对德国人自怜和自我哀悼的刻画,在极富感情与冷眼旁观之间的游移,恰恰是一种反思的姿态。

《德语课》所塑造的父母一代,都是冥顽不化又恪守本分的小人物、小市民。他们的罪责在于平庸而僵化的思想和行动方式。小说极力说明的是,这种纳粹时代就已泛滥的思维模式在战后依然一成不变,纳粹一代对罪责的个人反思根本无法进行。以尽职为切入点,伦茨的笔触深入到纳粹一代与纳粹后代的根本分歧,这样一来,对罪责问题的反思就变成了对纳粹父辈罪责的批判。这一代人不认为自己在纳粹时代有何过错,权威意识和冷漠性格令他们不仅成为政治极权的帮凶,更是家庭分裂、亲情淡化的罪魁。《铁皮鼓》中的父辈虽只是些毫无政治野心的跟风小卒,但他们对家庭、对亲人还保存着基本的人之常情,传统价值没有在政治狂热中彻底丧失;而《德语课》中的父母已然是极权政治、种族思想的附庸,是失去个性的权力机器。格拉斯试图通过小人物的性格弱点,解释道德衰落与极权势起的关系;伦茨同样从小人物的弱点出发,但更注重人的意识形态的僵化,将批判的重点落在成年社会的教育问题上。如何教育成年人(父母)认罪反思,也是后来六八学生运动中,逐渐取得话语权的第二代人一个重要吁求。而父母的回应正如这部小说所反映的,只有良心的沉默和拒不认罪。

《朗读者》在为第一代人辩护方面,起了一个推动作用,尽管这并非施林克本意。但鉴于大屠杀是一个太过庞大而厚重的话题,若将其当作讨论第二代人责任问题的陪衬,的确有失重之嫌,令读者不得不跃过前台直入这个模糊而无边的背景。小说在德国引起的强烈反响,更令人有理由担忧它"政治不正确"。与汉娜这个文盲联系在一起的集中营故事,究竟在多大程度上是反思而不是辩护,至今仍很难回答。但是这个人物在德国人(乃至更广泛读者)中所引发的同情,不同于来自其他旁观民族的同情;与文盲的身份认同,即说明了一种辩罪的集体无意识。因此,《朗读者》带来的阅读冲动首先不是基于对战后第二代人的自我检讨,而是对纳粹一代人的重新刻画。一个文盲本来不具备任何代表性,一个不愿暴露身份弱点的集中营女看守也不能够美化纳粹,可偏偏是大屠杀成了表现文盲生活波折的证据。从这个意义上,大屠杀历史在其中的确有被庸俗化的嫌疑。汉娜这一角色甚至无益于人们对纳粹罪责的集体认知。因此,这部小说可谓将辩罪推向了一个新的高潮,它甚至令那些对纳粹历史毫无兴致的读者忽然趋之若鹜。基于这些考虑,本书的论述坚持对汉娜的特殊性与普遍性进行区分,明确第一代之罪与第二代之责,将罪责话语的出路限定在一个有限的范围之内。

通过对三部小说的分析研究,我们可以发现一条与战后德国社会并行的罪责话语线索:从呼吁哀悼到呼吁反思,从整个民族的罪责到一代人的罪责,从一代人的罪到另一代人的责,这是对罪责问题由简到繁再化繁为简的过程。罪责反思形成了一个历史循环：当第一代之罪被弱化，便出现警惕自我辩护的呼告；当对第一代之罪的批判趋向意识形态化，便产生了新的来自第二代人的自我批判。纵然小说中的罪责话语不断转换重心，但始终都暗含着围绕"正常化"展开的思辨。那么，正常化究竟是不是永远成为德国人自我辩护、拒不认罪的官方表达？

关于正常化的问题，在德国始终没有统一的答案。对于与过去一刀两断的想法，我们必须结合当时的具体历史语境去看待。六十多年前，战争刚刚结束之际，正常化毫无疑义是一种回避认罪的表达，因为当时的社会无论在思想层面还是情感层面都不具备正常化的条件。反思罪责问题的小说无一例外地告诉我们，没有艰苦的精神劳作和哀悼工作，德国社会不可能达到正常化。战后无数跟风者继续留在原职的现象，阿登纳时代的文化复辟，六十年代来自政府方面的"认罪已经足够"的断言，乃至八十年代德国通过外交获得正常化的努力，都曾被视作对历史不负责任而操之过急之举。

如今的客观现实是，纳粹一代人正在退出历史舞台，所谓的"凶犯一代"即将消失。反思罪责的主体变成与纳粹历史没有直接关联的第二、第三代人，这就为克服过去提供了客观条件。另一方面，对历史的反思还要依赖于施害者与受害者后代具体而言就是第三代人的主观愿望。只有两相结合，正常化才有望得到实现。第二代人在这个历史传承的过程中扮演了十分重要的角色。他们是对纳粹历史有直观经验的最后一批人，从理性和感性两方面分担了集体责任。纳粹一代与战后第二代人，其历史使命不是与受害者和解，而首先是为构建德国的历史和民族同一性去贴近父辈历史，打破沉默和防御机制，完成与凶犯一代的沟通。在破除上一代人的辩罪之盾以前,任何和解乃至正常化的尝试,都是草率的一厢情愿。

　　"正常化"总是与"辩罪"之音并行。"辩罪",首先是个人心理层面的拒不认罪。在罪责面前,将自我客体化,为跟风犯罪者寻找被迫犯罪的理由,或对个人的道德罪责保持沉默,这些都是对罪责的防御,都是辩罪的具体表现。辩罪是战后德国一个集体心理现象,它影响了整整两代人。历史学者、著名记者约阿希姆·费斯特在他的回忆录《我不》中明确提出"罪责防御"的概念,而这个概念的内涵其实在众多政治学者、心理学家的研究中都有相应表述:施万提出的"对罪责保持沉默",米彻里希夫妇以及后来施瓦布所引申的"秘穴"理论,都是对"辩罪"现象的解释说明。我们甚至可以说,战后德国的罪责问题,很大程度上就是"辩罪"的问题。在不同历史时期,主导文学罪责话语的始终是辩罪与批判辩罪的对峙。

　　这种对峙到二十世纪末发生了改变。历史学家之争再度把"正常化"问题提上日程,而两德统一之后,早前关于纳粹罪责的思考被新的东欧政治罪责话语所排挤。在这种情况下,人们还要不要反思纳粹历史?如何去反思?凶犯一代的退场以及新型理论学说的出现,已经对纳粹罪责的既有结论造成极大的冲击和颠覆。新的反思文学应运而生,不再聚焦凶犯之罪,而是有意突出第二代人之责。往者长已矣,来者犹可追。第二代人对罪责问题的反思,是一个介于谴责与理解之间的动态过程。无论是战后初年对纳粹罪责的反思还是世纪末对跨代罪责的反思,最终的目标都是达到自我检讨、自我谴责。无论外界的声讨多么激烈,如果没有自我检讨之心,那么任何形式的认罪都是空谈。

　　从自怜、自辩到自我谴责,第一代人的心路历程在第二代人身上得到重复叠加,二战和大屠杀成为第二代人建立身份的历史依据。对罪责的反思,也从具体的、有据可查的罪行转换成超越时空的、建构民族共同体的共同责任。在话语重心的转变过程中,分歧出现了:既然当初对纳粹进行去魔化,那么就是要还凶犯以正常人的面目;可是在理解凶犯的过程中,是不是又把纳粹一代的罪责庸常化了? 认定每个人身上都有一个艾希曼,是不是就是说,每个人犯罪都是情有可原的呢? 父辈无法形成的自我检讨,在子辈身上可以实现吗? 是继续纠结于让父辈认罪,还是自觉担负起同代人传承的责任,这已经不仅仅是一个历史阐释的问题,更是一个直接作用于现实的问题。

回顾战后初年的德语文学文化领域争相推陈出新的努力,如果说当时的目的是在废墟上开辟一条文化乌托邦,如果说当时对跟风者的宽容、对罪责问题的有意回避,是恢复物质生活的迫不得已,那么六十年间文学作品对罪责问题的不断考量,就是一次次追补重现还原,一场场心理层面的哀悼仪式。对于德国人是否具备了正常化的条件,尚无定论。历史学家眼中的正常化,仍然是负面含义多于正面;因为战后几十年里联邦德国的政治事件与个人道德反思并不同步进行,外交、军事、政治等方面的正常化尝试,总是成为舆论的众矢之的。正常化依然没有脱离集体辩罪的代名词这个范畴。从今天看来,与过去一笔勾销的任何尝试,都可能被贴上正常化标签而引起反感。

在这种情况下,我们不仅要将政治历史语境下的罪责问题与文学中的罪责话语独立开来观察,而且还要特别注意文学中的罪责反思对社会公共话语的影射以及影响。格拉斯的《铁皮鼓》尽管写于五十年代初期,但在文学史中,它与五十年代作品在风格上没有相似之处。小说中所揭示的小市民道德罪责及其与纳粹意识形态的关系,尽管在文学中不是首开先河,①但在当时战后社会可谓独树一帜,②加上战后初年联邦德国对罪责问题不做讨论的政治氛围,共同决定了小说无论在文学还是政治层面,都不代表主流趋势,作者本人也一度被归入不服从作家之列。在今天看来,这部小说堪称战后经典作品,而在五六十年代,小说的成功究竟在多大程度上得自其闻所未闻的内容而非奇诡的叙事手法,还很难说。诚然,被奉为主流的叙事作品与格拉斯的但泽三部曲之间也有一个重要的共同点,那就是对德国人受害者形象的塑造。这些内容与格拉斯后来的作品构成一个有机整体,德意志民族的双重受害者身份被一再推向前台,一再遭到质疑。在近年出版的《德国克服过去辞典》中,格拉斯完成于二十一世纪的第一部小说《蟹行》就与施林克的《朗读者》被同归于一个主题之下:受害者叙事(Opfernarrative)。③

　　于是,新的悖论出现了。我们一方面寄望文学对纳粹进行去魔化,令反思不再流于形式,将纳粹还原为普通人的形象,在个人罪责与集体罪行并存的语境下思考;另一方面,凶犯一旦被还原为普遍的个体,他便不可避免地具有双重身份——既是个人罪责的承担者、国家罪责的分担者,同时也是政治权力的牺牲品。面对这种身份尴尬,还原战犯为普通人,究竟在多大程度上是政治正确的,便成了又一个悬而未决的

---

① 早在 1938 年,流亡作家 Irmgard Keun 在《午夜之后》这部小说里就曾借小市民社会表现纳粹时代的污浊气息。

② 五十年代反思罪责的作家还有克彭、伯尔、瓦尔泽等,不过他们的描写对象以中产阶级、商贾或士兵为主。

③ 参见 Torben Fischer, M. N. Lorenz (Hg.): *Lexikon der „Vergangenheitsbewältigung" in Deutschland. Debatten- und Diskursgeschichte des Nationalsozialismus nach 1945*, S. 345, 349。

问题。相形之下，三部作品中唯有《德语课》避免了这样的尴尬，因为这部小说明显刻画出两个阵营；而大屠杀的缺席，又令小说的罪责话语显得相对简洁；反思的空间被设定在德国人内部、父辈与子辈之间，于是受害者与施害者的判定便不再依附于德国人这个标签。主人公西吉的过度性身份，开启了六十年代末声势浩大的反叛运动。所谓反叛，是子辈对父辈的沉默与不认罪进行表态，也是对自身无辜受到牵连进行反抗。因此，第二代人从一开始就扮演了历史清道夫的角色，带着受伤的情绪将父辈从体面的市民生活拉上罪责审判席。《德语课》所表现的是二战尾声、联邦德国之初的故事，德国人一成不变的生活观和思维模式，传统思想与纳粹意识形态的姻亲关系，丧失自我批判和反思能力的政治小人物、小市民，缺乏基本道德情感乃至自然情感的普通德国家庭。小说在德国引起强烈共鸣，这本身体现了六十年代公共话语权力的让渡——新的年轻一代成为罪责反思的急先锋。小说对罪责问题的思考具有时代特色，也因此具有一定的历史局限。正是这种泾渭分明的对立，令小说赢得空前的喝彩。罪责话语从复杂走向简单，这里没有德犹矛盾，也不存在情感纠缠。只要跟随作者的思路，便不难得出一个明确的立场：父辈应当受到教育，纳粹一代应当受审，应当被启蒙；而子辈也就是第二代人，则无辜成为父辈的牺牲品。与另外两部小说相对模棱两可的结局相比，《德语课》是立场最鲜明也最有号召力的。

　　无论是否刻意为之，在反思罪责问题的小说里，受害者心理成为一个不可回避的话题。《德语课》中的西吉就是一个典型的纳粹时代牺牲品，因其未成年而具有民主意识，其畸形的成长经历反衬出父辈除了纳粹政治罪责之外，还对子女和家人负有道德责任。小说对罪责问题的反思细化到德国人内部的矛盾,受害者与施害者并存于同一个民族共同体当中,并且随着话语权力的交接,促成新的民族认同模式的生成——以排他而自立。这种排他式的罪责话语统治了六八一代。"他们"而非"我们"的话语模式,一直到八九十年代才渐渐被打破。

反思罪责是一个批判与理解兼容的过程,也是当代人建构自身同一性不可或缺的环节。一个不去反思或刻意回避历史罪责的社会,必然会导致后世历史身份的残缺,文化传统的凋敝,价值观的衰败以及无根之惑的泛滥;而一个勇于面对罪责、自我检讨的社会,才能保证人类文明的有机传承,为道德灾难的卷土重来筑起最后一道柔韧的墙——道德并非无坚不摧,它时常崩塌,却从不会被彻底摧毁。当今时代,世界各地仍弥漫着纳粹精神的残余,以国家名义而犯罪更是屡见不鲜,这些残余和罪行以极右翼势力、种族战争、暴力冲突等面孔频繁出现。无论一个社会文明程度高低,一旦经济或政治危机爆发,民族主义情绪裹挟着寻找替罪羊的心理便肆虐开来。纳粹罪责成了许多后世罪行的模板,在后纳粹时代,人们对待罪责的态度与前人如出一辙:当社会矛盾急剧尖锐,人们仍然习惯于寻找捷径,以无辜受害者自居,占据道德制高点,去讨伐、压迫乃至消除异类,炮制新的种族冲突和极端行为,而不是采取理性的方式洞察原因,采取沟通和团结的方式共同找到出路。暴力事件此起彼伏,对民主、宽容、博爱、自由的呼吁,总是被非理性的暴动践踏。纳粹的种族屠杀和政治罪行并不是一个非理性的爆发,它的可怕之处恰恰在于杀人者在理性的状态下完成屠杀。但与此同时,非理性因素同样不容忽视。纳粹时代的众多跟风者表面上是机械化屠杀的工具,实际上,对生活的不满才是他们参与暴行的根本动机。对各种具体现实不满，又不从自身寻找原因和解决办法，依附极权改变现状，这些都是纳粹势力泛滥的心理诱因。第一时间寻找替罪羊，以狭隘的种族思想取代宽容和理性，以保守主义政权取代文化共同体，这个模式在世界许多地方仍被不断效仿。因此，反思纳粹罪责，反思战后德国社会中的集体沉默、罪责防御机制，反思六八一代对纳粹历史的认识以及克服过去，对于当今世界具有超越文学研究本身的价值。

罪责问题小说研究的任务是阐释而不是去判断，是理解罪行为什么会发生，而不是讨伐某个人物之善恶是非、有罪或无罪，是在现有的认识基础上进一步观察看似对立的两极在一定环境和个体身上的转化，而不是对已经发生的罪恶进行审判。研究的意义在于较为全面地理解历史灾难的社会诱因和心理成因，以及人们在灾难之后无法进行反思的主客观原因，从而认识罪责反思和大众启蒙在当今社会的困境所在，比如，看清种族偏见问题的传承性、消除社会阶层偏见的艰巨性和必要性。

对于上一辈人的罪责问题，泾渭分明的态度就像昆德拉著名的"第二滴泪"，是一种伪饰，一个陷阱。无论是全盘承认有罪还是拒绝认罪，都可能源于一种对历史的不真诚；对于纳粹的后辈而言，他们继承的更多是一种理性的、历时的集体责任，而对父辈罪感的分担，基于情感层面的纠缠，终究会随时间淡去。在经历了纽伦堡审判、艾希曼审判以及一些列针对集中营进行的审判之后，阿伦特提醒人们警惕另一种不真诚，她在《集体责任》(1968)一文的开篇写道："对于父辈或本民族或人类犯下的过失，简言之，即对那些我们没有参与其中的行为，只是在比喻的意义上我们才可以说，我们感到有罪，尽管事情的发展确实可能使我们为之付出代价。而既然有罪的感觉……或良心负疚、对做错事的意识，在我们法律和道德判断中发挥如此重要的作用,那么限制这种虚假感伤也许是明智的,从字面上理解,他们只能导致对所有真正问题的混淆。"①对纳粹一代的去魔化与妖魔化,是两种敌对又彼此相似的倾向;纳粹属于"他们"还是"我们",乃战后德语小说罪责话语的核心问题。然而,这并非表示,将凶犯一代纳入"我们"就可以停止反思;也不能说,对父辈的弱点和苦衷有所了解、分担其内心痛苦就已足够。同情不代表混淆是非,批判也不代表一味棒喝。如何通过可以理解的人物故事去辨识个人反思的艰难与必然,认识黑白转化的主客观条件,推己及人地思考个人责任,如何汲取教训,防止重蹈历史覆辙,在迂回中作出判断,对既有判断作出反思,这些才是文学反思的目的和意义所在。

研究战后德语小说中的罪责问题,既要求我们以批判的姿态剖析文本,又需要兼顾作者的创作体验,即感性层面的自我剖析。只有适度分担作者的身份困扰,才能理解哀悼与反思的辩证关系,才有可能避免陷入狭隘的"以法官自居"的武断视角。而读者若怀有相似的历史创伤和罪责语境,就会在德国人的罪感体验和反思经验中找到共鸣,反观自身,踱入一个思考空间:在历史性罪责事件之中及之后,每个普通人如何面对自己的个人角色,是否有罪(责),如何反思? 以及是否无辜,为何不反思? 怀着创伤体验去了解历史的来龙去脉,是一个自我启蒙的过程。它的目的不是去判断别人,而是认识自己。希望阅毕本书的人,在"德国人应该认罪"这样的结论面前亦能保持一份独立的思考和一种清醒的意识:在认罪与赎罪的问题上,没有一劳永逸的终点。

---

① 汉娜·阿伦特:《集体责任》,载于阿伦特:《"反抗"平庸之恶》,陈联营译,上海人民出版社2014,第153页。

参 考 文 献

a. 西文

i. 专著

1. **Adorno, Theodor W.**: *Erziehung zur Mündigkeit. Vorträge und Gespräche mit Hellmut Becker 1959 — 1969.* Frankfurt am Main 1970

2. **Arendt, Hannah**: *Besuch in Deutschland.* Nördlingen 1993

3. **Arendt, Hannah**: *Eichmann in Jerusalem. Ein Bericht von der Banalität des Bösen.* 15. Aufl., Piper Verlag, München 2006

4. **Arendt, Hannah / Jaspers, Karl**: *Correspondence 1926 — 1969.* Translated by Robert and Rita Kimber. Harcourt Brace Jovanovich, New York 1992

5. **Assmann, Aleida / Frevert, Ute**: *Geschichtsvergessenheit, Geschichtsversessenheit. Vom Umgang mit deutschen Vergangenheiten nach 1945.* Stuttgart 1999

6. **Assmann, Aleida**: *Erinnerungsräume. Formen und Wandlungen des kulturellen Gedächtnisses.* Dritte Auflage, München 2006

7. **Bahners, Klaus / Poppe, Reiner**: *Bernhard Schlink*, Der Vorleser. *Königs Erläuterungen und Materialien.* Hollfeld 2000

8. **Batt，Kurt**：*Revolte intern. Betrachtungen zur Literatur in der Bundesrepublik Deutschland.* C. H. Beck，München 1975

9. **bpb**：*Deutschland 1945 — 1949. Informationen zur politischen Bildung.* Überarbeitete Neuauflage，Berlin 2005

10. **Bumke，Joachim**：*Die Blutstropfen im Schnee. Über Wahrnehmung und Erkenntnis im "Parzival" Wolframs von Eschenbach.* Tübingen 2001

11. **Cepl-Kaufmann，Gertrude**：*Günter Grass. Eine Analyse des Gesamtwerkes unter dem Aspekt von Literatur und Politik.* Kronberg 1975

12. **Corneließen，Christoph / Klinkhammer，Lutz / Schwentker，Wolfgang**：*Erinnerungskulturen. Deutschland, Italien und Japan seit 1945.* Frankfurt am Main 2003

13. **Eberan，Barbro**：*Luther? Friedrich „der Große"? Wagner? Nietzsche? ...? ...? Wer war an Hitler Schuld? Die Debatte um die Schuldfrage 1945 — 1949.* München 1983

14. **Elm，Theo**：*Siegfried Lenz — Deutschstunde. Engagement und Realismus im Gegenwartsroman.* München 1974

15. **Emmel，Hildergard**：*Das Gericht in der deutschen Literatur des 20. Jahrhunderts.* Bern 1963

16. **Fest，Joachim**：*Ich nicht. Erinnerungen an eine Kindheit und Jugend.* Hamburg，4. Aufl. 2010

17. **Fischer，Torben / Lorenz，Mathias N. (Hg.)**：*Lexikon der „Vergangenheitsbewältigung " in Deutschland. Debatten- und Diskursgeschichte des Nationalsozialismus nach 1945.* 2. Auflage. Bielefeld 2009

18. **Foerster，Manfred J.**：*Lasten der Vergangenheit. Betrachtungen deutscher Traditionslinien zum Nationalsozialismus.* London 2006

19. **Frei，Norbert**：*1945 und Wir. Das Dritte Reich im Bewußtsein der Deutschen.* München 2005

20. **Freud，Siegmund**：*Erinnern，Wiederholen，Durcharbeiten. Ges. Werke X.* London 1991

21. **Francois，Etienne / Schulze，Hagen**：*Deutsche Erinnerungsorte. Band I，II，III.* C.H. Beck，München 2001

22. **Froese, Gesine (Hg.)**: *Ein Lesebuch vom Neubeginn in Hamburg und Schlesien-Holstein*. Hamburg 1985

23. **Fromm Erich**: *Man for himself: an inquiry into the psychology of ethics*. Routledge & Kegan Paul, 1948

24. **Giordano, Ralph**: *Die zweite Schuld oder von der Last Deutscher zu sein*. Hamburg 1987

25. **Grass, Günter**: *Beim Häuten der Zwiebel*. Göttingen, 2. Aufl. 2006

26. **Grass, Günter**: *Die Blechtrommel*. dtv 2007

27. **Habermas, Jürgen**: *Die Neue Unübersichtlichkeit. Kleine politische Schriften V*. Frankfurt am Main, 12. Aufl. 2011

28. **Herbert, Ulrich (Hg.)**: *Wandlungsprozesse in Westdeutschland. Belastung, Integration, Liberalisierung 1945 — 1980*. Göttingen 2002

29. **Hoffmann, Dieter**: *Arbeitsbuch Deutschsprachige Prosa seit 1945. Baud I.*, Francke (UTB), Tübingen und Basel, 2006

30. **Jaspers, Karl**: *Die Schuldfrage. Für Völkermord gibt es keine Verjährung*. Piper, München 1979

31. **Just, Georg**: *Darstellung und Appell in der „Blechtrommel" von Günter Grass*. Frankfurt am Main 1972

32. **Koebner, Thomas**: *Unbehauste: zur deutschen Literatur in der Weimarer Republik, im Exil und in der Nachkriegszeit*. München 1992

33. **Krumme, Detlef**: *Günter Grass*, Die Blechtrommel. *Hanser Literatur-Kommentare*. München 1986

34. **Lenz, Siegfried**: *Deutschstunde*. Hamburg 1968

35. **Lenz, Siegfried**: *Über das Gedächtnis. Reden und Aufsätze*. Hamburg 1992

36. **Leroy, Robert**: Die Blechtrommel *von Günter Grass. Eine Interpretation, Société d'Edition Les Belles Lettres 95*. boulevard Raspail, Paris 1973

37. **Li-Fen, Ke**: *Poetische Gerechtigkeit? Die literarische Darstellung der Gerechtigkeit in der deutschsprachigen Literatur von Schiller bis Schlink; mit einem interkulturell vergleichenden Blick auf die chinesischsprachige Literatur*. Peter Lang,

Frankfurt am Main 2008

38. **Mann，Thomas**： *Die fragile Republik. Thomas Mann und Nachkriegsdeutschland.* Herausgegeben von Stephan Stachorski，Frankfurt am Main 1999

39. **Mayer，Gerhart**： *Der deutsche Bildungsroman. Von der Aufklärung bis zur Gegenwart.* Stuttgart 1992

40. **Meinecke，Friedrich**： *Die Deutsche Katastrophe. Betrachtungen und Erinnerungen.* Eberhard Brockhaus Verlag，Wiesbaden 1946

41. **Mews，Siegfried**： *Günter Grass and His Critics. From The Tin Drum to Crabwalk.* New York 2008

42. **Mitscherlich，Alexander / Margarete**： *Die Unfähigkeit zu trauern. Grundlagen kollektiven Verhaltens.* 18. Auflage. Piper Verlag，München/Zürich 1986

43. **Mitscherlich，Margarete**： *Erinnerungsarbeit. Zur Psychoanalyse der Unfähigkeit zu trauern.* S. Fischer，Frankfurt am Main 1987

44. **Möckel，Magret**： *Erläuterungen zu Bernhard Schlink，Der Vorleser.* Bange Verlag，6. Auflage 2008

45. **Mohler，Armin**： *Vergangenheitsbewältigung.* 3. Aufl.，Krefeld，1980

46. **Moser，Sabine**： *„Dieses Volk，unter dem es zu leiden galt".* *Die deutsche Frage bei Günter Grass.* Frankfurt am Main 2002

47. **Neuhaus，Volker**： *Günter Grass，Essays，Reden，Briefe，Kommentare. Bd. IX.* Herausgegeben von Daniela Hermes，Neuwied 1987

48. **Pätzold，Hartmut**： *Theorie und Praxis moderner Schreibweisen am Beispiel von Siegfried Lenz und Helmut Heißenbüttel.* Bonn 1976

49. **Picard，Max**： *Hitler in uns selbst.* Eugen Rentsch Verlag，Erlenbach-Zürich 1949

50. **Reichel，Peter**： *Vergangenheitsbewältigung in Deutschland. Die Auseinandersetzung mit der NS-Diktatur von 1945 bis heute.* München 2001

51. **Reichel，Peter / Schmid，Harald / Steinbach Peter（Hg.）**： *Der*

Nationalsozialismus — Die zweite Geschichte. Überwindung — Deutung- Erinnerung. München 2009

52. **Ricoeur, Paul**: *Symbolik des Bösen. Phänomenologie der Schuld II.* Freiburg/München 1988

53. **Röpke, Wilhelm**: *Die deutsche Frage.* Dritte veränderte und erweiterte Ausgabe. Eugen Rentsch Verlag, Erlenbach-Zürich 1948

54. **Rüsen, Jörn**: *Zerbrechende Zeit. Über den Sinn der Geschichte.* Köln 2001

55. **Russ, Colin (Hg.)**: *Der Schriftsteller Siegfried Lenz.* Hamburg 1973

56. **Schildt, Axel / Siegfried, Detlef**: *Deutsche Kulturgeschichte — Die Bundesrepublik. 1945 bis zur Gegenwart.* Carl Hanser Verlag, München 2009

57. **Schlant, Ernestine**: *Die Sprache des Schweigens. Die deutsche Literatur und der Holocaust.* München 2001

58. **Schlink, Bernhard**: *Der Vorleser.* Diogenes Verlag, Zürich 1997

59. **Schlink, Bernhard**: *Vergangenheitsschuld. Beiträge zu einem deutschen Thema.* Zürich 2007

60. **Schneider, Michael**: *Den Kopf verkehrt aufgesetzt oder die melancholische Linke. Aspekte des Kulturzerfalls in den siebziger Jahren.* Darmstadt 1981

61. **Schwan, Gesine**: *Politik und Schuld. Die zerstörerische Macht des Schweigens.* Fischer Taschenbuch Verlag, Frankfurt am Main 1997.

62. **Schwan, Werner**: *„Ich bin doch kein Unmensch." Kriegs- und Nachkriegszeit im deutschen Roman.* Freiburg 1990

63. **Sichrovsky, Peter**: *Schuldig geboren. Kinder aus Nazifamilien.* Köln 1987

64. **Stallbaum, Klaus**: *Kunst und Künstlerexistenz im Frühwerk von Günter Grass.* Helmut Lingen, Köln 1989

65. **Taake, Claudia**: *Angeklagt: SS-Frauen vor Gericht.* Oldenburg 1998

66. **Walser, Angelika**: *Schuld und Schuldbewältigung in der*

Wendeliteratur. Ein Dialogversuch zwischen Theologie und Literatur. Mainz 2000

67. **Weber，Albrecht**：*Siegfried Lenz.* Deutschstunde. München 1974

68. **Weber，Dietrich**：*Deutsche Literatur der Gegenwart. In Einzeldarstellungen.* Stuttgart 1976

69. **Wolff，Rudolf（Hrsg.）**：*Siegfried Lenz. Werk und Wirkung.* Bonn 1985

70. **Wurmser，Léon**：*Das Rätsel des Masochismus. Psychoanalytische Untersuchungen von Gewissenszwang und Leidenssucht.* Berlin 1993

ii. 论文/评论/讲稿

1. **Bohleber，Werner**：Transgenerationelles Trauma，Identifizierung und Geschichtsbewusstsein. In：*Fünfzig Jahre danach. Zur Nachgeschichte des Nationalsozialismus.* Herausgegeben von Sigrid Weigel，Brigit R. Erdle，Zürich 1996

2. **Condrau，Gion / Bröckle，Franz**：Schuld und Sünde. In：Ranz Böckle，Franz-Xaver Kaufmann，Karl Rahner，Bernhard Welte（Hg.）：*Christlicher Glaube in moderner Gesellschaft*，Teilband 12，Freiburg，Basel，Wien 1981

3. **Cornu，Charles**：Verabredung mit der Vergangenheit. In：*Der Bund*，Bern，12.01.1996.

4. **Dreike，Beate M.**：Rechtsskepsis in Bernhard Schlinks *Der Vorleser.* In：*German Life and Letters*，2002/1

5. **Elm，Theo**：Siegfried Lenz. Zeitgeschichte als moralisches Lehrstück. In：ders.，*Gegenwartsliteratur und Drittes Reich. Deutsche Autoren in der Auseinandersetzung mit der Vergangenheit.* Herausgegeben von Hans Wagener，Stuttgart 1977

6. **Friedmann，Jan / Später，Jörn**：Britische und deutsche Kollektivschuld-Debatte. In：*Wandlungsprozesse in Westdeutschland. Belastung, Integration, Liberalisierung 1945 — 1980.* Herausgegeben von Ulrich Herbert，Göttingen 2002

7. **Geier，Andrea**：Giftzwerg und Gnom. Körperbild und Erzählverfahren in Grass' „ Die Blechtrommel ". In：*Der Deutsch Unterricht.* 2010/5

8. **Geisel, Sieglinke:** Der Botschafter des deutschen Buches. In: *Neue Zürcher Zeitung*, 27.3.2000

9. **Haeffner, Gerd:** „Schuld". Antropologische Überlegungen zu einem ebenso problematischen wie unverzichtbaren Begriff, in: ders. (Hrsg.), *Schuld und Schuldbewältigung. Keine Zukunft ohne Auseinandersetzung mit der Vergangenheit*, Patmos, Düsseldorf 1993

10. **Heimpel, Hermann:** Gegenwartsaufgaben der Geschichtswissenschaft, in: ders., *Kapitulation vor der Geschichte*, 3. Aufl., Göttingen 1960

11. **Hillmann, Heinz:** Günter Grass' 'Blechtrommel' (1959): Beispiel und Überlegungen zum Verfahren der Konfrontation von Literatur und Sozialwissenschaften. In: *Der deutsche Roman nach 1945*, [hrsg.] von Manfred Brauneck, Bamberg 1993

12. **Jäger, Maren:** Unzuverlässiges Erzählen in der Blechtrommel von Günter Grass. In: Edwar Bialek, Leszek Zylinski (Hrsg.): *Die Quarantäne. Deutsche und österreichische Literatur der fünfziger Jahre zwischen Kontinuität und Neubeginn.* Wroclaw 2006

13. **Klingenmaier, Thomas:** Eine Liebe in Deutschland. In: *Stuttgarter Zeitung.* 22. 12. 1995.

14. **Kohlstuck, Michael:** Die Enkel der Mitläufer. Die Thematisierung des Nationalsozialismus bei jungen Männern. In: ders., *Zwischen Erinnerung und Geschichte. Der Nationalsozialismus und die jungen Deutschen.* Metropol 1997

15. **Koopman, Helmut:** Günter Grass. Der Faschismus als Kleinbürgertum und was daraus wurde. In: *Gegenwartsliteratur und Drittes Reich.* Herausgegeben von Hans Wagener, Stuttgart 1977

16. **Krause, Tilmann:** Keine Elternaustreibung. In: *Der Tagesspiegel*, Berlin 3. 9. 1995

17. **Kübler, Gunhild:** Als Deutscher im Ausland wird man gestellt. Der Schriftsteller über die Empfindlichkeiten zwischen Ost— und Westdeutschen und Juden sowie seine Angst vor dem Bei-

fall von der falschen Seite. In: *Weltwoche*, Zürich 27. 01. 2000

18. **Neumarkt, Paul**: Das zerstörte Bild des modernen Menschen in Günter Grass Roman 'Die Blechtrommel'. In: *Psyche* 39 1985

19. **Niven, Paul**: Bernhard Schlink's *Der Vorleser* and the Problem of Shame. In: *Modern Language Review* 98.2（April 2003）

20. **Reinhold, Ursula**: Günter Grass: *Die Blechtrommel* — eine literarische Provokation. In: *Weimarer Beiträge*, 32(1986)10

21. **Schmitz, Helmut**: Malen nach Zahlen? Bernhard Schlinks *Der Vorleser* und die Unfähigkeit zu trauern. In: *German Life and Letters*, Volume 55? Number 3, July 2002

22. **van Abbé, Derek**: Metamorphoses of „unbewältigte Vergangenheit" in *Die Blechtrommel*, in: *German Life and Letters* *23*, 1969/1970, S. 152—160

23. **von Becker, Peter**: „Mein Erfolg bleibt ein Traum. Bernhard Schlink über sein Doppellebn als Jurist und Bestseller-Autor und die Spannung vor dem Erscheinen seines Buches *Liebes-fluchten.*" In: *Der Tagesspiegel*, Berlin 5. 1. 2000

24. **von der Lühe, Irmela**: Verdrängung und Konfrontation — die Nachkriegsliteratur. In: *Der Nationalsozialismus — Die zweite Geschichte. Überwindung-Deutung-Erinnerung.* Herausgegeben von P. Reichel, H. Schmid, P. Steinbach, Bonn 2009

25. **Wagner, Irmgard**: Arbeiten am Schamdiskurs Literaturkritik der Nachkriegszeit in psychoanalytischer Perspektive, in: Rüsen, Jörn / Straub, Jürgen（Hg.）: *Die dunkle Spur der Vergangenheit. Psychoanalytische Zugänge zum Geschichtsbe-wußtsein. Erinnerung, Geschichte, Identität.* 2. Auflage. Frankfurt am Main 1998, S. 375—396

26. **Wierlacher, Alois**: Die Mahlzeit auf dem Acker und die Schwarze Köchin — Zum Rahmenmotiv des Essens in Grass' "Blechtrommel". In: *GWr* 1990, 81

27. **Wolffsohn, Michael**: Umkehr statt Rache zur Verhinderung der Wiederkehr oder brauchen wir eine neue Vergangen-heitsbewältigung? In: *Ein Volk am Pranger? Die Deutschen auf der Suche nach einer neuen politischen Kultur*, Aufbau

Taschenbuch Verlag Berlin 1993

b. 中文

i. 译著

1. A·麦金泰尔:《追寻美德——伦理理论研究》,宋继杰译,译林出版社 2003
2. 埃里希·弗洛姆:《健全的社会》,孙恺详译,贵州人民出版社 1994
3. 埃里希·弗洛姆:《逃避自由》,陈学明译,工人出版社 1987
4. 鲍特文尼克、科甘、拉比诺维奇、谢列茨基编著:《神话辞典》,黄鸿森、温乃铮译,商务印书馆 2004
5. 贝恩特·巴尔泽等:《联邦德国文学史》,范大灿等译,北京大学出版社 1991
6. 本哈德·施林克:《生死朗读》,姚仲珍译,拱玉书校,译林出版社 1998
7. 布衣(Ian Buruma):《罪孽的报应》,戴晴译,社会科学文献出版社 2006
8. 弗朗茨·M·乌克提茨:《恶为什么这么吸引我们?》,万怡、王莺译,社会科学文献出版社 2001
9. 古多·克诺普:《希特勒时代的孩子们》,王燕生、周祖生译,人民文学出版社 2006
10. 古斯塔夫·勒庞:《乌合之众》,冯克利译,中央编译出版社 2005
11. 哈拉尔德·韦尔策编:《社会记忆:历史、回忆、传承》,季斌、王立君、白锡堃译,北京大学出版社 2007
12. 汉娜·阿伦特:《极权主义的起源》,林骧华译,生活·读书·新知三联出版社 2008
13. 汉娜·阿伦特:《责任与判断》,陈联营译,上海人民出版社 2011
14. 汉娜·阿伦特:《反抗"平庸之恶"》(《责任与判断》中文修订版),陈联营译,上海人民出版社 2014
15. 何塞·奥尔特加·加塞特:《大众的反叛》,刘训练译,吉林人民出版社 2004
16. 黑格尔:《法哲学原理或自然法和国家学纲要》,范扬、张企泰

译,商务印书馆 1979

17. 加布丽埃·施瓦布:《文学、权力与主体》,陶家俊译,中国社会
　　科学出版社 2011

18. 加缪:《局外人·鼠疫》,郭宏安、顾方济、徐志仁译,漓江出版社
　　1990

19. 君特·格拉斯,哈罗·齐默尔曼:《启蒙的冒险——与诺贝尔
　　文学奖得主君特·格拉斯对话》,周惠译,浙江人民出版社
　　2001

20. 君特·格拉斯:《铁皮鼓》,胡其鼎译,漓江出版社 1998

21. 君特·格拉斯:《与乌托邦赛跑》,林笳、陈巍等译,上海译文出
　　版社 2008

22. 鲁特·本尼迪克特:《菊与刀》(插图评注版),刘锋译,萨苏评,
　　当代世界出版社 2008

23. 马克斯·韦伯:《新教伦理与资本主义精神》,于晓、陈维纲等
　　译,陕西师范大学出版社 2006

24. 莫里斯·梅洛-庞蒂:《行为的结构》,杨大春、张尧均译,商务
　　印书馆 2010

25. 尼采:《论道德的谱系》,谢地坤、宋祖良、刘桂环译,漓江出版
　　社 2007

26. 斯维特兰娜·博伊姆:《怀旧的未来》,杨德友译,译林出版社
　　2010

27. 齐格蒙特·鲍曼:《后现代伦理学》,张成岗译,江苏人民出版
　　社 2003

28. 托尔斯滕·克尔讷:《纳粹德国的兴亡》,李工真译,人民出版
　　社 2010

29. 威廉·巴雷特:《非理性的人》,段德智译,上海译文出版社
　　1992

30. 沃尔夫·勒佩尼斯:《德国历史中的文化诱惑》,刘春芳、高春
　　华译,译林出版社 2010

31. 西格弗里德·伦茨:《德语课》,魏育青等译,文汇出版社 2006

ii. 专著

1. 丁建弘、李霞:《普鲁士的精神和文化》,浙江人民出版社 1993

2. 冯亚琳:《君特·格拉斯小说研究》,上海外语教育出版社 2011

3. 冯存诚:《正义之剑——全球追捕审判纳粹战犯史鉴》,中国海
　　关出版社 2008

4. 谷裕：《现代市民史诗——十九世纪德语小说研究》，上海书店出版社 2007

5. 李昌珂：《德国文学史》（第 5 卷），译林出版社 2008

6. 李伯杰等：《德国文化史》，对外经济贸易大学出版社 2002

7. 孔文清：《弗洛姆自律道德研究》，上海人民出版社 2010

8. 刘宗坤：《原罪与正义》，华东师范大学出版社 2006

9. 沈汉、黄凤祝：《反叛的一代——20 世纪 60 年代西方学生运动》，甘肃人民出版社 2002

10. 杨大春：《感性的诗学：梅洛-庞蒂与法国哲学主流》，人民出版社 2005

附录：罪责问题与文本研究相关文献

i. 专著

1. **Adler，Meinhard**：*Vergangenheitsbewältigung in Deutschland. Eine kulturpsychiatrische Studie über die „Faschismusverarbeitung", gesehen aus dem Blickwinkel der Zweiten Kulturen.* Peter Lang，Frankfurt am Mai 1990

2. **Arendt，Hannah**：*Lectures on Kant's Political Philosophy.* Chicago 1982

3. **Arendt，Hannah**：*Macht und Gewalt.* München 1970

4. **Arnold，Heinz Ludwig**：*Text + Kritik. Zeitschrift für Literatur. Heft 52. Siegfried Lenz.* München 1976

5. **Baßmann，Winfried**：*Siegfried Lenz. Sein Werk als Beispiel für Weg und Standort der Literatur in der Bundesrepublik Deutschland.* Bonn 1976

6. **Barner，Wilfried（Hg.）**：*Geschichte der deutschen Literatur von 1945 bis zur Gegenwart.* München 1994

7. **Baumgart，Reinhard**：*Literatur für Zeitgenossen. Essays.* Suhrkamp Verlag，Frankfurt am Main 1966

8. **Beutin，Wolfgang**：*„Deutschstunde" von Siegfried Lenz. Eine Kritik.* Hamburg 1970

9. **Bittermann，Klaus（Hg.）**：*Literatur als Qual und Gequälte. Über den Kulturbetriebsintriganten Günter Grass.* Verlag Klaus Bittermann，Berlin 2007

10. **Bloch, Ernst**: *Freiheit und Ordnung. Abriss der Sozial-Utopien.* Berlin 1947

11. **Brinckmann, A. E.**: *Geist im Wandel. Rebellion und Ordnung.* Hamburg 1946

12. **Bude, Heinz / Kohli, Marin (Hrsg.)**: *Radikalisierte Aufklärung. Studentenbewegung und Soziologie in Berlin 1965 bis 1970.* Weinheim und München 1989

13. **Butz, Arthur R.**: *The Hoax of the Twentieth Century. The Case Against The Presumed Extermination Of European Jewry.* Newport Beach 1992

14. **Daum, Josef / Schultz, Werner**: *Jahrbuch der Raabe-Gesellschaft 1974.* Braunschweig 1974

15. **Eckstaedt, Anita**: *Nationalsozialismus in der „zweiten Generation". Psychoanalyse von Hörigkeitsverhältnissen.* Suhrkamp, Frankfurt am Main 1989

16. **Erikson, Erik H.**: *Identität und Lebenszyklus.* Suhrkamp, Frankfurt am Main 1970

17. **Ferguson, Lore**: *„Die Blechtrommel" von Günter Grass. Versuch einer Interpretation.* Bern 1976

18. **Finkenstein, Norman G.**: *Die Holocaust Industrie. Wie das Leiden der Juden ausgebeutet wird. Aus dem Amerikanischen von Helmut Reuter.* Piper Verlag München, 7. Aufl. 2008

19. **Flake, Otto**: *Zum guten Europäer. Zwölf Chroniken unterwegs.* Darmstadt 1959

20. **Geißler, Rolf (Hg.)**: *Günter Grass. Ein Materialienbuch.* Darmstadt 1976

21. **Gebauer, Mirjam**: *Wendekrisen. Der Pikaro im deutschen Roman der 1990er Jahre.* Wissenschaftlicher Verlag, Trier 2006

22. **Grimm, Reinhold (Hg.)**: *Deutsche Romantheorie. Beiträge zu einer historischen Poetik des Romans in Deutschland.* Athenäum Verlag, Frankfurt am Main 1968

23. **Habermas, Jürgen**: *Die Normalität einer Berliner Republik. Kleine politische Schriften VIII.* Frankfurt am Main, 6. Aufl. 2000

24. **Habermas, Jürgen**: *Moralbewußtsein und kommunikatives*

Handeln. Suhrkamp Taschenbuch Wissenschaft. Frankfurt am Main 1999

25. **Hall, Katharina**: *Günter Grass' Danzig Quintet. Explorations in the Memory and History of the Nazi Era from* Die Blechtrommel *to* Im Krebsgang. Peter Lang, Bern 2007

26. **Hardtmann, Gertrud (Hg.)**: *Spuren der Verfolgung. Seelische Auswirkungen des Holocaust auf die Opfer und ihre Kinder*. Gerlingen 1992

27. **Hausner, Gideon**: *Justice in Jerusalem*. Nelson, London 1966

28. **Hilgers, Micha**: *Scham. Gesichter eines Affekts*. Göttingen 2006

29. **Hogrebe, Wolfram**: *The Real Unknown. Ein Rückblick auf die Moraldebatte der letzten Jahre*. Erlangen / Jena 2002

30. **Hoffmann, Christa**: *Stunden Null? Vergangenheitsbewältigung in Deutschland 1945 — 1989*. Beuvier Verlag, Bonn 1992

31. **Honneth, Axel**: *Kampf um Anerkennung. Zur moralischen Grammatik sozialer Konflikte*. Frankfurt am Main 1994

32. **Honsza, Norbert / Swiatlowska, Irena (Hg.)**: *Günter Grass. Bürger und Schriftsteller*. Dresden 2008

33. **Jaeggi, Eva / Kronberg-Gödde, Hilde (Hg.)**: *Zwischen den Zeilen. Literarische Werke psychologisch betrachtet*. Gießen 2004

34. **Kodalle, Klaus-M.**: *Verzeihung nach Wendezeiten? Über Unnachsichtigkeit und misslingende Selbstentschuldung*. Erlangen und Jena 1994

35. **Kogon, Eugen**: *Der SS-Staat. Das System der deutschen Konzentrationslager*. Karl Alber Verlag, München 1946

36. **Letsch, Felicia**: *Auseinandersetzung mit der Vergangenheit als Moment der Gegenwartskritik. Die Romane „Billard um halb zehn" von Heinrich Böll, „Hundertjahre" von Günter Grass, „Der Tod in Rom" von Wolfgang Koeppen und „Deutschstunde" von Siegfried Lenz*. Köln 1982

37. **Lenz, Siegfried**: *Selbstversetzung. Über Schreiben und Leben*. Hamburg 2006

38. **Lu, Pan**: *Aus dem Schattenreich der Vergangenheit. Erinne-*

rungsarbeit in Günter Grass' Die Blechtrommel *und Mo Yans* Üppiger Busen, dicker Hintern. Peter Lang, Frankfurt am Main 2008

39. **Mitscherlich, Alexander**: *Auf dem Weg zur vaterlosen Gesellschaft. Ideen zur Sozialpsychologie*. München 1963

40. **Mitscherlich, Margarete**: *Das Ende der Vorbilder. Vom Nutzen und Nachteil der Idealisierung*. Überarbeitete Neuausgabe. München 1980

41. **Mohler, Armin**: *Der Nasenring. Die Vergangenheitsbewältigung vor und nach dem Fall der Mauer*. München 1991

42. **Neuhaus, Volker**: *Günter Grass, 'Die Blechtrommel'*. Stuttgart: Reclam 1997

43. **Neuhaus, Volker**: *Sammlung Metzler. Realien zur Literatur. Günter Grass*. Zweite Auflage. Stuttgart 1993

44. **Neuhaus, Volker**: *Schreiben gegen die verstreichende Zeit. Zu Leben und Werk von Günter Grass*. dtv, München 1997

45. **Paul, Hinrich**: *Brücken der Erinnerung. Von der Schwierigkeiten, mit dem nationalsozialistischen Vergangenheit umzugehen*. Pfaffenweile 1999

46. **Peter, Jürgen**: *Der Historikerstreit und die Suche nach einer nationalen Identität der achtziger Jahre*. Peter Lang, Frankfurt am Main 1995

47. **Pflanz, Elisabeth**: *Sexualität und Sexualideologie des Ich-Erzählers in Günter Grass' Roman „ Die Blechtrommel "*. München 1976

48. **Pilling, Iris**: *Denken und Handeln als Jüdin. Hannah Arendts politische Theorie vor 1950*. Peter Lang, Frankfurt am Main 1996

49. **Reichel, Peter**: *Erfundene Erinnerung. Weltkrieg und Judenmord im Film und Theater*. München 2004

50. **Reich-Ranicki, Marcel**: *Deutsche Literatur in West und Ost*. DTV, München 1995.

51. **Reich-Ranicki, Marcel**: *Lauter schwierige Patienten, Gespräche mit Peter Voß über Schriftsteller des 20. Jahrhunderts*. DTV, München 1995

52. **Rothe, Wolf Dieter**: *Deutschlands Erneuerung nach 1945. Schuldfrage, NS-Aufarbeitung. (Eine Bibliographie).* Frankfurt am Main 1995

53. **Rüsen, Jörn**: *Rekonstruktion der Vergangenheit.* Göttingen 1986

54. **Schelsky, Helmut**: *Die skeptische Generation. Eine Soziologie der deutschen Jugend.* Düsseldorf/Köln 1957

55. **Schilling, Heinz**: *Kleinbürger. Mentalität und Lebensstil.* Frankfurt am Main 2003

56. **Schlör, Irene**: *Pubertät und Poesie. Das Problem der Erziehung in der literarischen Beispielen von Wedekind, Musil und Siegfried Lenz.* Konstanz 1992

57. **Schmitz, Helmut (Hg.)**: *German Culture and the Uncomfortable Past. Representations of National Socialism in contemporary Germanic literature.* Aldershot 2001

58. **Schneider, Irmela**: *Kritische Rezeption „Die Blechtrommel"* *als Modell.* Peter Lang, Frankfurt (M) 1975

59. **Schoeck, Helmut**: *Vorsicht Schreibtischtäter. Politik und Presse in der Bundesrepublik.* Stuttgart 1972

60. **Serie Piper Band** *816: Historikerstreit. Die Dokumentation der Kontroverse um die Einzigartigkeit der nationalsozialistischen Judenvernichtung.* Piper, München 1987

61. **Solotaroff, Theodore**: *The Red Hot Vacuum.* New York 1970

62. **Steiner, George**: *Sprache und Schweigen. Essays über Sprache, Literatur und das Unmenschliche.* Frankfurt am Main 1973

63. **Stiftung für die Rechte zukünftiger Generationen (Hg.)**: *Was bleibt von der Vergangenheit? Die junge Generation im Dialog über den Holocaust.* Berlin 1999

64. **Suhrkamp Verlag**: *Zerstörung des moralischen Selbstbewußtseins: Chance oder Gefährdung? Praktische Philosophie in Deutschland nach dem Nationalsozialismus.* Frankfurt am Main 1988

65. **Taberner, Stuart**: *Distorted Reflections The Public and Private Faces of the Author in the Work of Uwe Johnson, Günter*

Grass and Martin Walser, *1965 — 1975*. Amsterdam, Atlanta 1998

66. **v. Thadden, Rudolf / Kaudelka, Steffen (Hg.)**: *Erinnerung und Geschichte. 60 Jahre nach dem 8. Mai 1945*. Wallstein Verlag, Göttingen 2006

67. **Wagener, Hans (Hg.)**: *Gegenwartsliteratur und Drittes Reich. Deutsche Autoren in der Auseinandersetzung mit der Vergangenheit*. Stuttgart 1977

68. **Wagener, Hans**: *Siegfried Lenz. Autorenbücher*. C.H. Beck, München 1976

69. **Welzer, Harald (Hg.)**: *Das soziale Gedächtnis. Geschichte, Erinnerung, Tradierung*. Hamburg 2001

70. **Welzer, Harald**: *Das kommunikative Gedächtnis. Eine Theorie der Erinnerung*. München 2005

71. **Welzer, Harald**: *Täter. Wie aus ganz normalen Menschen Massenmörder werden*. Frankfurt am Main 2005

72. **Wurmser, Léon**: *The Mask of Shame*. Baltimore und London 1981

73. **Wurmser, Léon**: *Verstehen statt Verurteilen. Gedanken zur Behandlung schwerer psychischer Störungen. Festvorträge anlässlich der Verleihung der Ehrendoktorwürde*. Berlin 2005

74. **Zbinden, Hans**: *Die Moralkrise des Abendlandes. Ethische Grundfragen europäischer Zukunft*. Bern 1947

ii. 论文/评论/讲稿

1. **Alt, Britig**: Zeitgeschichtliche und gesellschaftliche Aspekte. In: Albrecht Weber (hrsg.), *Siegfried Lenz' Deutschstunde*. München 1974

2. **Eschenburg, Theodor** im Vorwort von Dieter Franck. Jahre unseres Lebens 1945—1949. — Als der Krieg zu Ende war ... In: *Ein Lesebuch vom Neubeginn in Hamburg und Schlesien-Holstein*. Gesine Froese (Reda). Hamburg, 1985

3. **Frizen, Werner**: Matzeraths Wohnung : Raum und Weltraum in Günter Grass: 'Die Blechtrommel'. In: *Text und Kontext* 15, 1987

4. **Gockel, Heinz**: Diese sehr ernste Parodie: Günter Grass'

"Blechtrommel". In: ders., *Literaturgeschichte als Geistesge-schichte*. Koenigshausen + Neumann, 2005

5. **Gölz, Peter:** V-erwachsener Realismus: getrommelte Gerüche in 'Die Blechtrommel'. In: *Germanic notes* 22, 1991

6. **Kim, Rae-Hyeon:** Literatur und Geschichte bei Günter Grass. In: *Weiter schreiben — wieder schreiben*. Herausgegeben von Adrian Hummel, München 2004

7. **Lehmann, Jürgen:** Fragment als Form der Überschreitung: Günter Grass' 'Die Blechtrommel' und Michail Bachtins Theorie des Romans. In: *Konflikt, Grenze, Dialog*. Herausgegeben von Jürgen Lehmann. Frankfurt a. Main 1997

8. **Pezold, Klaus:** Günter Grass' 'Blechtrommel' in der Literaturgeschichte. In: *Der Mensch wird an seiner Dummheit sterben*. Günter-Grass-Konferenz, Wroclaw 1990

9. **Sternberger, Dolf:** Aspekte des bürgerlichen Charakters. In: *Die Wandlung IV (1949)*, Heft 6

图书在版编目(CIP)数据

聆听沉默之音 / 安尼著.
--上海:华东师范大学出版社,2014.10
ISBN 978-7-5675-2622-8

I. ①聆… II. ①安… III. ①小说研究-德国-现代 IV. ①I516.074

中国版本图书馆 CIP 数据核字(2014)第 228132 号

华东师范大学出版社六点分社

企划人　倪为国

聆听沉默之音：战后德国小说与罪责话语研究

著　　者　　安　尼
责任编辑　　徐海晴
封面设计　　吴元瑛
出版发行　　华东师范大学出版社
社　　址　　上海市中山北路 3663 号　　邮编 200062
网　　址　　www.ecnupress.com.cn
电　　话　　021－60821666　　行政传真　021－62572105
客服电话　　021－62865537
门市(邮购)电话　　021－62869887
地　　址　　上海市中山北路 3663 号华东师范大学校内先锋路口
网　　店　　http://hdsdcbs.tmall.com
印　刷　者　　上海景条印刷有限公司
开　　本　　889×1194 1/32
印　　张　　9.25
字　　数　　190 千字
版　　次　　2014 年 10 月第 1 版
印　　次　　2014 年 10 月第 1 次
书　　号　　ISBN 978-7-5675-2622-8/I.1262
定　　价　　38.00 元

出 版 人　　王　焰